帝王燕

제왕연 17

ⓒ지에모 2021

| 초판1쇄 인쇄 | 2021년 4월 26일 |
| 초판1쇄 발행 | 2021년 5월 11일 |

| 지은이 | 지에모芥沫 |
| 옮긴이 | 이소정 |

펴낸이	박대일
편집	이문영 · 박지해 · 임유리 · 신지연 · 이지영
마케팅	임유미 · 손태석
일러스트	흑요석
디자인	박현주
교정	김미영

| 펴낸곳 | 파란미디어 |
| 출판등록 | 2004년 9월 14일 제313-2004-00214호 |

주소	03992 서울시 마포구 동교로23길 14 국제빌딩 6층
전화	02.3141.5589 영업부 070.4616.2012 편집부
팩스	02.6499.5589
전자우편	paranbook@gmail.com
카페	http://cafe.naver.com/paranmedia
인스타그램	@paranmedia

| ISBN | 978-89-6371-893-4(04820) |
| | 978-89-6371-821-7(전21권) |

제왕연

17

帝王燕

지에모 茅沫 지음 | 이소정 옮김

파란

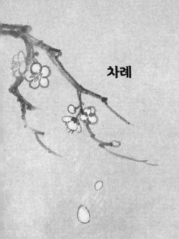

차례

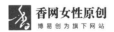

재발했다

고북월은 무엇을 하고 싶은 걸까?

순간 진묵은 층계참을 사이에 두고 전 어멈이 위쪽 계단에, 고북월이 아래쪽 계단에 위치했다는 것을 알아챘다. 고북월 바로 위에 전 어멈과 진민이 있게 되는 순간이었다.

진묵에게 짚이는 것이 있었다. 그는 계속 뒤로 물러나는 척하면서 슬며시 검의 손잡이를 잡았다. 그러나 전 어멈 일행은 그냥 아래로 내려오고 있었다.

갑자기 고북월이 발끝으로 땅을 차는가 싶더니, 그 누구도 반응할 수 없을 만큼 빠르게 공중으로 날아올랐다. 그리고 찰나의 순간에 전 어멈 옆 난간 위에 한 다리로 착지하며, 다른 다리로 사납게 전 어멈의 손을 걷어찼다.

전 어멈의 반응도 매우 빨랐다. 그녀는 재빨리 진민을 찌르려 했다. 그러나 한발 늦었다. 그녀의 비수가 진민의 급소를 찌르기도 전에 고북월의 발이 그녀의 손을 걷어찼다.

이 발길질이 얼마나 거칠었는지, 분명 걷어차인 것은 손뿐이었지만 전 어멈은 그대로 뒤로 나동그라지고 말았다.

이 모든 것이 눈 깜짝할 사이에 벌어졌기 때문에 인어족은 말할 것도 없고, 잡혀 있던 진민과 두 아이도 상황을 제대로 파악하지 못하고 있었다.

전 어멈이 몸을 일으키기도 전에 고북월이 다시 한번 그녀의 옆구리를 걷어찼다. 전 어멈은 그대로 층계참에서 턱을 붙들고 있는 인어족에게까지 굴러떨어졌다.

고북월은 전 어멈을 걷어차며 얻은 반동력으로 염진을 잡고 있던 인어족에게 날아감과 동시에 등 뒤로 손을 뻗었다. 그리고 칼 한 자루를 날려 인어족의 손목을 맞혔다.

인어족의 손목에서 선혈이 낭자하게 흐르면서, 염진의 목에 들이대고 있던 비수도 바닥으로 떨어졌다. 이때 고북월은 두 다리를 땅에 붙인 채 일격으로 인어족을 날려 버리고 어린 염진을 품에 안았다.

그 연속적인 동작에는 아주 약간의 머뭇거림도, 한 번의 기합도 없었다. 그의 움직임이 어찌나 빠르고 군더더기가 없는지, 눈으로 좇기도 힘들 지경이었다.

방금 그에게 걷어차인 전 어멈은 앞쪽의 인어족 등 위로 쓰러졌다. 그와 동시에 이미 준비하고 있던 진묵이 검을 들고 공격해 왔다.

턱은 계단 아래로 굴러떨어졌고, 인어족은 곧 진묵에게 죽임을 당했다. 이제 전 어멈은 진묵과 마주하게 되었다.

고북월이 염진을 안은 채 바로 몸을 돌렸다. 목을 가리고 있는 진민의 손가락 사이로 피가 배어 나오고 있었다. 그녀는 재빨리 고북월 뒤쪽으로 피하며 말했다.

"나는 괜찮아요!"

지금은 이야기를 나눌 시간이 없었다!

고북월은 그저 '응.'이라고만 말한 후 바로, 바닥에 굴러떨어져 이마에서 피를 흘리고 있는 택을 바라보았다. 그는 정신을 잃고 있었다. 그러나 고북월은 그를 흘깃 보기만 하고 곧 시선을 진묵과 전 어멈에게로 돌렸다.

진묵은 전 어멈을 당해 내지 못하고 있었다. 아무래도 시간을 좀 더 끌면 진묵이 질 것이 분명해 보였다!

진민과 염진을 이곳에 두고 일단 택아를 구하러 갈까? 아니면 일단 진묵을 도와 전 어멈을 상대할까?

아무래도 고북월의 선택은 후자인 듯했다! 그는 바로 염진을 진민에게 맡기고 소금도小金刀를 꺼냈다. 그러나 그는 칼을 날리는 것이 아니라 가까운 거리에서 습격할 생각이었다. 그의 시선이 전 어멈을 따라가며 제압할 기회를 노리고 있었다!

얼마 지나지 않아 고북월은 마침내 기회를 포착했다. 그러나 그가 위치를 옮기려는 바로 그 순간, 진민이 갑자기 비명을 질렀다.

"명신!"

진민은 결코 작은 일에 놀라는 사람이 아니었다. 특히 지금과 같은 상황이라면 더욱더!

고북월은 바로 동작을 멈추고 돌아보았다. 의식을 잃은 염진이 보였다. 안색이며 입술 모두 파랗게 질린 상태였고, 작은 몸도 격렬하게 떨리는 것이 매우 위급해 보였다!

이건…….

언제나 담담하던 진민조차 넋이 나간 표정이었다. 그녀는 염진을 묶고 있는 포승을 풀려고 했지만 손이 떨려 제대로 하지 못하고 있었다. 그녀는 고북월을 바라보며 떨리는 목소리로, 마치 우는 듯 외쳤다.

"아이를 구해 줘요!"

고북월의 고요하던 두 눈에 마침내 파란이 일었다. 그는 진민처럼 허둥지둥하지는 않았지만 분명 이 순간 어찌해야 할지 몰라 망설이고 있었다.

그러나 그는 곧 냉정함을 되찾았다. 재빨리 한 손으로 염진을 부축한 채 다른 손으로 아이를 묶고 있던 포승을 벗겨 냈다.

"아이를 안고 있어!"

그의 목소리가 이렇게 엄숙하게 들렸던 적은 없었다. 특히 그녀 앞에서는.

진민은 여전히 떨리는 손으로 다급하게 염진을 끌어안았다. 그와 동시에 염진의 손을 잡고 맥을 짚으려 했다.

고북월 역시 동시에 염진의 손을 잡았고, 두 사람의 손은 아무 예고도 없이 서로 스치게 되었다. 진민이 재빨리 손을 거두며 말했다.

"최근 몇 년 동안은 계속 안정적이었어요. 발작이 일어난 적도 없었고요! 나는 우리가 상의해 정한 약방을 계속 처방했어요. 50일에 한 번 약욕을 시키고, 약을 세 번 먹이고…… 다음 약욕은 아직 열흘도 더 넘게 남아 있어요!"

만약 염진의 생명이 걸린 문제가 아니었다면 고북월과 진민은 이렇게 중요한 상황에서 이렇게까지 당황하지 않았을 것이고, 주변 사람들의 안위조차 생각하지 못하는 상황에 이르지는 않았을 것이다.

고씨 가문에는 대대로 전해 오는 질환이 있었다. 모두가 그 병에 걸리는 것은 아니었지만 발병 확률이 낮지도 않았다. 고북월의 부친도 그 병에 걸렸고, 고북월 역시 그 병에 걸렸다. 그들은 어린 시절부터 약탕기를 끼고 살며 매일 약을 먹고 약욕을 했지만 대부분 중년을 넘기지 못했다.

10여 년 전, 고북월의 병세도 날로 중해지고 있었다. 살날이 얼마 남지 않았다고 생각했을 때, 진민이 곁에서 증세에 맞는 약방이며 침술을 연구하며 약을 쓰도록 재촉했고, 마침내 위기의 순간에서 고북월의 목숨을 구해 냈다. 당시 재난에 가까운 고생 끝에 고북월의 병세가 완쾌되었다.

염진은 돌이 넘었을 무렵 발병하여 하마터면 목숨을 잃을 뻔했다. 세 살 무렵부터는 염진도 약탕기를 끼고 사는 나날이 시작되었다. 염진 자신은 어린 시절의 제 상황을 잘 알지 못하고 있지만, 그 무렵 고북월과 진민은 매일 속을 끓였다.

다행히도 가장 힘든 나날은 지나간 상태였다. 정상급 의원인 두 사람의 노력 덕분에 염진의 병세는 안정된 것이다. 비록 계속 약을 써야 하지만, 그렇게까지 자주 복용하는 것도 아니었다.

세 살 때 이후로 염진은 두 번 발작했고, 위기를 넘겼다. 그후로는 상황이 쭉 안정적이었고 더 발병하지 않았다. 병세에 대한 확신이 없었다면 진민은 염진을 데리고 고북월의 곁을 떠나는 일은 없었을 것이다.

물론 염진의 건강에 대한 확신이 없었다면 고북월도 진민이 염진을 데리고 떠나게 하지도 않았을 것이다.

그러니 눈앞의 상황은 그들로서도 완전히 예상하지 못했다!

고북월은 진민의 이야기를 들으며 바로 맥을 짚어 보았다. 진중한 미간에 얼마간 초조한 빛이 어렸다.

진민이 다급하게 덧붙였다.

"납치된 후 염진이 내동댕이쳐져서 내상을 입었어요. 하지만 심하지는 않았고……. 다만 최근 며칠 내내 추위에 시달리고 제대로 먹지 못하다 보니 잠도 제대로 자지 못했어요……."

이 순간은 시비를 가릴 때도 아니었고, 이 상황 자체도 시비를 가릴 수 있는 상황이 아니었다. 그러나 어머니인 진민으로서는 자책하지 않을 수 없었다.

진민의 목소리가 점점 더 작아져만 갔다.

"다 내 잘못이에요."

이 말은 고북월에게 들려주기 위한 것이 아니라 자기 자신에게 들려주기 위한 것이었다.

고북월이 맥을 짚은 후 바로 단정적으로 말했다.

"재발했어. 약과 침은 갖고 있니?"

진민은 그제야 자신도 염진을 구할 능력이 있다는 사실을 인식하고 대답했다.

"몸수색을 두 번 당했어요. 약이고 침이고 모두 빼앗겼어요."

고북월이 잠시 당황하는 듯하더니, 곧 자신이 늘 휴대하고 다니는 금침을 꺼내 진민에게 건넸다. 그리고 재빨리 자신의 외투를 바닥에 깔았다.

진민은 조금 망설였으나, 곧 염진을 고북월의 외투 위에 눕혔다. 그녀는 깊게 호흡한 후 침을 놓기 시작했다.

응급 처치의 방법으로는 침과 약을 병행해야 했다. 그러나 지금 약을 쓸 수 없으니, 그녀는 더욱 노력할 수밖에 없었다!

고북월도 속으로 안도하며 바로 진묵과 전 어멈을 바라보았다. 그들은 싸우며 이미 계단 입구까지 내려간 상태였다. 바로 이 순간, 진묵이 전 어멈에게 사납게 얻어맞고 그들 쪽으로 날아왔다.

고북월이 화들짝 놀라 바로 진묵을 피하고는 전 어멈을 쫓기 시작했다. 그러나 고북월이 진묵을 피하는 순간, 안타깝게도 전 어멈이 정신을 잃고 있던 택을 낚아챘다…….

부인, 오랜만이오

전 어멈이 다시 택을 납치했다!

다행인 것은 택의 이마에서 흐르던 피가 이미 멈췄다는 것이었다. 추위와 굶주림에 그리 오래 시달린 상황에서 피까지 더 잃는다면 그 결과는 상상하기 어려웠을 테니 정말 다행이었다.

전 어멈이 택의 목을 조르며 살의를 드러내니 고북월도 발걸음을 멈출 수밖에 없었다.

고북월이 마침내 입을 열었다. 그의 목소리는 평온했지만, 경외심을 불러일으키는 힘이 숨어 있었다.

"건명력은 이미 군구신이 장악했다. 그러니 구려족의 후예를 납치해도 헛수고일 뿐이지. 나와 아이를 교환하도록 하자. 나를 잡는다면 너는 대진국 절반을 잡는 것이나 마찬가지다!"

전 어멈이 의외라는 듯한 눈빛을 보였다.

"어떻게 아는 거지?"

구려족의 후예가 남아 있다는 사실은 천 년의 세월 속에 묻혀 버린 비밀이었다. 전 어멈은 고북월이 이 사실을 알 거라고는 예상치 못했기에 무척 놀랐다.

그때 고북월이 다시 말했다.

"네 수하의 금인어족은 운공대륙의 백리 일족인가? 《운현수경》도 너에게 있나?"

진민 역시 전 어멈에게 같은 말을 한 적 있었다. 전 어멈은 그저 쓴웃음을 지으며 진민이 영리하다고 감탄할 수밖에 없었다. 물론 그 사실을 겉으로 드러내지는 않았지만.

고북월이 진민과 몇 마디 주고받지도 않은 상태에서 이렇게 물을 수 있는 이유는 두 가지였다. 하나는 전 어멈이 부릴 수 있는 금인어족 수가 적지 않다는 것, 또 하나는 바로 연아 일행에게서 관련한 정보를 얻었기 때문이었다.

축운궁주는 이미 《운현수경》이 고씨 저택 연못 속에 있다고 자백했다. 그 말이 사실이라면 전 어멈은 《운현수경》을 갖고 있지 않을 것이다. 그렇다면 전 어멈 수하의 금인어족은 대체 어디서 온 걸까?

바꿔 말하자면, 전 어멈은 대체 어떻게 운공대륙의 백리 일족을 굴복시켰을까? 혹시 축운궁주가 연아 일행을 속인 걸까? 아니면 전 어멈에게 그들이 알지 못하는 또 다른 무엇이 있는 걸까?

물론 고북월은 자신이 이리 묻는다 해도 전 어멈 같은 늙은 요물은 쉽게 걸려들지 않을 거라는 걸 알고 있었다. 그는 일단 시간을 끌고, 전 어멈의 주의력을 분산시켜 돌파구를 찾으려는 의도였다.

그러나 전 어멈은 한눈에 고북월의 목적을 알아챈 모양이었다. 그녀는 경멸하듯 웃으며 텍의 목을 더욱 꽉 조른 채 뒷걸음질을 쳤다. 게다가 좀 전의 사건으로 인해 더욱 신중해져, 고북월이 한 걸음 옮기자마자 차가운 목소리로 외쳤다.

"멈춰! 너는 방금 이 아이를 포기하고 네 처자식을 구하는 데 급급했지. 한 걸음이라도 더 나온다면, 나는 군구신이 평생 너를 원망하게 만들어 주겠다!"

이 말은 도발인 동시에 위협이었다!

고북월이 대답하기도 전에 전 어멈이 다시 말했다.

"내가 한 걸음 움직이면 너도 한 걸음 뒤로 가는 거다! 물러나지 않으면 내가 걸음 수를 세어…… 이 아이의 몸에 칼로 새겨 주겠다!"

말을 마친 전 어멈이 바로 뒤로 세 걸음 물러났다. 그 늙은 얼굴은 흉악하게 일그러져 있었다!

마침내 언제나 온화하고 고요하던 고북월의 두 눈에도 차가운 빛이 어렸다. 단지 눈빛이 바뀌었을 뿐인데, 아예 사람이 바뀌어 버린 것 같았다.

그가 망설이는 듯하자 전 어멈이 바로 칼을 택의 얼굴에 댔다. 고북월은 속으로 절반 이상은 승산이 있다고 생각했지만, 모험을 할 수는 없었다.

그는 아들이 자신을 오해할 것으로 생각하지 않았다. 그가 두려워하는 것은 자신이 아들에게 할 말이 없어지는 상황이었다. 택아는 어쨌든 남신에게 있어 이 세상 유일한 혈육이 아닌가!

고북월이 마침내 물러나며 차가운 목소리로 외쳤다.

"멈춰!"

전 어멈도 그를 너무 자극할 생각은 없었기에 바로 손을 멈추고 뒤로 물러나기 시작했다.

고북월 역시 전 어멈의 말대로 계속 물러날 수밖에 없었다. 이렇게 두 사람 사이의 거리는 점점 더 벌어졌다.

전 어멈이 연못까지 도망쳤을 때, 그곳에서는 전 어멈 수하의 인어족들과 진묵이 매복시켜 놓은 시위들이 싸우고 있었다. 그들은 전 어멈이 택을 납치해 오는 것을 보고는 싸우던 것도 멈추고 모두 멍한 표정을 지었다.

전 어멈은 그 기회를 놓치지 않고 택을 안은 채 연못 속으로 뛰어들었다. 그러자 인어족들도 잇달아 철수했다.

고북월이 곧 추격하기 시작했다. 모두 그가 전 어멈과 택을 쫓아가고 있다고 생각했으나, 고북월은 과감하게 그들을 포기하고 금인어족 둘을 사로잡았다! 산 채로 잡힌 금인어족은 말할 것도 없고, 진묵과 시위들마저 깜짝 놀랐다.

확실히 고북월은 이런 상황에서도 남들과는 달리 냉정하게 일을 처리하는 성격이었다!

전 어멈과 택을 추격한들 헛수고에 가까울 것이다. 그러나 금인어족을 사로잡는다면 전 어멈의 비밀을 풀 돌파구를 찾아낼 수 있을 것이다. 그리고 이것은 곧 택을 구하기 위한 포석을 까는 것이나 마찬가지였다!

고북월은 두 인어족을 진묵에게 넘긴 후 빠른 속도로 장경루로 되돌아갔다.

진민은 여전히 침을 놓고 있었다. 염진은 이제 몸을 떨고 있지 않았고, 안색도 꽤 나아진 상태였다. 진민은 온 정신을 집중한 상태라 고북월이 온 것도 눈치채지 못하고 있었다.

염진의 안색을 본 고북월이 다가가 맥을 잡아 보고, 이미 위험한 상황은 지나갔음을 확신했다. 진민도 그제야 그가 온 것을 알았지만, 그저 그의 손만 흘깃 보고는 계속 침에 집중했다.

마지막 침 다섯 대를 다 놓은 후 진민이 바로 고개를 들었다. 그녀는 주변을 둘러보더니, 계단 아래로 총총히 내려가 문가까지 달려 나갔다. 그러나 택의 모습이 보이지 않자, 아직도 마르지 않고 있던 그녀의 눈이 어두워졌다. 택이 결국 납치되었다는 사실을 깨달은 것이다.

진민이 문가에 선 채 뒤를 돌아보았다. 염진을 안고 한 걸음한 걸음 내려오던 고북월과 시선이 마주쳤다. 두 사람 사이의 거리가 가까워짐에 따라 한 사람은 점차 눈시울이 붉어졌고, 한 사람은 눈빛이 점점 더 무거워졌다.

마침내 진민은 고북월의 시선을 피하며 앞으로 몇 걸음 걸어나가, 염진의 팔을 잡고 맥을 짚었다. 그녀의 판단대로 맥은 안정되어 있었다.

고북월이 입술을 떼려는 순간, 진민이 먼저 말했다.

"궁에 돌아가 며칠동안 지켜보면서 약과 침을 준비하겠어요. 상황이 안정되면 내가 아이를 데리고 운공대륙으로 돌아갈게요. 당신은 남신과 연아를 전심으로 도와주세요. 반드시⋯⋯ 어떻게든 택아를 안전하게 찾아와야 해요! 그 여자는 첫 번째 장파인데, 완전히 미친 사람이에요! 택아 혼자 얼마나 무서워할지⋯⋯!"

그녀는 눈시울만 붉힐 뿐 울지 않았으나 목소리에는 울먹임이 섞여 들고 있었다. 그러나 그 목소리는 유달리 진지하고 엄숙하게 들렸다. 사람을 애잔하게 만드는 동시에 마음을 뒤흔드는 목소리였다.

수년 전, 그녀가 단 한 번 그에게 소리쳤던 그때, 그때에도 그녀의 목소리는 이러했다. 괴로운 듯, 슬픈 듯, 동시에 집착이 어린 듯한…… 그때 그녀의 목소리.

진민은 고개를 숙인 채 눈길을 아래로 향하고 있었다. 고북월은 그런 그녀를 바라보았다. 무겁던 눈동자가 짙은 안개로 덮인 것만 같았다. 그 누구도 그의 마음속을 엿보지 못하도록.

고북월은 한참 동안 그녀를 바라본 후에야 겨우 말했다.

"부인, 오랜만이오."

진민은 가볍게 입술을 깨문 채, 제 모든 기분을 눈 아래 숨기고 말했다.

"이렇게 만나게 될 줄은 몰랐어요."

그녀가 갑자기 문밖으로 걸어 나가며 말했다.

"어서 돌아가야 해요. 명신을 따뜻하게 해 줘야 해서. 당신도 어서 남신과 연아에게 연락하도록 해요. 나는 전 어멈이 장파라고 확신해요. 장파는 고운원에게 마음이 있고, 또……."

그녀가 문밖으로 나가려는 순간 고북월이 막아서더니 말했다.

"잠시만! 이대로 나가면 안 되오. 옷을 가져오게 하겠소!"

진민은 그제야 자신이 겉옷을 모두 아이들에게 벗어 주었다는 것을 떠올렸다. 그녀는 미간을 찌푸리더니, 조금 당황스럽기도 하고 부끄럽기도 한 표정으로 물러섰다.

고북월은 염진을 진민에게 안겨 준 후 나가더니, 곧 남자 외투를 한 벌 가져왔다. 아무래도 시위의 옷인 듯했다.

고북월이 진민의 등 뒤로 가더니 그녀에게 옷을 입혀 주려 했다. 그러자 진민이 다급하게 외쳤다.

"멈춰요! 나는 아무 남자 옷이나 입고 그럴 수는 없어요!"

신분, 갖가지 모순

진민의 말에 고북월의 손이 그대로 굳었다.

그는 그제야 뭔가를 깨달은 듯 말했다.

"그럼…… 내 옷을 입도록 하지."

고북월이 염진의 몸을 덮고 있던 외투와 바꾸자, 진민이 한 마디도 하지 않고 염진을 안은 채 문틀을 넘었다.

고북월의 손이 그대로 허공에서 굳어 버렸다. 진민의 뒷모습을 바라보는 그의 고요한 얼굴에 어쩔 수 없다는 빛이 어렸다. 그러나 그는 곧 잘생긴 미간을 가볍게 찌푸리고는 제 옷을 벗은 뒤 빠르게 걸어가 진민에게 걸쳐 주었다.

진민이 그를 돌아보았다. 그가 얇은 내의만 걸치고 있는 걸 보고 그녀는 무슨 말인가 하려는 듯했지만, 결국은 아무 말도 하지 않고 발걸음을 더욱 빨리할 뿐이었다.

고북월이 그녀를 쫓아가며 말했다.

"택아가 납치된 일은 일단 외부에 알리지 않는 것이 좋겠소. 지금 궁에 들어가는 것도 상당히 불편할 것 같고. 남신과 연아가 축운궁주를 잡았는데, 축운궁주가 《운현수경》이 고씨 저택 연못 안에 있다고 했다 하오. 그러니 고씨 저택에서 잠시 머무는 것이 나을 것 같소만."

진민은 그를 쳐다도 보지 않았지만 그래도 바로 방향을 틀어 비연이 거처하던 요화각 쪽으로 향했다.

염진을 침상에 눕힌 후 이불을 덮어 준 그녀는 탕약을 준비하기 위해 몸을 돌렸다. 염진의 병이 재발했으니 약욕도 소홀히 할 수 없었고, 그녀 역시 빨리 한기를 몰아내야 했다.

진민이 재빨리 약방을 써서 밖으로 향하자, 고북월이 그녀를 막아서며 진지하게 말했다.

"내가 하인을 찾아 명신을 돌보게 하고, 직접 약욕을 준비할 테니, 어서 옷을 갈아입고 화장을 지우는 것이 좋겠소."

진민은 그제야 자신이 공포스러운 음양 화장을 하고 있다는 사실을 깨달았다. 그녀는 고집부리지 않고 약방을 고북월에게 건넨 후 고개를 끄덕였다.

진민이 화장을 지우고 돌아왔을 때, 요화각 안에는 이미 약 냄새가 짙게 퍼져 있었다. 염진은 열기가 올라오는 약탕 안에 잠겨 있었고, 고북월이 그 곁을 지키고 있었다.

그 모습을 본 진민은 저도 모르게 발걸음을 멈추고 말았다. 10여 년 전, 대진국 태부의 저택에도 항상 이렇게 열기가 오르는, 약재의 향이 가득한 방이 있었다. 다만 당시 약탕에 잠겨 있던 사람은 고북월이었고, 곁에서 지키고 있던 사람은 난신이었다.

마음속 깊은 곳에 감춰 둔 그 기억 속 장면이 마치 어제 있었던 일처럼, 10여 년의 시간을 넘어 진민의 눈앞에 아른거렸다.

진민이 넋을 잃고 있노라니 고북월이 탕약을 들고 왔다.

"한기를 몰아내는 약이오. 부인께서도 어서 드시오."

진민은 반사적으로 그의 시선을 피해 눈을 내리깔고는 탕약을 받아 들었다. 고북월이 즉시 사탕을 하나 건네주었다.

진민은 잠시 망설이다가 말없이 그것을 받았다. 그러자 고북월이 계속 말했다.

"맥을 짚어 보니, 명신은 한기가 폐에 스며든 것이 분명하오. 병이 발작한 것이 차라리 잘된 것 같소. 한기가 쌓이기만 하고 발작하지 않았다면, 오히려 더 큰 문제가 되었을 것이오."

진민은 욕조 가까이 다가가 염진의 어린 얼굴을 바라보고는 저도 모르게 한숨을 내쉬었다.

"이 병은 한번 발작하면 몇 달 동안은 요양해야 하지요. 이 일은…… 숨길 수가 없겠어요."

과거 그들은 염진의 병세를 안정시킬 수 있다고 확신했다. 두 사람은 의논 끝에 염진에게는 병에 관해 이야기하지 않기로 했었다. 염진에게 부담을 지우지 않고 마음 편하게 지내게 하려는 의도에서였다.

후에 고북월이 염진에게 영술을 가르치려 했지만 진민이 반대했다. 고북월은 자신의 병이 심한 상황에서도 영술을 수련할 수 있었고, 염진의 자질이 자신보다 나으니 별일 없으리라 생각했다. 그러나 진민은 힘든 수련이 염진의 몸에 영향을 끼쳐 병을 심하게 만들지나 않을까 걱정했다.

그들 부부의 생각이 어긋나는 동인 염진은 영술에 대해 지극한 열정과 기대를 품고 어떻게든 배우려 했다. 결국은 진민이 어느 정도 타협했고, 다행히도 모든 것이 꽤 순조로웠다.

후에 진민은 염진을 데리고 집을 떠난 후에도 병에 대해서는 알려 주지 않았다. 때에 맞춰 약욕을 하는 것도 그저 건강을 위해 하는 일이라고만 이야기했고, 복용해야 하는 약도 약선 요리로 만들어 먹였다. 그들은 염진이 열 살이 되었을 때 사실을 알려 주기로 약속했었다.

진민은 염진이 열 살이 되면 자신이 무엇 때문에 그를 데리고 집을 떠났는지 이야기해 주기로 마음먹고 있었다. 열 살은 바로 고씨 가문 영족이 사명을 알아야 하는 나이였다.

그러나 지금 그들이 함께 세운 계획도, 그녀 홀로 세운 계획도 엉망이 되고 말았다.

고북월의 눈이 더욱 무거워지기 시작했다.

"명신이 깨어나면 내가 이야기하겠소."

진민은 아들이 안쓰러워 견딜 수 없었지만 과감하게 말했다.

"고북월, 당신은 어서 가서 포로들을 심문해요. 우리에게는 신경 쓰지 말고! 지금 가장 급한 것은 명신이 아니라 택아니까요!"

고북월이 한마디 하려 했으나, 진민이 몸까지 일으키며 진지한 어조로 말했다.

"납치된 후로 몇 번이나 전 어멈을 탐색해 봤어요. 그 노파는 장파임이 틀림없어요. 게다가 나는 그녀가 겉으로 보이는 만큼 늙지 않았다고 생각해요. 줄곧 자태며 동작을 유심히 관찰했는데, 늙은 여자라기보다는…… 젊은 여자 같았어요. 아, 그리고 나는 그녀가 금인어족인지 확신할 수 없었는데, 오늘 상황을 보니 그녀는 금인어족이 분명해요!"

오늘 전까지만 해도 그들을 납치해 물로 뛰어든 것은 모두 금인어족이었다. 전 어멈은 몇 번이나 물에 뛰어들었으나 모두 금인어족의 호위를 받는 상황이었다. 때문에 진민은 계속 전 어멈이 금인어족이 맞는지 확신하지 못하고 있었다.

그런데 방금 돌아오는 길에 진묵한테서, 전 어멈이 택을 납치한 후 직접 물로 뛰어들어 도망쳤다는 사실을 들었다. 바꿔 말하자면 전 어멈은 금인어족인 것이다.

하지만 전 어멈이 금인어족이고 또한 장파라면, 과거 구려족과는 대체 무슨 관계가 있을까? 음양 화장은 인어족을 비하하기 위한 화장법이라 했다. 그런데 전 어멈이 어떻게 그 화장을 할 수 있었을까?

이 안에는 모순이 너무 많았다. 그들이 알지 못하는 은밀한 사정이 있거나, 아니면 그들이 알고 있는 정보에 무슨 착오가 있는 것이 분명했다.

진민이 의심하는 문제는 고북월도 이미 고민했던 바였다. 게다가 그는 진민보다 훨씬 더 숙고하고 있었다. 어쨌든 그는 비연이 얻은 정보를 모두 알고 있었다.

고북월은 전 어멈이 구려족의 검녀가 아닌가 의심했었다. 그러나 전 어멈이 금인어족이라면 검녀일 수 없다.

고북월은 비연이 축운궁주에게서 들었다는 정보를 진민에게 말해 준 다음 생각에 잠긴 듯 중얼거렸다.

"아마 그녀도 축운궁주와 마찬가지로 인어족의 생존자일 것이오. 《운현수경》이 그녀의 손에 있지 않은 이상, 수하의 금인어족이 반드시 운공대륙의 백리 일족이라고는 할 수 없을 것 같소. 아마도 당시 인어족의 후예일 가능성이 크겠지.”

진민이 재빨리 말했다.

“아니에요. 전 어멈이 인어족 생존자라면, 무엇 때문에 장파 일파를 창립하면서 음양 화장을 표식으로 삼았겠어요?”

고북월이 장파 일파에 대해 고민하기 시작했다. 바로 이때, 하인이 다급하게 달려와 보고했다.

“태부, 민 부인! 전하께서 성에 들어오셨습니다. 지금 이곳으로 오고 계십니다!”

고북월과 진민은 놀라고 기뻐하는 동시에 서운해했다. 군구신 일행이 예상보다 빨리 도착해 기쁘고 놀라웠고, 또 그들이 만약 조금만 더 일찍 왔더라면 하는 생각 때문에 서운했다.

고북월은 그 자리를 떠나지 않고 진민과 함께 염진을 돌보며 군구신이 오기를 기다렸다. 두 부부는 전 어멈과 관련한 이야기 외에는 한마디도 하지 않고 같은 자리에 앉아 침묵을 지켰다.

진민은 몇 번이나 몸을 일으켜 욕조 안 물의 온도를 쟀다. 고북월은 그때마다 물처럼 고요한 눈에 어쩔 수 없다는 빛을 띠고 그녀를 바라보았다.

그는 이번 생에서 이미 수십 년을 살았다.

세심하게 생각해 보면, 인생을 사는 동안 정말로 어쩔 수 없었던 것은…… 그녀 한 사람뿐이었다. 하늘이 무너져도 그는 어떻게든 떠받칠 방법을 찾아낼 것이다. 그러나 그녀에게만은 정말 어찌해야 할지 알 수가 없었다.

그때 고요함을 깨트리고 다급한 발걸음 소리가 들려왔다. 비연 일행이 도착한 것이다…….

심문, 온화한 잔인함

비연 일행은 비밀리에 고씨 저택에 도착하자마자 바로 요화각으로 달려왔다.

문 앞에 도착한 비연이 다급하게 문을 밀려는데 군구신이 제지했다. 그는 비연에게 고요한 눈빛을 보내며 마음을 진정시킬 것을 권했다. 사실, 진묵에게서 모든 상황을 전해 들은 후 그 자신도 냉정하지 못한 상태였지만.

비연이 심호흡을 한 후 문을 두드렸다.

"태부, 민 이모! 우리가 돌아왔어요!"

진민이 문을 열었다. 그녀는 비연과 그녀 뒤의 사람들을 물끄러미 바라보다가, 마지막으로 군구신을 바라보며 탄식했다.

"남신, 미안하다. 아버지와 어머니가 택아를 지켜 주지 못했구나."

군구신은 마음속으로 애가 타서 죽을 지경이었지만, 여전히 냉정함을 유지하며 진민에게 말했다.

"어머니, 자책하실 필요 없습니다. 전 어멈은 예전부터 택아를 납치할 기회만 노리고 있었습니다. 어쨌든 그녀는 목적을 달성하기 전에는 택아에게 무슨 짓을 하지는 않을 겁니다! 포로도 생포했다 하니, 전 어멈을 찾아내는 건 시간문제일 뿐입니다!"

비연도 서둘러 위로했다.

"그럼요, 그렇고말고요! 만약 어머니께서 지켜 주시지 않았다면 택아는 한참 전에 납치되었겠지요. 우리한테는 지금 아무 실마리도 없었을 테고요!"

그러고는 재빨리 화제를 돌렸다.

"염진은 좀 어떤가요? 한기 때문에 몸이 버텨 내지 못하는 건가요?"

진묵은 염진이 발병한 사실을 알지 못했기에, 그저 보통 병인 것처럼 비연 일행에게 이야기했다.

진민은 자신이 군구신과 비연을 위로해야 한다고 여기고 있었다. 그런데 오히려 그들이 자신을 위로하는 모습을 보니 마음이 아프기도 하고 고맙기도 했다. 그녀는 많은 말을 하지 않고 재빨리 물러나 모두 들어오게 했다.

비연은 자욱한 약 냄새를 맡고 처음에는 그저 한기를 몰아내는 약재라 생각했다. 그러나 눈앞의 장면을 본 순간, 진지하게 약 냄새를 분석하기 시작했다.

비연은 곧 이상한 점을 알아차렸다. 염진의 병세는 결코 평범한 것이 아니었다. 그녀는 반사적으로 군구신을 바라보았다.

군구신은 그 자리에 멈춰 선 채 안색이 창백해져 있었다. 그는 어린 시절 아버지 곁에서 수년을 보냈고, 아버지가 약욕을 할 때면 항상 곁에 있었다. 눈앞의 이 장면은, 그에게 있어 너무나 익숙한 것이었다.

당정과 소 부인은 서로 얼굴을 바라보며 속으로만 대충 짐작할 뿐이었다.

분위기가 갑자기 가라앉기 시작하자, 소 부인이 고요함을 깨
트리고 퉁명스럽게 말했다.

"고 태부, 두 부부께서 뭔가 숨기는 일에 아주 능숙하시군요!"

진민이 소 부인을 바라보며 무슨 말인가 하려다 그만두었다.
고북월은 소 부인은 신경 쓰지 않고, 군구신의 어깨를 가볍게
두드리며 담담한 목소리로 말했다.

"안심하거라. 병세는 계속 안정적이었으니까. 이번은 사고에
가까운 거다. 몇 달 요양하면 별문제 없을 테고. 네 어머니를 탓
할 필요도 없다. 다 내 생각에 따른 거였고, 명신 자신도 잘 알지
못하는 일이니까. 명신이 깨어나면 내가 설명할 생각이다. 그러
니 너희는…… 말을 보탤 필요가 없다."

군구신은 그제야 안도의 한숨을 내쉬었다. 그는 비록 이 일
의 자세한 상황을 알지 못했지만, 부친이 이리 말하니 안심할
수 있었다.

그가 이해할 수 없는 것은, 염진에게 병이 있는데 모친이 무
엇 때문에 그를 데리고 집을 떠났을까 하는 것이었다. 부모 사
이에 대체 무슨 갈등이 있었던 걸까?

어쨌든 지금은 그런 생각을 할 여유가 없었다. 지금 급한 것
은 택의 안위였다. 군구신은 가볍게 염진의 머리를 쓸어 주며
진민에게 말했다.

"어머니, 명신은 어머니께 부탁드리겠습니다. 아버지, 일단
포로를 심문하러 가시지요. 그리고 《운현수경》을 찾아야겠습니
다. 축운궁주는 이미 준비시켜 놓았습니다!"

진민이 말했다.

"여기는 내가 지킬 테니, 안심해도 좋다!"

고북월도 고개를 끄덕였다.

고북월은 모두와 함께 요화각을 나오면서 자신과 진민이 전 어멈에 대해 추측한 내용을 털어놓았다.

비연은 고북월의 이야기를 들으며 생각에 잠긴 듯 곁에 있는 진묵을 바라보았다. 그녀는 무슨 말인가 하고 싶은 듯 그에게 다가가려다가, 다시 무엇인가 부정하고 싶은 듯 고개를 젓더니 입을 열지 않았다.

두 인어족 포로는 장작 창고에 갇혀 있었다. 그들 일행이 그 안으로 들어가니 창고는 그야말로 꽉 차고 말았다.

두 인어족은 안 그래도 허둥지둥하고 있다가 순식간에 이리 많은 사람을 보게 되니 걱정스러운 눈빛이 되었다.

당정 일행이 곁으로 물러났다. 비연은 미간을 찌푸린 채 자신만의 세계에 잠겨 있다가 뜻밖에도 제일 뒤편으로 물러났다.

군구신과 고북월이 금인어족 앞에 자리 잡고 섰다.

어머니 앞에서는 그래도 냉정함을 유지하던 군구신이었지만, 지금은 모든 인내심을 잃은 듯한 표정이었다. 그가 냉랭하게 물었다.

"전 어멈은 대체 어떤 사람이고, 어디에 숨어 있지? 말하라!"

두 인어족이 서로를 바라보더니 뜻밖에도 약속이나 한 듯, 한 사람은 왼쪽을, 한 사람은 오른쪽을 바라보았다. 두 사람 모두 군구신의 질문은 무시하겠다는 태도였다!

군구신이 차가운 목소리로 외쳤다.

"여봐라, 채찍을 가져와라!"

그래도 두 인어족은 여전히 미동도 하지 않았다.

곧 짧은 채찍이 눈앞에 대령했다. 군구신이 사납게 채찍질을 시작했다. 채찍이 한 번 날아갈 때마다 금인어족의 피부가 터져 나갔다. 군구신의 동작은 매우 매서웠고, 그 잘생긴 얼굴도 사납게 일그러져 있었다.

모두 조용히 그 장면을 바라보았다. 그들 모두 군구신이 이렇게 날카로운 것을 처음 보았지만, 그들 중 아무도 이상하게 여기지 않았다. 그들 자신도 당장이라도 손을 써서 어떻게든 자백을 받아 내고 싶었다. 어쨌든 전 어멈의 광기에 비한다면 지금 그들이 사납게 구는 것은 별것 아니지 않은가.

차 한 잔 마실 시간도 지나지 않아 두 인어족은 온몸의 피부가 터져 나가, 성한 곳이라고는 하나도 없는 상태가 되었다. 그러나 그들은 여전히 아무 말도 하지 않았다.

그때 전다다가 외쳤다.

"여봐라, 소금물을 가져와라!"

이 말에 두 인어족은 말할 것도 없고 당정 일행조차 헉, 차가운 숨을 들이마셨다. 물론 그들은 전다다의 잔인함에 놀란 것이 아니라, 그저 상처에 소금을 뿌린 후의 효과가 무서워서 그랬을 뿐이었다. 만약 같은 일이 자신의 몸에도 벌어진다면……

생각하면 할수록 모골이 송연하지 않을 수 없었다!

마침내 소금물이 도착했다. 전다다가 직접 소금물을 푸면서 말했다.

"너희에게 마지막 기회를 주지. 아직도 말하지 않을 건가?"

두 인어족이 마침내 입을 열었다. 그들은 이구동성으로 외쳤다.

"죽이건 능지처참을 하건 마음대로 해라! 우리가 주인을 배반할 거라는 꿈도 꾸지 말고!"

주인?

모두 이 단어를 듣는 순간 속으로 짚이는 것이 있었다.

전다다는 전혀 망설이는 빛 없이 두 인어에게 소금물을 부었다. 곧 두 인어는 고통스러운 비명을 지르기 시작했다. 그러나 전다다가 소금물을 전부 부을 때까지도 그들은 타협하지 않았다.

방 안은 다시 고요해졌다. 인어족들은 겨우 숨만 내쉬고 있을 뿐이었지만, 여전히 한 사람은 왼쪽을, 또 한 사람은 오른쪽을 보며 자신들 앞에 서 있는 고북월과 군구신을 무시했다.

군구신의 눈에 살의가 비치는 순간, 고북월이 먼저 입을 열었다. 그의 어조는 평소와 같이 평온했지만, 그 내용은 방 안에 있는 모든 이들을 경악하게 했다.

"비늘을 벗겨야겠군. 여봐라, 필요한 것을 준비해 오도록."

비늘을 벗긴다!

인어족이 원래의 모습을 드러내게 만든 후, 그 놈이며 얼굴의 비늘을 하나하나 벗기는 것. 그것은 바로 구려족이 혈제를 지내던 방법 아닌가! 동시에 인어족에게 가할 수 있는 가장 잔인한 고문이었다.

비늘이 벗겨지는 고통은 손톱이 생으로 뽑히는 것보다 몇 배는 아프다고 했다! 살아도 죽느니만 못하다는 말에 이보다 어울리는 고문은 없었다.

모두 고북월을 바라보았다. 고북월의 얼굴이며 눈 모두 여전히 담담하고 고요했다. 다만 그 고요함 가운데 평소보다 좀 더 소원하다는 느낌이 들었다. 지금 고북월은 모든 이를 천 리 밖으로 밀어내는 듯 멀게 느껴졌다.

이 순간 군구신마저 처음으로, 언제나 온화하고 고요한 부친이 매서워지기 시작하면 이렇게 잔인할 수 있다는 사실을 깨달았다. 더불어 자신이 사실 아버지를 완전히 이해하지 못하고 있다는 것을 자각했다.

하인이 비늘을 벗길 준비를 끝내기도 전에 금인어족은 앞다투어 투항했다.

"살려 주십시오! 살려 주십시오…… 말하겠습니다! 말하겠어요!"

"뭐든지 다 말하겠습니다! 아는 건 다 말하겠습니다!"

신분, 마지막 증거

두 인어족이 누구도 상상하지 못하던 진실을 털어놓기 시작했다.

이 둘은 전 어멈 수하의 다른 인어족처럼 많은 것을 알고 있지는 못했다. 다만 전 어멈이 금인어족이라는 것만 알 뿐 신분에 대해서도 알지 못했다.

또한 전 어멈의 진짜 얼굴도 본 적이 없으며, 그녀가 무엇 때문에 지금까지와 같은 일을 벌였는지도 알지 못한다고 했다.

그들은 처음부터 노예였고, 섬에 갇힌 채 키워졌다. 그들은 성인이 된 후 선발되어 전 어멈을 위해 충성을 바치게 되었지만, 많은 사람들이 여전히 섬에 남아 있다고 했다. 물론 시위들이 지키고 있어 그들이 섬을 빠져나오는 것은 불가능했다.

군구신이 아버지와 눈빛을 교환한 후 계속 물었다.

"그 섬은 어디에 있고, 또 이름은 어떻게 되지?"

인어족이 대답했다.

"풍화도입니다. 현공대륙 동해에 있고, 해안에서 10만 8천 리나 떨어져 있지요. 인어족이 아니면 갈 수 없습니다."

군구신이 다시 물었다.

"운공대륙 백리 일족에 대해서는 들어 본 적 있나?"

두 인어 모두 고개를 저었다.

전 어멈의 수하가 금인어족이라는 것을 알게 된 후 모두, 전 어멈이 실종된 운공대륙 백리 일족과 관계있지 않을까 의심했었다. 심지어 전 어멈이 《운현수경》을 통해, 두 대륙을 연결하는 수로를 아는 것이 아닐까 생각하기도 했다.

그러나 눈앞의 두 금인어족의 말을 듣고 나니 오히려 의혹만 짙어졌다.

설마 그들의 추측이 틀린 것일까?

택을 걱정하는 마음에 그 이상 생각할 여유가 없었던 군구신이 황급히 물었다.

"전 어멈이 지금 어디에 몸을 숨기고 있지?"

인어족이 머뭇거리자 군구신이 바로 위협했다.

"잘 생각하고 대답하는 것이 좋을 거다. 아니면 그 결과는 스스로 감당하게 될 테니까!"

인어족은 그제야 전 어멈의 은신처 몇 곳을 알려 주었다. 군구신은 즉시 모두 나뉘어 찾도록 하고, 다시 비연에게 말했다.

"연아, 너는 어머니와 함께 명신 곁에 남아 있어 줘."

비연은 여전히 자신만의 생각에 빠져 있다가, 그를 바라보며 아무 말 없이 고개를 끄덕였다.

비연이 이렇게 별 이견 없이 승낙한 것은 봉황력을 잃었기 때문만은 아니었다. 그녀는 계속 고민 중이었다.

군구신 일행이 떠나자마자 그녀는 대오각성 한 듯한 표정을 지으며 곁에 있던 진묵에게 외쳤다.

"너!"

진묵은 여전히 무표정한 얼굴로 말없이 비연의 말을 기다렸다.

비연의 입매가 보기 좋은 곡선을 그리기 시작했다. 그녀는 찬란하게 웃으며 외쳤다.

"방법이 있어! 그래, 원래 이 방법부터 생각해야 했는데!"

진묵은 여전히 미동도 없이 서 있었다.

비연은 흥분의 극에 달해 그의 손을 잡아끌었다.

"어서! 어서 나를 따라와! 빨리!"

비연의 작은 손을 바라보는 진묵의 눈에 복잡한 빛이 스쳐 갔다. 그는 곧 가볍게 비연의 손을 밀어내며 말했다.

"주인님, 따라갈게."

비연은 기쁨에 젖어 이런 작은 일은 마음에 두지 않았다. 그녀는 재빨리 달려가며 말했다.

"어서! 빨리!"

비연은 진묵을 요화각 안 서재로 데려간 뒤 재빨리 지필묵을 준비했다.

"진묵, 첫 번째 장파의 얼굴을 그려 봐! 어서! 그림을 축운궁주에게 보여 주게!"

전 어멈의 신분에 관해 지금 확신할 수 있는 것은 그녀가 첫 번째 장파라는 것, 그리고 금인어족이라는 것뿐이었다. 그 외 다른 추측을 하느니 그녀의 얼굴을 그려 축운궁주에게 보여 주는 것이 나을 것이다. 전 어멈이 금인어족이라면 축운궁주가 그녀를 알아볼 것이다!

그 누구도 그 음양 화장 중 여자의 얼굴이 전 어멈의 진짜 얼굴이라고는 확신할 수 없었다. 그러나 만약 그렇다면? 어쨌든 이 기회를 놓칠 수는 없었다!

진묵이 비연의 뜻을 알아차리고 바로 첫 번째 장파의 얼굴 중 여자 부분을 그렸다. 그리고 그 반쪽짜리 여자 얼굴에 맞춰 다른 한쪽의 여자 얼굴도 그렸다.

비연이 재빨리 그림을 들고 진묵과 함께 축운궁주에게로 달려갔다.

축운궁주는 요화각 후원에 갇혀 있었다. 의기소침한 까닭인지 그녀는 예전의 오만한 기색은 보이지 않았다. 그녀는 두 손과 두 발이 묶인 채 침상에 앉아 고개를 숙이고 있었다. 화장을 했음에도 불구하고 그녀의 몸에서 풍겨 나오는 세월의 흔적은 이미 가릴 수 없었다.

비연과 진묵이 가까이 다가가자 그녀는 고개도 들지 않고 말했다.

"연못이 매우 깊으니, 너희가……."

축운궁주는 비연이 《운현수경》의 구체적인 위치를 물으려 한다고 생각했다. 그러나 비연은 진묵에게 그림을 펼치게 한 후 외쳤다.

"어서 이걸 봐! 이 여자를 아는지 모르는지!"

축운궁주가 무력하게 고개를 들었다. 그러나 그림 속 인물을 보는 순간, 그녀의 어둡던 두 눈이 순식간에 밝아지더니 원한으로 가득 찼다. 그림을 사납게 가리키는 손가락은 물론이고,

이마저 덜덜 떨리고 있었다. 분노한 나머지 말도 제대로 할 수 없는 모양이었다.

그 모습을 본 비연은 저도 모르게 긴장하여 다급하게 물었다.

"아는 사람…… 맞는 거지?"

"려금! 무슨 일이 있어도 저 얼굴만은 알아보지! 저 천박한 계집!"

축운궁주는 사나운 기세로 몸을 기울이다가 두 발을 묶은 족쇄에 걸려 하마터면 침상 아래로 미끄러질 뻔했다.

그녀의 원한은 하늘을 찌를 듯했다. 그림 속 인물을 본 것만으로도 실물을 본 것처럼, 당장이라도 죽이려는 듯한 기세였다!

비연은 축운궁주의 눈에 비친 원한을 예전에도 본 적이 있었다. 바로 그녀가 구려족 검녀를 언급했을 때 보였던 그 원한이었으니까.

비연은 이 방법을 생각해 낸 자신에게 만족하면서도, 의외의 결과에 깜짝 놀라며 입을 열었다.

"이건…… 내가 진묵에게 첫 번째 장파의 여자 얼굴을 그리게 한 거야. 우리가 예전에 추측했던 것이 옳았어. 장파는 구려족의 검녀 려금이었어. 그리고 아마 너도 몰랐겠지만 구려족의 검녀에게는 너희 금인어족의 피도 흐르고 있었던 모양이야. 그녀도 금인어족이거든!"

축운궁주가 경악하여 외쳤다.

"뭐라고?"

"려금도 금인어족이야. 그리고 금인어족을 꽤 많이 부리고 있어! 려금이 군자택을 납치해 수로를 통해 도망쳤고, 또……."

비연은 잠시 머뭇거리다가 솔직하게 모든 것을 털어놓았다.

"려금은 고씨 가문의 전 어멈이야. 수십 년 동안 고씨 가문에 잠복해 있었지. 그 전에 다른 신분으로 잠복해 있었는지는 모르겠어."

축운궁주가 더욱 이해할 수 없다는 표정으로 말했다.

"그…… 려금도 대완만을 수련해 냈다고? 어, 어떻게 그럴 수 있지?"

여기까지 이야기한 그녀가 갑자기 멍한 표정을 짓더니, 한참 후에야 중얼거리기 시작했다.

"그때 고운원이 려금을 데려갔지……. 설마 천 년 동안…… 두 사람이…… 그들 두 사람이……."

말을 마치기도 전에 축운궁주의 눈에 눈물이 가득 차올랐다. 그녀는 자신의 얼굴을 가린 채 말을 잇지 못했다.

비연이 손수건을 건네며 담담하게 말했다.

"운들 무슨 소용 있다고 그래? 자, 당신도 우는 사람은 싫어하지? 응?"

축운궁주가 미동도 하지 않자 비연은 어쩔 수 없다는 눈빛이 되어 소리쳤다.

"그들은 같이 있지 않았다고! 려금은 고씨 가문에 몰래 숨어 있었어. 아마 너랑 똑같이 그를 기다리고 있었겠지. 하지만 려금도 고운원을 만나지는 못했어. 고씨 저택에 있던 고운원의 초상도 아마 분명 그녀가 그린 거겠지. 후에 그녀는 그 그림 위에 다시 음양 화장을 그리고, 시를 한 구절 적어 넣었지. '금은 어느 밤에나 돌아올까, 마음은 고운원과 함께'. 분명 려금은 네가 고씨 가문을 떠난 후 고씨 가문에 들어왔을 거야. 아니라면 네가 분명 그 그림을 보았을 테니까."

축운궁주가 천천히 고개를 들었다. 그녀의 볼을 타고 눈물이 흐르고 있었다. 그러나 눈빛에는 기쁨이 넘치고 있었다.

그 모습을 본 비연은 진심으로 안타까움을 느꼈다. 고운원이 구려족 검녀를 좋아하지 않았다고 해서 축운궁주가 이렇게 기뻐할 이유는 또 무엇이란 말인가. 축운궁주의 기분은 너무 빠르게 변화하고 있었다.

비연은 그녀에게 몇 마디 하고 싶었지만, 입 끝까지 올라온 말을 눌러 삼켰다. 사랑으로 인해 비참해진다는 것은 아마도 이런 것이겠지? 혹시 같은 일이 비연 자신에게 벌어졌다면…… 그녀는 더욱 미쳐 버렸을지도 모르고.

비연이 심호흡을 하고 말했다.

"잘 생각해 봐. 어째서 그녀가 금인어족인 건지! 여기엔 분명 큰 비밀이 숨어 있을 거야! 그리고 그녀가 너를 모욕하기 위해 음양 화장을 만들어 냈다면, 어째서 자신의 얼굴을 음양 화장에 그려 넣은 거지? 그리고 장파 일파를 창립한 후, 무엇 때문에 음양 화장을 대대로 전하게 한 걸까?"

아마도 단지 그를 위해

비연의 말에 축운궁주는 겨우 정신이 든 듯했다.

비연이 다시 두 금인어족에게서 들은 이야기를 축운궁주에게 전해 주었다.

축운궁주는 생각에 빠진 얼굴로 고개를 저었다. 아무래도 이해가 가지 않는 모양이었다.

비연은 축운궁주와 같이 생각할 시간이 없어 일단 다른 일부터 해결하기로 했다.

"《운현수경》은 연못 어디에 있지? 흑인어족에게 내려가 찾아보도록 해야겠어. 그동안 잘 생각해 봐. 천 년 전에 또 무슨 일이 있었는지."

천 년 전의 비밀이니, 비연으로서는 아무리 생각한들 알아낼 수 있는 것이 별로 없었다.

그러나 축운궁주는 다르다. 아마도 그녀는 실마리를 생각해 낼 수도 있을 것이다.

축운궁주는 일단 말하면 꼭 지키는 성격인 모양이었다. 비연이 진묵을 시켜 흑인어족 병사를 데려오자 《운현수경》이 있는 곳을 자세하게 말해 주었다.

흑인어족 병사는 물 아래로 한참 내려가 있더니, 결국은 작은 보물 상자에 든 《운현수경》을 가지고 올라왔다!

《운현수경》은 물속에 잠겨 있었으나 전혀 젖지 않았다. 겉표지는 검은색이었고, '운현수경'이라는 네 글자는 황금빛이었지만 이미 희미했다. 책 두께는 한 치 정도 되었고, 종이가 누렇게 바랜 것이 오래되고 신비해 보였다.

비연은 기뻐하며 재빨리 첫 번째 장을 펼쳤다. 그곳에는 글씨는 전혀 적혀 있지 않고 파도를 그린 듯한 그림만이 그려져 있었다. 비연이 계속 다음 장을 넘겨 보았지만, 모두 비슷한 그림만 있을 뿐 글자는 보이지 않았다.

비연은 《운현수경》을 진묵에게 건넸다. 그것을 훑어본 진묵 역시 아무것도 떠오르지 않는 모양이었다.

"가져가서 잘 살펴볼게."

"잘 보관해야 해."

비연의 말에 진묵이 고개를 끄덕였다.

"응!"

진묵이 물러간 후, 비연은 바로 그 자리를 떠나지 않고 연못가에 선 채 지금까지 얻은 실마리를 연결해 보았다. 그러나 너무 피곤해서인지 머릿속 생각은 자꾸 엉키기만 했다.

날이 이미 어두워졌기 때문에 그녀도 곧 그곳을 떠나 요화각으로 돌아왔다.

요화각 안. 염진이 이미 약욕을 끝내고 조용히 침상에 누워 있었는데, 꼭 자는 것 같았다. 진민이 침상 옆에 앉아 멍하니 그를 쳐다보고 있었다. 비연이 가까이 갈 때까지도 그녀는 전혀 눈치채지 못했다.

비연은 진민 앞에 앉아 가볍게 그녀의 손을 잡아끌었다. 진민은 겨우 정신을 차리고 비연을 바라보았다.

"민 이모, 너무 걱정하지 마세요. 태부께서 계시잖아요. 영 오라버니도 있고요."

비연의 말에 진민은 안심이 되는 표정으로 옆자리를 두드리며 물었다.

"다들 아직 돌아오지 않았니?"

비연은 고개를 저은 다음, 축운궁주에게 그림을 보여 준 일을 이야기하고는 위로하듯 말했다.

"려금의 신분만 알게 된다면 찾지 못할 일은 없을 거예요. 그게 잘 안 된다 해도, 우리가 그 풍화도라는 섬을 찾아서 그 소굴을 뒤집어 버리면 그만이죠!"

진민이 담담하게 말했다.

"전 어멈이 나에게 해 주려 했던 그 음양 화장은 원래 자신의 음양 화장이었구나. 어쩐지 매우 익숙한 느낌이었어."

비연과 군구신은 진민에게 장파에 관해 이야기할 때, 예전에 진묵이 그렸던 그림 몇 장을 보여 준 적이 있었다.

비연이 한스럽게 말했다.

"축운궁주가 미치광이라 생각했는데, 려금이야말로 진짜 미치광이였어요! 민 이모, 그러니까……."

진민이 갑자기 뭔가가 떠올랐는지, 손을 들어 비연의 말을 막았다.

그러고 한참을 더 고민한 끝에 말했다.

"연아, 나는 전 어멈이 내 얼굴에 그런 문신을 하려는 이유를 이해할 수 없었단다. 그런데…… 혹시 그 이유가 누군가에게 내 얼굴을 보여 주기 위해서가 아닐까?"

만약 려금이 순수하게 그들을 괴롭히기 위해서였다면, 굳이 자신의 음양 화장을 문신할 필요는 없었을 것이다. 각자의 얼굴형에 맞춰 각기 다른 음양 화장을 해 줄 수도 있었을 것이다.

그동안 다른 장파들의 음양 화장 역시 얼굴형이나 생김새에 따라 모두 달라졌었다. 려금이 그들에게 자신과 같은 음양 화장을 해 주려 한 것은 분명 목적이 있을 것이다!

비연이 고운원을 그린 그림을 떠올리고 말했다.

"설마, 고운원에게 보여 주기 위해서? 전 어멈의 얼굴을 알아보게 하기 위해서였을까요?"

비연은 그저 직감에 따라 추측했을 뿐이었다. 그녀가 좀 더 깊이 생각하려는데 진민이 말했다.

"연아, 내가 고운원이 아직 살아 있다고 말했을 때 전 어멈은 별다른 반응을 보이지 않더구나. 전 어멈은 고운원이 살아 있다는 것을 알고 있었어! 어쩌면 전 어멈은 정말, 일부러 나를 이용해 자기 얼굴을 고운원에게 보이고 싶어 했던 건지도 몰라!"

이 말을 들은 비연은 모든 것을 알 것 같아 자신도 모르게 벌떡 일어났다.

"그래서 전 어멈은 화장을 해 주려 한 것이 아니라 문신을 새기려 한 거였군요! 그래야 지워 버릴 수 없으니까! 전 어멈은 민 이모와 염진을 놓아줄 생각이었던 게 분명해요. 택아! 전 어멈의 목표는 단지 택아뿐이었어요!"

진민이 연이어 고개를 끄덕였다.

비연은 생각할수록 소름이 끼쳤다.

"장파 고묘에 장파들이 음양 화장을 한 초상화가 그리 많았던 것도…… 고운원에게 보여 주기 위함이었던 거군요!"

장파 일파는 보통 고묘에서 은밀하게 지냈기에 세상 사람들은 알지 못했다. 비연 일행이 실수로 그 영역에 들어가지 않았다면 장파라는 단어는 그저 전설에 불과했을 것이다.

려금이 장파를 설립한 게 고운원 때문이었다면……. 그렇다면 장파 고묘가 있는 곳은 고운원이 항상 가던 곳일 가능성이 있었다. 아니면 고운원이 잘 아는 곳이거나…….

바꿔 말하자면, 장파 일파가 생겨난 이유는 그저 고운원을 기다리기 위한 것일 수도 있었다!

그리고 음양 화장의 기원은 축운궁주가 설명한 것처럼 축운궁주를 모욕하기 위한 것이 아니라 분명 숨겨진 사정이 있을 것이다.

이 일이 려금이 인어족이라는 것과 관련 있을까? 여기에 숨어 있는 비밀은…… 려금을 제외하면 아마 고운원만이 알 것이다!

고운원은 려금의 존재를 알고 있을까? 려금이 대체 왜 이런 행동을 하는지도 알고 있을까?

고운원을 떠올린 비연은 저도 모르게 약왕정을 꽉 쥐었다. 마음이 점차 갑갑해졌다.

그때 군구신 일행이 돌아왔다. 두 인어족이 자백한 진양성

46

안팎의 은신처를 모두 살펴보았지만, 그림자 하나 발견하지 못한 상태였다.

비연은 재빨리 자신이 확인한 실마리들이며 진민과 추측해 낸 것들을 군구신 일행에게 말해 주었다. 모두 깜짝 놀라며, 곰곰이 생각해 보기 시작했다.

당정이 말했다.

"최소한 전 어멈의 신분은 확실해진 참이네! 적어도 우리가 풍화도를 찾을 수는 있겠지!"

군구신이 심호흡을 한 후 말했다.

"바다로 나가는 건 위험이 크니 너무 성급하게 굴어서는 안 돼. 일단 칠 숙부께 서신을 올려야겠어."

고북월은 당정의 말을 듣고 한마디 하려다가, 군구신의 말을 듣자 안심이 되는 듯한 눈빛으로 말을 삼켰다.

방금 밖에서 전 어멈의 은신처를 찾아다닐 때, 군구신이 초조해하는 것을 모두 느낄 수 있었다.

그러던 군구신이 이렇게 이성을 유지하다니, 정말로 기특한 일이었다.

칠 숙부에게 서신을 보내라고 망중에게 명한 군구신이 비연을 보며 말했다.

"연아, 《운현수경》을 가져와. 모두 함께 보자!"

비연이 고개를 끄덕였다. 그러나 그녀가 《운현수경》을 가지러 가려 했을 때 진묵이 문가에 나타났다.

그것도 나쁜 소식을 들고.

"주인님, 이《운현수경》은 가짜야."

비연이 경악했다.

"뭐라고?"

방 안의 모든 이들도 깜짝 놀랐다. 군구신이 빠르게 다가가 물었다.

"어떻게 알아낸 거지?"

진묵이《운현수경》을 건네며 말했다.

"여기 그려진 그림 중 일부는 모사한 것이고, 일부는 그냥 아무렇게나 그린 것이야. 아무렇게나 그린 부분은 필치를 보건대 고운원을 그린 그 그림과 똑같아. 분명 제1대 장파, 려금이 그린 걸 거야."

비연은 처음에는 자신들이 축운궁주에게 속았다고 생각했다. 그런데…… 축운궁주도 려금에게 속은 것이다! 심지어 천 년 전 구려족 족장도 려금에게 속은 것이다.

려금은 천 년 전《운현수경》을 훔치고 위조본으로 구려 족장을 속였음이 분명했다!

모두 침묵을 지키는 가운데, 갑자기 전다다가 외쳤다.

"우리가 전에 했던 추측이 옳았던 거야! 운공대륙 백리족의 실종은 분명 제1대 장파가 한 짓이야! 그녀가 부리는 금인어족은 분명 운공대륙 백리족의 후예인 거야!"

진민이 생각에 잠기더니 곧 말했다.

"우리가 납치되어 있던 동안 본 금인어족은 모두 열대여섯 살 정도였어! 설마 운공대륙 백리족이 풍화도에 갇혀 있는 걸까?"

모두 의아한 얼굴로 서로의 얼굴만 바라볼 뿐이었다.

그때 비연이 갑자기 몸을 일으키더니 후원을 향해 달리기 시작했다.

의심할 바 없이 그녀는 축운궁주를 찾아가고 있었다…….

이 일은 이 일, 그 일은 그 일

고요한 가운데 비연이 문을 부수다시피 하며 들어갔다.

려금이 아직 살아 있다는 이야기를 듣자 축운궁주는 원한에 가득 찬 나머지, 예전처럼 의기소침해하지 않았다. 마음이 죽어 버린 사람을 다시 살아나게 할 수 있는 것은 애정이 아니면 원한이라 했던가. 그녀는 계속 비연을 기다리고 있었다.

비연이 들어오는 것을 본 축운궁주가 흥분한 목소리로 말했다.

"애야, 《운현수경》은 찾았니? 우리 다시 거래하는 게 어때? 응? 네가 승낙하기만 한다면 나는…… 나는 네 노예가 되어도 좋다!"

비연은 차가운 표정으로 《운현수경》을 축운궁주 앞에 던졌다. 축운궁주는 바로 뭔가 잘못되었음을 깨달았다. 그녀는 비연과 비연 등 뒤의 사람들을 보고, 《운현수경》을 들어 훑어보았다. 그녀는 제 손안의 《운현수경》이 예전에 자신이 북해에서 팔괘림으로 돌아갔을 때 얻은 그것임을 확신했다.

축운궁주는 도무지 영문을 알 수 없어 비연에게 물었다.

"왜 그러는 거지?"

비연의 안색이 점점 더 차가워졌다.

"이 《운현수경》은 가짜다!"

축운궁주는 잠시 멈칫했으나 곧 큰 소리로 웃기 시작했다.

"가짜라고? 대체 그게 무슨 소리지? 망할 계집, 약속을 지키고 싶지 않은 거면 그냥 솔직하게 말하려무나! 그런 수작은 부릴 필요 없다!"

비연은 여전히 차가운 얼굴로 아무 말도 하지 않았다.

진묵이 한 걸음 앞으로 나와 평온한 얼굴로 《운현수경》이 가짜인 이유를 상세하게 설명했다. 축운궁주는 안색이 점점 변해 가더니, 결국은 진묵의 말을 끊고 외쳤다.

"그만! 나는 믿지 않아!"

진묵이 비연을 흘깃 보더니, 그녀가 아무 말도 하지 않자 계속 말했다.

"상황을 보면 검녀 려금이 한참 전에 《운현수경》을 훔쳤던 것 같아. 속은 사람이 너 하나만은 아니야."

축운궁주는 제 손에 들린 《운현수경》을 바라보며 아무 말도 하지 않았다. 그녀의 두 눈에는 소름 끼칠 듯한 분노와 원한이 넘실거리고 있었다.

그때 비연이 입을 열었다.

"《운현수경》을 얻지 못한다면 본 왕비는 약속을 실현할 수 없지……"

그러나 그녀가 말을 끝내기도 전에 축운궁주가 《운현수경》을 사납게 바닥에 내팽개치며 외쳤다.

"널 돕겠다! 너에게 풍화도를 찾아 주겠어! 그리고 내가 그년을 죽여 주겠어! 내가, 내가……"

그녀는 분노로 인해 가슴이 막히기라도 한 양 한참 동안 숨을 헐떡이다 간신히 말을 이었다.

"그 계집을 상대하게만 해 준다면, 무엇이건 네 말대로 하겠다! 나는, 나는…… 그래, 그게 나 자신을 돕는 길이야!"

비연이 축운궁주를 찾아온 것은 《운현수경》이 위조품이라는 것을 알려 주고, 축운궁주 스스로 풍화도를 찾는 것을 돕게 하기 위해서였다. 그러니 목적은 거의 다 이룬 셈이었다. 그러나 비연은 바로 축운궁주에게 대답하지 않고, 대신 제일 끄트머리에 서 있는 목연을 돌아보았다.

예전의 약속과 달리, 이번에는 정말로 축운궁주와 협력하려는 것이었다. 아니, 최소한 같은 목적을 가지고 움직여야 하는 상황이었다. 이런 상황이라면 목연의 의견도 들어 봐야 했다.

목연은 막 부상에서 회복되어 안색이 여전히 창백했다. 그는 비연이 자신을 바라보자 조금 놀란 듯 한참 동안 아무 말도 하지 않았다. 군구신 일행은 모두 기다리고 있었고, 방 안은 고요해졌다.

축운궁주도 비연의 시선을 따라가다가 그제야 목연이 자신에게 품은 원한을 기억해 냈다. 그녀는 목씨 가문을 멸문시켰고 목연을 능욕하려 했었다.

원한을 품은 자는 일분일초 원한을 기억하기 마련이지만, 악행을 저지른 자는 항상 잊고 있기 마련인 것이다. 그래서 쉽게 원한을 만들어서는 안 되는 것을!

목연이 그 죽은 듯한 눈을 가늘게 뜨고 축운궁주를 바라보았다. 그러나 축운궁주는 그의 시선을 피하지 않았다.

고요함 속에서 가장 먼저 인내심을 잃은 사람은 전다다였다. 그녀는 목연 곁으로 가서 몰래 그의 옷자락을 잡아당기며 작게 말했다.

"저 여자에게 목씨 가문의 노예가 되어 속죄하라고 해!"

목연은 코웃음 치며 속삭였다.

"속죄? 저 여자는 영원히 그런 기회를 가질 수 없을 거야. 저 여자의 죄는 영원히 속죄할 수 없는 죄거든!"

전다다도 쉽게 선심을 베푸는 사람은 아니었다. 그런데도 그녀가 축운궁주에게 속죄의 기회를 주라고 한 것은, 목연이 원한에서 벗어나기를 바랐기 때문이었다.

그녀가 다시 권하려는데, 목연이 큰 소리로 외쳤다.

"이 일은 이 일이고, 원한은 원한입니다! 왕비마마, 저희 목씨 가문을 고려하실 필요 없습니다! 풍화도와 관련한 일이 끝난 후 제가 빚을 받아 낸다 해도 늦지 않으니까요!"

목연은 원래의 태도를 견지했다. 비연 일행이 축운궁주의 신분과 비밀을 알아내 준 것만으로도 그에게는 이미 충분했다. 원한은 그 스스로 갚을 것이다! 그리고 그는 아무리 오랜 시간이라도 기다릴 수 있었다!

목연은 축운궁주를 냉랭하게 바라본 후 경고하듯 말했다.

"계략을 꾸밀 생각은 하지 않는 게 좋을 거다! 그리고…… 어떻게든 살아남도록 해. 너무 빨리 늙어 버리지 말고!"

축운궁주가 큰 소리로 웃기 시작했다.

"좋아, 좋다고! 본존이 늙어 죽기 전에 반드시 너에게 기회를 주지! 너도 수련 좀 하는 게 좋을 거다. 기회를 얻었을 때 본존에게 패하지 않으려면!"

목연이 차갑게 말했다.

"안심하도록. 우리 목씨 가문에게 돌려주어야 할 것은, 내가 모두 도로 받아 낼 테니까!"

비연뿐 아니라 군구신과 고북월 일행도 모두 목연에게 감탄하는 듯한 눈빛을 보냈다. 아주 많은 경우, 특히 사랑과 원한이 관련된 경우, 정말로 각각의 상황을 구분할 수 있는 사람은 많지 않았다.

비연이 그제야 축운궁주에게 답했다.

"네가 내 노예가 될 필요는 없어. 그저 내가 진상을 알게 해 주고, 려금을 잡는 것을 도와주면 돼. 그러면 우리 사이의 은원은 끝이야!"

축운궁주가 망설임 없이 대답했다.

"약속하겠어!"

군구신이 망중에게 눈짓하자, 망중이 바로 축운궁주를 묶은 족쇄를 풀어 주었다.

축운궁주가 말했다.

"나에게 준비할 시간을 사흘만 줘. 그리고 내가 직접 그 금인어족 두 사람을 만나 봐야겠어!"

비연 일행이 사로잡은 인어족 병사들은 몇 명 되지 않았지만, 축운궁주 수하에는 꽤 많은 인어가 있었다. 그녀는 수하들을 전부 소집할 생각이었다. 풍화도를 찾기 위해서는 금인어족에게 길을 안내하게 해야 할 뿐 아니라 충분한 준비가 필요했다.

풍화도는 전 어멈의 소굴이라 할 수 있었다. 그녀를 찾지 못한다면 그들은 전 어멈의 소굴을 직접 공격하여 그녀를 끌어내는 수밖에 없었다!

비연은 몹시 상쾌하게 대답했다.

"진묵, 앞으로 며칠 동안은 네가 축운궁주를 도와줘."

진묵이 고개를 끄덕였다.

"명령을 들을게!"

그러자 비연 일행이 잇달아 그 자리를 떠나기 시작했다.

문을 나서기 전, 비연이 축운궁주를 돌아보며 물었다.

"이름이 어떻게 되지?"

축운궁주는 대답하려는 듯하더니 바로 멈추고는 웃으며 말했다.

"내 성은 백리, 이름은 축운인 것으로 해 두지!"

비연은 잠시 생각하고는, 그 이상 묻지 않고 말했다.

"좋아, 백리축운!"

비연이 문밖으로 나가려 하자 축운궁주가 불러 세웠다.

"잠깐, 조건이 하나 더 있어."

비연이 미간을 찌푸리자 축운궁주가 재빨리 덧붙였다.

"연지와 지분이 필요해."

비연이 웃으며 대답했다.

"좋아, 바로 가져다주게 할게!"

얼마 지나지 않아 진묵이 축운궁주를 위해 곁채를 하나 안배해 주었다. 물론 연지며 지분 등 화장품 일습도 준비해 주었다.

축운궁주는 문을 닫자마자 얼굴의 화장을 지우고 거울을 들여다보았다. 거울에 비친 것은 주름이 가득하고 음양이 뒤섞인 얼굴로, 무척이나 공포스러웠다.

그녀는 한참 동안 거울을 들여다보다가 갑자기 몽롱한 기분이 되었다. 거울 안의 이 사람이 자신이 아니라 마치 다른 사람인 것 같은 느낌이 든 것이다.

축운궁주는 계속 거울을 물끄러미 바라다보며 중얼거렸다.

"려금, 기다려! 반드시 내 입으로 너에게 말해 줄 테니까. 너도 나와 같다고. 너도…… 그를 사랑할 자격이 없다고!"

한참 후에야 축운궁주는 겨우 냉정을 되찾았다. 그녀는 천천히 화장을 시작했다. 점차 음양이 뒤섞인 얼굴이 사라지고 주름도 조금씩 사라졌다. 그녀는 그렇게 젊고 아름다운 여자로 변해 갔다…….

군구신의 의심

비연 일행은 요화각으로 돌아와 저녁을 먹고 각자 휴식을 취하러 갔다. 축운궁주가 준비할 시간이 필요한 만큼이나 그들도 시간이 필요했다. 게다가 그들은 고칠소와 영승의 연락도 기다려야 했다.

고칠소가 어주도에서 지하에 흐르는 강을 발견했고, 영승이 그를 도우러 갔다. 가장 최근에 받은 소식은 그들이 종유 동굴 아래에서 비밀 통로를 발견했다는 것이었다. 시간을 계산해 보면 지금쯤 새로운 소식이 올 때가 됐다.

예전에는 여러 가지로 추측만 했지 모두 마음속으로는 확신이 없었다. 그러나 지금 《운현수경》이 려금의 손에 있다는 것을 확인한 이상 모두 확신이 생겼다.

운공대륙과 현공대륙 사이에는 빙해가 있고, 빙해에는 남안과 북안이 있을 뿐 동서 양쪽으로는 끝이 없었다. 최소한 빙해가 독에 감염되기 전에는 아무도 양쪽 끝으로 가 본 적이 없었다. 바꿔 말하자면, 빙해는 두 대륙을 왕래하기 위해 반드시 거쳐야 하는 길이었다.

빙해는 그저 표층만이 독에 감염되었으니, 만약 그 깊이를 알 수 없이 쌓인 얼음 아래에 수로가 있다면 그 비밀 통로는 분명 《운현수경》에 기록되어 있을 것이다. 그렇다면 려금 역시 그 비밀 통로를 알고 있을 테고, 더 많은 비밀도 알고 있을 것이다. 아니, 운공대륙 백리 일족 전부를 납치했을 수도 있었다.

그 사실을 풍화도의 비밀과 연결해 보면, 수수께끼의 답이 보였다. 어주도 지하에 있는 강과 빙해 아래의 물줄기는 분명 연결되어 있을 것이고, 려금은 바로 그 비밀 통로를 이용해 빙해를 건너 현공대륙 동해의 풍화도에 닿았을 것이다!

단지 비밀 통로 하나의 수수께끼를 풀었다 해서 려금이 운공대륙 백리 일족을 어떻게 납치할 수 있었는지 설명할 방법은 없었다! 여기에는 분명 다른 비밀이 있을 것이다. 백리 일족 중에 변절자가 있었거나, 아니면 려금에게 그들이 상상할 수 없는 패가 있었거나.

물론 비연 일행은 지금 그렇게 많은 것을 생각할 여유가 없었다! 그들에게 있어 현재 가장 간절한 목표는 바로 풍화도였다!

모두 각자의 방으로 돌아가고 이제 남은 사람은 비연과 군구신, 고북월뿐이었다. 진민과 염진은 비연의 규방에 머물고 있었고, 고북월은 자연스럽게 그들과 함께 있게 되었다.

비연이 물었다.

"태부, 명신은 언제 깨어날까요?"

"이르면 내일, 늦어도 모레면 깨어날 겁니다."

고북월의 대답에 이어 군구신이 입을 떼려는 순간 비연이 먼저 말했다.

"그럼 오늘 밤은 깨지 않겠네요. 태부와 민 이모도 푹 쉬도록 하세요."

고북월이 담담하게 말했다.

"너희들도 어서 쉬도록 해라."

비연이 고개를 끄덕이며 말없이 군구신을 잡아끌었다. 그리고 문가에 이르자, 군구신이 입을 열기 전에 비연이 먼저 속삭이듯 말했다.

"저희는 앞으로 며칠 동안 요화각에서 머물지 않을 거예요. 그러니까…… 방해하는 사람은 없을 거예요! 안심하셔도 좋아요. 민 이모와 태부 사이에 갈등이나 오해가 깊다 해도 싸우거나 하시는 일은 없겠지요. 명신이 아프니 더더욱 그러실 리 없고요! 그리고 민 이모는 태부께서 들어오시기를 기다리고 계실 거예요!"

비연이 이리 침착하게 말하는 것을 보고, 원래 무겁던 군구신의 마음이 이유 없이 가벼워지는 것을 느꼈다. 그는 고개를 끄덕이며 비연과 함께 요화각을 떠났다.

하늘에는 밝은 달이 있었고, 요화각은 곧 조용해졌다.

고북월은 계단 앞에서 걸음을 멈춘 채 깊은 생각에 잠겼다. 그는 본래도 고요한 사람이었으나, 이 순간은 평소보다 훨씬 더 고요해 보였다. 마치 이 시끄러운 세계에서 벗어나 자신만의 세계를 이루고 있는 것처럼.

한참 후에야 그는 발걸음을 옮기기 시작했다.

진민의 방문 앞에 도착한 고북월은 가볍게 문을 두어 번 두드렸다. 그러나 방 안에서는 아무 인기척도 들리지 않았다. 그는 다시 두어 번 두드렸으나 여전히 아무 반응이 없었다.

그는 뒤로 돌아섰다. 달빛 아래 곧게 뻗은 그의 그림자는 고요해 보이는 동시에 어딘가 고독해 보였고, 또 조금은 당황하고 있는 것처럼 보였다. 그의 그림자는 그와 무척이나 닮은 동시에 또한 그가 아닌 것 같았다.

방 안에서는 염진이 단잠에 빠져 있었다. 그의 안색은 이미 완전히 회복되어 있었다. 고요하고 여릿한, 그리고 순수해 보이는 그 얼굴은…… 마치 생명이 막 시작되는 순간과도 같은 모습이었다.

진민은 침상 가장자리에 웅크리고 앉아 두 무릎을 감싼 채, 조용히 닫힌 방문을 바라보고 있었다. 그녀가 어떻게 잠들 수 있을까? 비연의 생각이 틀리지 않았다. 진민은 염진을 지키면서 고북월을 기다리고 있었다.

이런 기다림은 그녀에게 있어 너무나도 익숙한 것이었다. 과거에도 그녀는 아이를 재우며 이렇게 그를 기다렸다. 그래, 남신이 실종되기 전까지. 모든 평화가 깨져 버리기 전까지.

고요한 가운데 시간마저 소리 없이 멈춘 것 같았다. 그렇지 않다면…… 아아, 시간이 왜 이리도 느리게 흘러가는 것 같을까?

진민은 방문을 노려보며 저도 모르게 입술을 꽉 깨물고 있었다. 마침내 그녀는 탁한 숨을 내쉬며 침상에서 내려왔다. 그리고 잰걸음으로 걸어가 문을 열었다. 그러나 밖으로 나가지는 않고 문가에 선 채 물었다.

"내가 아무 대답도 하지 않으면, 계속 들어오지 않고 거기 있을 건가요?"

그녀는 그가 가지 않았을 거라고 확신하고 있었다. 그녀가 잠들지 않았다는 것을 그가 아는 것처럼.

고북월이 그녀에게로 다가왔다. 그의 온화한 눈동자가 무겁게 가라앉아 있었다.

"명신은 어떻소?"

"괜찮아요."

진민의 대답에 고북월은 고개를 끄덕이더니 그제야 안으로 들어오려 했다. 그런데 이게 웬일일까. 진민이 갑자기 그를 문밖에 세워 둔 채 문을 닫았다.

고북월은 잠시 멈칫했다가 곧 문을 두드리려는 듯 손을 들었다. 그러나 결국은 두드리지 않고 소리 없이 원래의 자리로 돌아갔다.

그는 고개를 들어 하늘의 밝은 달을 바라보았지만, 그 밝은 달빛도 그의 눈에 짙어 가는 감정을 풀어 줄 수는 없었다.

밤이 점차 깊어 갔다. 일경, 이경, 삼경……. 고북월은 계속 그 자리에 서 있었다.

검 연습을 끝낸 군구신은 잠이 오지 않아 연못을 살펴보러 가려던 참이었다. 요화각을 지나가던 그가 무심결에 고개를 들자 고북월이 보였다.

군구신은 처음에는 놀랐으나 곧 부친의 성격이라면 이런 일이 있는 것도 이상하지 않다는 생각이 들었다. 그는 몸을 날려 난간을 넘어가 고북월 곁에 섰다.

군구신이 말을 걸기도 전에 고북월이 잔잔한 미소를 띤 얼굴로 그를 돌아보았다. 군구신도 웃으며 놀리듯 말했다.

"저는 계속 어머니는 화를 내실 줄 모르는 분이라 생각했습니다. 최소한 아버지께는 말입니다."

고북월은 여전히 미소 짓고 있었으나, 이 화제를 계속 이어나갈 뜻은 없는 듯했다. 그는 난간 위로 뛰어오르더니 반동력을 이용해 지붕 위로 올라갔다.

군구신 역시 즉시 따라가, 두 부자는 지붕 위에 어깨를 나란히 하고 앉았다. 고북월이 물었다.

"건명검법은 얼마나 진전이 있느냐?"

군구신이 솔직하게 대답했다.

"검녀가 주화입마에 빠졌던 일은 아무리 생각해도 이상합니다. 그러나 지금으로서는 별 단서가 없습니다. 심지어……."

군구신은 생각에 빠진 얼굴로 말을 잇지 않았다.

고북월이 잠시 기다리다가 다시 물었다.

"무엇을 의심하고 있느냐?"

군구신이 그를 쳐다보며 솔직하게 말했다.

"저는 제가…… 건명검법의 두 번째 깊은 뜻을 제대로 이해하지 못했거나, 혹은 잘못 이해한 것이 아닌지 의심하고 있습니다."

건명검법의 두 번째 깊은 뜻은 바로 '무아유검'이었다. 그는 비연이 무심결에 했던 말에서 영감을 얻어 그 뜻을 이해했다.

비연은 그가 계속 수련을 반복하면 주화입마에 빠질 수 있다고 말했다. 그리고 그는 당시 정말로 죽을 지경까지 스스로를 몰아붙여 생을 얻겠다는 일념으로, 주화입마에 빠질 때까지 수련을 계속했다.

결국 그는 스스로를 잃고 '무아'의 경지에 도달했으며, 그 후 진정으로 건명력을 장악하게 되었다. 건명력은 이제 그의 몸 안에 머물러 있었고, 건명력을 건명보검에 숨길 수도 있게 되었다. 그야말로 자유롭게 건명력을 부릴 수 있게 된 것이다.

그때 비연이 물었다. '무아'라는 것이 자아를 잃는 것이라면, 그가 건명력에 의해 통제받게 되는 것이 아니냐고.

당시 그는 그 말을 마음에 새기지 않았다. 그러나 검녀가 주화입마에 빠졌다는 이야기며, 고운원과 몽동이 건명보검을 봉인한 이야기를 듣고 나니 마침내 문제를 인식하게 된 것이다……

너에게는 좋은 일이 아니다

건명검법의 두 번째 경지인 '무아유검'이 군구신이 예전에 이해한 대로 주화입마를 통해 '무아'의 경지에 이르는 것이라면, '인검합일'의 경지에 이른 려금은 이미 주화입마를 겪어 보았어야 했다. 그런데 그녀는 무엇 때문에 '인검합일'에 이른 후 다시 주화입마에 빠졌을까?

려금이 주화입마에 빠진 후, 고운원과 몽동이 건명보검을 봉인하려 했던 것은 려금을 구하기 위해서였을까, 아니면 건명력을 남겨 당시의 천살을 억제하기 위해서였을까? 그리고…… 혹시 주화입마에 빠졌기 때문에 려금과 건명보검 사이의 계약이 깨진 것일까?

군구신은 현재 자신이 건명보검과 계약을 파기할 수 있는지, 파기할 수 있다면 어떻게 파기해야 하는지도 알지 못하고 있었다.

축운궁주는 구려족의 후예인 계강란을 키운 이유가 어느 날 계강란으로 하여금 건명검을 장악하게 하기 위해서였다고 했다. 그렇다면 려금은?

그녀는 계강란을 납치했고, 또 상당한 노력 끝에 택도 납치했다. 려금의 목적이 축운궁주와 같은 걸까? 려금은 이미 다시 건명력을 장악할 방법이 없어진 걸까?

군구신은 자신의 의혹과 근심을 모두 털어놓고 부친을 바라보았다.

"아버지. 려금이 비밀 통로를 통해 빙해를 건넜다면 분명 운공대륙에서 진기를 회복할 수 있다는 사실을 알고 있을 테고, 불사의 몸 역시 이미 회복했을 겁니다. 그런데 무엇 때문에 그렇게 공을 들여 가며 우리와 다투려는 걸까요? 또 무엇 때문에 고씨 가문에 그리도 오래 숨어 있었을까요?"

고북월도 진지하게 고개를 끄덕였다.

"내가 가장 걱정하는 것도 바로 그것이다. 려금의 목표는 우리가 아니라 고운원인 것 같구나."

이 말을 들은 군구신의 눈에 홀연히 깨달은 듯한 빛이 어리더니, 분노한 목소리로 외쳤다.

"그들 두 사람의 다툼에 우리가 놀아나고 있군요!"

고북월의 고요한 눈빛 역시 다소간 엄숙해졌다.

"건명력과 천살, 지살 뒤에는 아마 우리가 모르는 비밀이 있는 모양이구나."

군구신은 잠시 생각하다가 의심스러운 표정으로 물었다.

"려금에게는 인어족의 피가 흐르고 있습니다. 고운원은 이 일을 알고 있을까요? 인어족의 피가 려금이 건명력을 장악하는 데 장애가 되었을까요?"

고북월이 그를 돌아보며 물었다.

"네 말은……."

군구신이 진지하게 말했다.

"아버지, 저는 려금이 그때 '인검합일'의 경지에 이르지 못했던 것 아닐까 의심하고 있습니다. 그리고 건명력의 세 번째 경지는 혈루의 힘을 억제할 수 있지 않을까 생각합니다!"

고북월이 살짝 미간을 찌푸리며 생각에 잠겼다. 군구신은 그가 자신의 말을 고민하고 있다는 것을 알았기에 잠시 기다렸다.

한참 후 고북월이 겨우 눈을 들더니 진중한 표정으로 말했다.

"남신, 연아의 말이 옳다면 '무아무검', '인검합일'은 너에게 있어 좋은 일이 아닐 수도 있다."

군구신은 본래 조금 불안하던 차였는데, 부친이 이리 말하는 것을 들으니 그의 눈빛 역시 무겁게 가라앉았다.

"아버지께서도 저와 같은 생각을 하고 계시는군요."

비연은 만약 '무아'가 자기 자신을 잃는 것이라면, '무아유검'의 경지 후에는 사람이 건명력에게 조종당해야 하는 것 아니냐고 말한 적 있었다. 사람이 건명력을 조종하는 것이 아니라!

만약 비연의 생각대로라면, 다음 경지인 '무아무검', '인검합일'의 경지에 이르면 분명 자아를 잃게 될 것이다.

건명검법에서 주도적인 위치를 점하는 것은 사람이 아니라 힘이었다. 사람은 그저 건명력이 가장 강한 상태에 이르도록 보좌할 뿐이었다. 심지어 사람이 건명력의 제물이 될 수도 있었다!

고북월이 말했다.

"이 일은 쉽게 결론 내릴 수 있는 것이 아니니, 좀 더 깊이 생각해 봐야겠다. 반드시 신중해야만 한다!"

군구신이 고개를 끄덕였다.

고북월도 조금 괴로운 듯, 하려던 말을 삼켰다. 그러자 군구신이 담담하게 웃으며 말했다.

"아버지, 너무 많은 이야기를 하실 필요 없습니다. 저는 아버지의 뜻을 이해하고 있습니다."

오랜 세월 헤어져 있었지만 부자 사이의 묵계는 예전과 같았다.

고북월도 어쩔 수 없다는 듯, 그러나 기쁜 표정으로 미소 지었다. 그는 군구신을 한참 바라보더니 옷차림을 정리해 주었다. 온화하고 자상한 그의 눈빛은 자애로운 부친의 그것이었다.

고북월이 말했다.

"무엇이건 걱정할 필요 없다. 그저 네가 옳다고 믿는다면, 그대로 행하면 되는 거다."

군구신이 다시 고요하고 진지한 표정으로 고개를 끄덕였다.

이 순간의 그는 어린 시절의 모습과 많이 닮아 있었다. 진지하고 순종적이던, 고요하며 분별이 있던 그 시절의 그와. 다만 어린 시절과 달라진 것은, 그의 눈빛에 남자 특유의 단호함이 묻어나고 있다는 것이었다.

군구신은 몸을 일으켜 자리를 떠나려다가, 잠시 망설이며 발걸음을 멈췄다.

"아버지, 드릴 말씀이 있습니다. 다만 제가 드려도 될 말씀인지 모르겠습니다."

고북월이 담담하게 미소 지었다.

"부자 사이는 군신 사이도 아닌데, 해도 될 말, 하면 안 되는 말이 뭐가 있겠느냐. 하고 싶은 이야기가 있으면 솔직하게 말하거라.”

군구신도 웃으며 말했다.

“지는 아버지께서 직접 명신을 집으로 데리고 돌아가 병을 치료해 주셨으면 합니다.”

군구신은 명신만을 언급했을 뿐 모친에 관해서는 이야기하지 않았다. 일부러 그러는 것은 아니었다. 그는 순수하게, 명신이 집으로 돌아가 요양할 수 있기를 바라고 있었다. 부모 사이의 일은 그도 간섭할 자격이 없었다.

군구신이 다시 덧붙였다.

“연아의 책임은 저의 책임이기도 합니다. 건명력이 제 손에 들어온 이상, 저는 온 천하에 대해서도 역시 책임감을 느끼고 있습니다. 저는 제가 옳다고 믿는 일이라면 최선을 다할 겁니다. 아버지께서는 그 모든 것에…… 안심하셔도 좋습니다!”

고북월은 그의 어깨를 두드리며 고개를 끄덕일 뿐 아무 대답도 하지 않았다. 군구신은 아버지가 승낙한 것인지는 알 수 없었지만, 어쨌든 자신의 말을 마음 깊은 곳에 받아들이고 있다는 것은 알 수 있었다.

군구신이 떠난 후 고북월은 진민의 방문 앞으로 돌아갔다. 그는 잠시 서 있다가, 갑자기 무슨 생각을 떠올린 듯 문을 밀었다. 그러나 문은 안에서 잠겨 열리지 않았다.

그는 소리 없이 벽으로 돌아와 섰다. 이번에는 벽에 등을 기댄 채였다. 고북월은 생각에 잠긴 듯 살짝 고개를 들고 있었다.

그런 그의 모습은 이 깊은 밤의 빛깔보다 더 적막하고 고요해 보였다.

한참 후, 고북월이 천천히 눈을 감았다.

다음 날 새벽, 방 안에서 갑자기 들려온 울음소리가 고요함을 깨트렸다. 염진의 울음소리였다!

방문 앞에서 하룻밤을 꼬박 서 있었던 고북월이 눈을 뜨더니 문을 두드렸다.

"진민, 무슨 일이오?"

방 안에서는 진민이 이미 염진의 맥을 짚은 다음이었다. 그녀는 염진을 안아 올리며 대답했다.

"별일 아니에요. 악몽을 꾸었나 봐요."

고북월은 그제야 안도의 한숨을 내쉬며 그대로 문 앞에서 기다렸다. 곧 진민이 아이를 달래 울음을 그치게 하리라 생각하며.

그러나 염진의 울음소리는 계속 들려왔다. 고북월은 뭔가 잘못되어 가고 있다는 생각이 들었다. 그가 진민을 부르려 했을 때 그녀가 문을 열더니 다급하게 말했다.

"달랠 수가 없어요!"

"아이를 깨워야겠소!"

고북월이 안으로 들어가더니 신속하게 침상으로 다가갔다. 진민은 그대로 멍하니 굳어 버렸다.

악몽을 꾸는 아이를 달랠 수 없다면 깨우면 되는 일이다. 진민이라고 그 사실을 모를 리 없었다. 그러나 다급한 나머지 잊고 있었다! 진민도 다급하게 아이에게 다가갔다.

고북월은 침상에서 격렬하게 몸부림치는 염진을 붙잡고 그의 이름을 부르며 얼굴이며 손을 톡톡 두드렸다. 진민이 재빨리 휘장을 열어 창밖의 빛이 들어오게 했다.

마침내 염진의 울음소리가 잦아들더니 천천히 눈을 떴다. 그러고는 몽롱한 눈으로 고북월과 진민을 바라보았다.

고북월과 진민 모두 안도의 한숨을 내쉬었다. 고북월이 다정한 목소리로 말했다.

"아버지다. 무서워 마라."

그와 동시에 진민도 부드럽게 말했다.

"엄마가 여기 있잖니, 무서워하지 마라."

염진의 아련한 눈길이 두 사람 사이를 몇 번 오가더니, 마침내 정신을 차린 듯했다. 그러나 그는 정신을 차리자마자 다시 큰 소리로 울기 시작했다.

"앙앙……! 택아……! 택아가 보고 싶어요!"

아버지가 너를 집으로 데려가마

염진의 꿈은 온통 택에 대한 것이었다.

정신을 잃기 전 염진의 기억은 택이 피를 흘리며 혼수상태로 쓰러져 있던 상황에 고정되어 있었다. 그러니 꿈에 택이 나올 수밖에 없었다.

전 어멈이 택의 얼굴에 문신을 했다……. 택은 무력하게 울기만 했다……. 택이 승려가 되어 다시는 자신을 보려 하지 않았다……. 그래서 염진은 계속 울었다.

고북월과 진민은 염진을 이해했다. 그들은 염진을 납득시키기 가장 어려운 부분은 병에 대한 것이 아니라 바로 택이 납치된 일이라는 걸 알고 있었다. 그러나 염진이 깨어나자마자 택부터 찾을 줄은 생각지도 못했다.

진민이 고북월을 바라보았고, 고북월도 진민을 바라보았다. 두 사람이 아무리 화합하지 못하더라도 아이 앞에서는 한마음이었다. 그것이 바로 그들의 묵계였다.

고북월이 대답하려 했을 때 염진이 갑자기 그의 손을 잡으며 다급하게 물었다.

"택아는 납치된 건가요?"

염진은 무척 영리했다. 그는 부모의 반응을 보고 바로 상황을 알아차렸다. 순진한 아이의 눈이 순식간에 어두워졌다.

"다 제 잘못이에요."

그는 아주 잘 기억하고 있었다. 그때 자신이 갑자기 아팠기 때문에 어머니가 자신을 감싸 안으며 구해 달라고 외쳤다…….

진민이 바로 부정했다.

"아니야, 명신. 그런 생각은 하지 마라."

염진이 고개를 저었다. 믿을 수 없다는 표정이었다.

진민이 계속 달래려는데 고북월이 먼저 담담하게 말했다.

"명신, 이 일은 너와 무관하다. 아버지가 택아를 구하지 못한 거니까."

염진이 갑자기 조용해지더니 미간을 찌푸리며 고북월을 바라보았다. 도저히 믿을 수 없다는 표정이었다.

아니, 염진은 믿고 싶지 않았다. 아버지가 그렇게 이기적이고 잔인하다니. 자신과 어머니, 그리고 택아 사이에서…… 아버지가 그렇게 쉽게 자신과 어머니를 택하다니!

염진이 아는 한 그 어떤 일도 아버지를 곤경에 빠뜨릴 수는 없었다. 아버지는 모든 상황에 대비해 철저하게 준비한 후 깔끔하게 마무리하는 성격이었다.

고북월이 조심스럽게 염진의 눈가에 고인 눈물을 닦아 주며 다정한 목소리로 말했다.

"아버지는 계속 기회를 노리고 있었지만, 기회는 단 한 번뿐이었다. 그리고 너와 네 어머니가 구하기 유리한 곳에 있었지."

고북월은 잠시 멈추었다 계속 말했다.

"만약 택아가 그곳에 있었다면 아버지는 택아를 구했을 거다. 명신, 아버지가 두 사람을 구했으니 아무도 구하지 못한 것보다는 나은 일이지. 아버지가 누군가를 선택한 것이 아니란다. 알겠니?"

염진은 고북월을 바라보며 한마디도 하지 않다가 결국은 어머니의 품 안으로 달려들었다.

아버지가 말하는 이치를 그도 이해할 수 있었다. 하지만 너무나 괴로웠다! 어머니가 자신을 데리고 집을 떠났던 그날 이후로, 이렇게 괴로웠던 적이 없었다!

고요한 가운데 고북월과 진민이 다시 한번 서로를 바라보았다. 그들 모두 이제 염진에게 병에 대해 알려야 할 때라는 걸 알고 있었다.

진민의 시선이 염진에게로 떨어졌다. 그녀는 가볍게 아들의 등을 두드리며 위로하듯 말했다.

"명신, 이 일은 네 잘못이 아니야. 물론 네 아버지의 잘못도 아니고. 잘못이 있다면 모두 전 어멈이 잘못한 거지. 그동안 아버지와 네 형, 그리고 형수까지도 계속 실마리를 찾고 있었단다. 모두가 반드시 택아를 구해 올 거야. 걱정하지 마라."

염진은 말없이 움직이지 않았다.

진민이 다시 달래기 시작했다.

"명신, 네 형과 택아에게는 구려족의 피가 흐르고 있는 걸 알고 있지? 전 어멈이 택아를 납치한 까닭은 우리를 납치했던 것과는 다르단다. 전 어멈은 택아의 몸이 필요하니, 절대로 해가 되는 일은 하지 않을 거야."

염진은 그제야 울먹이기 시작했다.

"택아가 무서워할 거예요."

진민이 계속 위로하려 했지만, 염진이 재빨리 그녀의 품에서 고개를 들더니 말했다.

"택아는 사실 아주 겁이 많단 말이에요! 어머니, 택아는 어머니와 형, 형수 앞에서는 계속 거들먹거렸지만, 사실…… 사실 겁이 정말 많은걸요. 밤에 잘 때도 등불을 끄지 않고, 꼭 하인들에게 지켜 달라고 하고. 택아는 하인들에게 그 사실을 비밀로 하라고 했고, 또 나에게도 비밀로 하라고 했지만……."

이 말을 들은 순간 진민의 심장이 쿵 소리를 내며 떨어졌다. 그녀는 택을 자신이 낳은 아이처럼 생각했지만 그런 사실까지는 모르고 있었다. 그렇게 겁이 많은 아이가 혼자 납치당했다니…… 지금쯤 얼마나 무서워하고 있을까?

근심이 커졌지만 아들 앞에서 드러낼 수는 없었다. 그녀가 염진을 위로할 방법을 찾는 동안 고북월이 말했다.

"네 형과 형수가 이미 실마리를 찾았다. 전 어멈이 우리를 찾아오지 않는다 해도 네 형과 형수가 전 어멈을 찾아내 택아를 구해 올 거다. 며칠 후면 모두 함께 전 어멈의 소굴을 찾아 바다로 나갈 거야!"

염진이 고개를 들었다. 눈물로 얼룩진 눈이 기쁨으로 빛나고 있었다. 그가 진지하게 말했다.

"아버지, 저도 함께 갈래요!"

고북월이 진민을 한번 바라본 후 아들을 안아 들었다. 그리고 그를 제 무릎 위에 앉히고는 가볍게 안아 주었다.

염진은 바로 뭔가 이상하다는 것을 느끼고 어머니에게 묻는 듯한 시선을 던졌다. 진민은 고북월이 하려는 말을 잘 알고 있었기에, 아무 말 없이 아들의 머리를 쓰다듬었다.

염진은 점점 더 불안해져 아버지를 바라보며 물었다.

"아버지……."

고북월이 염진을 더욱 강하게 끌어안으며 말했다.

"너는 갈 수 없단다. 아버지도 갈 수 없고. 명신, 아버지가 너를 집으로 데려갈 거야."

집으로 데려간다고…….

그것은 염진이 계속 바라던 일이었다!

예전이었다면 염진은 아버지에게서 이 말을 듣자마자 흥분하여 팔짝팔짝 뛰었을 것이다. 하지만 이 순간 그의 눈에 가득한 것은 의혹과 불안이었다. 염진은 계속 고개를 든 채 아버지를 바라보며 대답하지 않았다.

진민은 멍한 표정이었다. 그녀의 시선이 염진에게서 천천히 위로 올라가 고북월의 얼굴로 향했다.

고북월의 그 우아하고 파란이라고는 없는 얼굴은 여전히 고요하기만 했다. 눈을 살짝 내리뜬 그의 모습은 염진을 보고 있는 것 같기도 했고, 생각에 잠긴 것 같기도 했으며…… 그저 순수하게 침묵하고 있는 것 같기도 했다.

염진이 한참 동안 아무 말도 하지 않자 고북월도 아무 말도 하지 않았다.

마침내 진민은 깨달았다. 그는 이제 말하지 않을 것이다. 그러나 영리한 그녀로서도 고북월이 아이가 대답하기를 기다리고 있는지, 아니면 자신이 대답하기를 기다리고 있는지 도무지 분간할 수 없었다.

말하지 않았던가. 그가 여기 남아 있으면 그녀가 아이를 데리고 집으로 돌아가겠노라고. 그는 무엇 때문에 생각을 바꾼 걸까? 이런 행동은…… 그의 방식이 아니었다.

고요한 가운데 결국 염진이 먼저 입을 열었다. 그의 목소리에는 겁이 잔뜩 묻어 있었다.

"아버지, 어째서인가요?"

고북월은 염진을 더욱 강하게 끌어안더니, 고개를 그의 어깨에 묻은 채 속삭였다.

"명신, 네가 아프단다. 아버지가 어렸을 때와 같은 병이구나."

아프다고?

염진은 예상 밖의 이야기에 본능적으로 어머니를 바라보았다.

그는 어릴 때부터 지금까지 계속 아버지와 어머니를 믿어 왔다. 아버지와 어머니의 말이라면…… 뭐든지, 뭐든지 믿었다! 그러나 이 순간, 염진은 아버지의 말을 믿고 싶지 않았다. 그는 어머니를 물끄러미 바라보며 답을 기다렸다.

진민의 눈시울이 붉어졌다. 그녀가 눈을 감고 고개를 끄덕였다. 염진이 그제야 다시 입을 열었다.

"아버지도 같이 돌아가신다는 것은…… 제 병이 심각하기 때문인가요?"

고북월이 재빨리 대답했다.

"아니다. 그렇게까지 심한 것은 아니다."

염진은 지금까지 아버지에게 이런 식으로 질문해 본 적이 없었다. 그가 다시 물었다.

"그럼 아버지는 무엇 때문에 돌아가려 하시는 거죠? 왜 택아를 찾는 것을 도와주시지 않나요?"

이 순간, 진민도 다시 고북월을 바라보았다. 그녀도 그의 답을 기다리고 있었다.

염진의 병세는 매우 심각했다. 그러나 그녀가 곁에 있으니 그렇게까지 걱정할 일은 아니었다. 그녀는 염진을 치료할 자신이 있었다.

그런데 그는 무엇 때문에 돌아가려 하는 걸까?

형이 해야만 하는 일

맑고 투명한 염진의 눈은 눈물에 한번 씻기고 나니 더욱 밝게 빛나고 있었다.

고북월은 그런 아들을 바라보다 저도 모르게 아이의 작은 머리를 쓰다듬으며 대답했다.

"그건 아버지가 해야만 하는 일이기 때문이다. 택아를 구하는 일, 그리고 현공대륙 전체를 구하는 일은 네 형이 해야만 하는 일이고 말이다."

염진이 아버지에게 귀향의 목적을 물은 것은 그저 자신의 병이 심각하지 않다는 것을 확답받기 위해서였다.

염진은 아버지의 대답을 이해할 것 같기도 하고 이해하지 못할 것 같기도 했지만, 어쨌든 안심할 수 있었다.

그는 재빨리 마음속에서 셈을 끝내고 고개를 끄덕였다. 그리고 아버지도 어머니도 감히 보지 못하고, 그저 제 두 손에 시선을 떨군 채 물었다.

"어머니⋯⋯도 저랑 함께 가실 거죠?"

덕분에 그 질문의 대상이 모호해졌다. 의도적이었다. 염진은 아버지와 어머니의 대답 모두 듣고 싶었던 것이다.

사실 두 사람 모두 대답할 수 있는 문제였고, 두 사람 모두 대답하지 않을 수도 있는 문제였다.

진민은 대답하지 않았다. 하지만 그녀는 이미 자신이 아이를 데리고 돌아가겠다고 고북월에게 말했었다.

진민이 계속 침묵하자 고북월이 대신 빠르게 대답해 주었다.

"어머니도 당연히 함께 돌아가실 거다."

염진은 진민이 예전에 계획했던 일을 알지 못했기에, 어머니가 승낙하지 않으면 어쩌나, 아니면 어머니가 자신이 돌아가지 못하게 하면 어쩌나 하는 두려움이 생겼다. 그는 재빨리 아버지의 손을 잡고 외쳤다.

"약속한 거예요! 저를 속이시면 안 돼요!"

고북월은 담담하게 웃으며 고개를 끄덕였다.

염진은 그제야 조심스럽게 어머니를 바라보았다. 진민 역시 잔잔한 미소를 띤 채 고개를 끄덕여 주었다.

염진은 속으로 안도의 한숨을 내쉰 다음, 곧 고북월을 보며 해죽 웃었다.

"아빠, 저 부탁할 일이 또 하나 있어요."

고북월의 눈빛이 더욱 자애로워졌다.

"말해 봐라."

염진이 진지하게 말했다.

"형이 택아를 구해 오면, 형에게 부탁해 택아에게 휴가를 주라고 하면 안 될까요? 택아에게 운공대륙으로 날 보러 오라고 하면……."

염진은 제 아버지를 깊이 신뢰하고 있었다. 아버지가 안심하고 집에 돌아가려 하는 것을 보면, 형이 반드시 곧 택아를 구해 올 것이다.

염진은 사실 예전부터 몇 번이나 택에게 운공대륙을 구경시켜 주고 싶다고 생각하고 있었다.

고북월의 눈에 일말의 복잡한 빛이 스쳐 가는 듯했으나 그것은 순식간에 사라졌다. 고북월이 고개를 끄덕였다.

"좋다."

염진은 그제야 완전히 마음을 놓았다. 그는 몸을 돌리더니 천천히 고북월을 끌어안고 제 작은 얼굴을 그의 품에 기댔다.

"아빠, 아빠가 정말 보고 싶었어요!"

고북월도 아들을 꽉 끌어안았다. 그도 하고픈 말이 있는 듯했으나 결국은 아무 말도 하지 않고 그저 염진의 머리만 쓰다듬어 주었다.

진민이 탕약을 달여 와 염진에게 마시게 했다. 그리고 몇 가지 주의사항을 알려 주었다. 염진은 열심히 고개를 끄덕였다. 그리고 진민의 허락을 받은 뒤, 비연 일행을 찾아 문밖으로 달려 나갔다.

진민도 따라가려 했지만, 문가에 도착했을 때는 이미 염진의 그림자도 보이지 않았다. 그녀가 몇 발짝 더 옮기려는데 뒤에서 발걸음 소리가 들렸다. 고북월이었다.

"말했잖아요. 내가 돌아갈 테니, 당신은 남아서 아이들을 도와주시라고요."

몸을 돌린 진민을 향해 고북월이 대답했다.

"남신은 이미 다 자랐소."

그러고는 잠시 멈추는가 싶더니 갑자기 웃으며 덧붙였다.

"나라고 걱정이 안 되는 것은 아니지만."

그의 웃음에는 자조가 어려 있었다. 그리고 어쩔 수 없는 쓸쓸함이, 그리고 심지어…… 심지어 처량한 느낌마저 담겨 있었다.

진민은 이 모든 느낌이 자신의 착각인지 아닌지 구분할 수 없었다. 다만 이 순간 그녀는 갑자기 불안한 기분이 들었다.

그녀는 고북월을 보고 또 보면서, 아마도 자신이 너무 예민한 모양이라고 생각했다. 그는 그저 순수하게 자조하고 있을 뿐일 텐데……

고북월은 이미 웃음기를 거둔 다음이었다. 그가 말했다.

"남신과 연아가 일을 안배하는 것을 보고, 출발할 시간을 정해 떠나면 될 것 같소. 이틀 동안 명신을 잘 쉬게 하고. 명신의 병이 재발한 걸 보면, 분명 우리가 세심하게 고려하지 못한 부분이 있는 듯하오. 운공대륙에 돌아가면, 우리 함께 영주로 갑시다."

진민의 시선은 계속 다른 곳을 향하고 있었으나, 이 말을 듣는 순간 갑자기 고북월을 바라보았다.

고북월은 계속 그녀를 바라보고 있었다. 그의 눈길은……. 단지 그녀가 자신을 바라보았기 때문이 아니라……. 변해 있었다.

고북월이 계속 말했다.

"작년, 예아와 함께 강남에 다녀오는 길에 영주에 들렀소. 작약이 아직 그곳에 살고 있소. 당신이 키우던 화초들도 작약이 계속 돌보고 있지."

작약은 진민의 시녀로, 진민과 함께 영주에서 몇 년이나 함께 지낸 적이 있었다. 두 사람은 사이가 아주 좋았다. 하지만 진민이 떠나던 그때, 작약은 이미 혼인을 했기 때문에 진민은 그녀를 속이고 함께 데려오지 않았다. 후에 작약은 태부의 저택을 떠나 영주로 갔다.

진민은 마음이 아련해졌다. 그러나 그녀는 곧 냉정함을 되찾고 말했다.

"안심하고 여기 남아 있도록 해요. 지금처럼 중요한 순간에는 한 사람이라도 더 도움이 되어야 하니까요. 명신의 병이라면 내가 치료할 수 있어요."

고북월이 뜻밖에도 담담하게 말했다.

"명신에게 약속한 이상 꼭 지켜야 하오. 이 일은 이대로 정합시다."

진민은 순식간에 말문이 막혔다. 대체 어떻게 거절해야 하는 걸까?

그녀는 미간을 찌푸렸다. 스스로도 영문을 알 수 없었지만 어쩐지 화가 났다. 자신이 화를 낼 이유가 없는데도, 예전 이야기를 꺼내기 적합하지 않다는 것을 알면서도!

그녀는 고북월을 바라보며 마음을 굳게 먹고 말했다.

"좋아요, 함께 영주로 가요. 후회하지 않기예요!"

고북월이 멈칫하더니, 진민의 원망스러운 눈길을 보고 저도 모르게 시선을 피했다. 그는 한참 후에야 중얼거렸다.

"그, 그럼 나는 이만 가서 상황을 봐야겠소."

말을 마친 그가 몸을 돌렸다. 그러나 진민이 그보다 더 빠르게 그를 스쳐 가더니, 고개 한번 돌리지 않고 문안으로 들어갔다.

고북월이 돌아보았을 때 진민은 이미 문안으로 사라진 다음이었다. 그는 한참 동안 그녀가 사라진 곳을 바라보다가 겨우 몸을 돌려 그 자리를 떠났다.

오후가 되어도 고씨 저택은 여전히 조용했다.

택이 납치된 일은 비밀에 부친 상태였지만, 북강의 전투는 이미 끝났고, 지금 온갖 소문이 떠돌고 있었다. 이 이상 북쪽을 순행한다는 핑계로 택이 납치된 일을 숨길 수 없었다.

군구신은 풍화도로 갈 준비를 하는 동시에 대신들을 소집해 조정의 일을 처리했다. 비연 역시 그의 곁에서 일을 도왔다.

소 부인과 당정 일행은 각자 알아서 준비하고 있었고, 진묵은 축운궁주를 돕는 동시에 감시하고 있었다. 모두 바쁘게 움직이고 있었다.

그날 밤, 모두 식탁 앞에 둘러앉아 저녁 식사를 하려던 참이었다. 전다다가 서신을 한 통 들고 흥분하여 달려왔다.

"칠 숙부의 서신이에요! 칠 숙부가 서신을 보내왔어요!"

이 말을 들은 모두 기뻐했다. 비연이 제일 먼저 달려가더니, 기다리지 못하고 서신을 낚아채 바로 펼쳐 보았다. 군구신이 약을 탄 물을 가져와 서신에 뿌려 주었다. 곧 텅 비어 있던 편지지에 글자가 떠오르기 시작했다.

고북월이 생각한 대로 고칠소와 영승은 지하의 종유동굴에서 실마리를 발견했다. 그들은 지하의 종유동굴 안에 강물이 흐르는 것을 발견하고 그것을 따라가 보았다.

그들은 마침내 더욱 깊은 종유동굴을 발견했고, 계속 아래로 내려가 보니 다시 종유동굴 깊은 곳에 숨겨진 소용돌이를 발견할 수 있었다. 그리고 그와 동시에 인어족 몇 사람과 마주쳤는데, 모두 금인어족이었다.

비연이 서신을 읽으며 말했다.

"그 인어족들이 정말 빠르게 도망친 모양이야. 의부가 며칠 걸려 땅 위로 돌아오는 동안 인어족을 한 명도 보지 못하셨다니까."

군구신이 진지하게 말했다.

"칠 숙부가 종유동굴에서 그렇게 오래 계셨는데, 인어족이 계속 드나들고 있었던 거라면 이제서야 발견됐을 리 없어. 그 인어족은 아마 최근에 돌아온 게 틀림없어."

당정이 재빨리 말했다.

"설마 전 어멈 일행이……."

전다다가 냉큼 말을 가로챘다.

"전 어멈이 택아와 계강란을 어주도에 숨길 생각을 하는 건 아니겠지?"

성동격서

전다다의 말이 바로 당정이 하려던 이야기였다.

모두 놀라면서도 합리적이라고 생각했다. 칠 숙부가 비밀리에 어주도를 지키지 않는 상황에서 려금이 택과 계강란을 그곳에 숨겼다면, 그들이 현공대륙을 이 잡듯 뒤져도 결국은 찾아내지 못했을 것이다. 풍화도를 찾아냈다 해도 헛수고에 불과했을 테고!

비연이 원한에 가득 찬 목소리로 말했다.

"과연 그럴 법도 하군!"

고북월이 말했다.

"보아하니 우리가 예전에 추측했던 것이 모두 옳았던 것 같군. 빙해 아래에 비밀 통로가 있고, 운공대륙 백리족은 분명 풍화도에 있는 모양이다!"

본래 완벽하게 확신하지 못했지만, 지금은 모든 것이 분명해지고 있었다.

소 부인이 눈을 가늘게 뜨고 냉랭하게 말했다.

"우리가 어주도에 다녀오는 것이 좋겠군요. 축운궁주에게 물아래로 내려가 길을 찾게 하고요. 백리율제와 백리명향이 갔던 길을 되짚어가면 될 것 같습니다."

백리율제와 백리명향은 남매로, 바로 운공대륙 백리 가문의 가주였다. 백리율제가 바로 운공대륙 백리 가문의 가주였고, 백리명향은 그의 여동생이었다. 지금 그들은 생사조차 불분명했다.

군구신이 소 부인을 보며 말했다.

"칠 숙부가 들켰으니, 려금도 분명 대비하고 있을 겁니다. 아마 풍화도 역시 들켰다고 생각할 테니…… 아무래도 둘로 나뉘어 움직이며 '성동격서' 작전을 쓰는 것이 낫겠지요!"

'성동격서'라는 말을 듣는 순간 고북월이 가장 먼저 고개를 끄덕였고, 모두 바로 군구신의 뜻을 이해하고 찬성했다. 비연이 말했다.

"좋은 계책이야! 그렇게 하면 될 것 같아!"

군구신의 뜻은, 인어족 병사 일부를 어주도로 보내 떠들썩하게 소용돌이 속 비밀 통로를 찾게 함으로써 려금의 주의를 끌겠다는 것이었다. 동시에 비밀리에 풍화도로 가서 그녀의 소굴을 소탕하여 려금이 이러지도 저러지도 못하게 만들 생각이었다.

모두 식사를 하며 계획을 세웠다.

식사를 반쯤 했을 때, 전다다가 젓가락을 내려놓고 입술을 닦으며 말했다.

"진묵에게 식사를 가져다주면서, 축운궁주 쪽에 뭐 새로운 소식이 없는지 물어봐야겠어."

진묵이 축운궁주를 돕기 시작한 후, 그의 일 중 많은 부분을 전다다가 하게 되었다. 그러니 그녀가 진묵에게 밥을 가져다주며 정보를 얻겠다는 이야기는 상식적으로 이해 가능했다. 게다가 모두 이야기에 빠져 있었기에 달리 이상하게 여기지 않았다.

그러나 전다다가 몸을 일으키는 순간 목연이 그릇과 젓가락을 놓았다.

그는 한마디 말도 없이 시선으로 전다다를 좇았다.

그리고 얼마 후, 그도 몸이 불편하다는 핑계로 먼저 일어났다. 그제야 모두 뭔가 이상하다는 것을 눈치챘지만, 다들 상황을 이해하고 있었기에 아무 일도 없었던 것처럼 여기기로 했다.

전다다가 후원에 도착해 보니 진묵이 축운궁주의 거처 문 앞을 지키고 있었다. 그는 팔짱을 낀 채 검을 안고 꼿꼿하게 서 있었는데, 여전히 무표정한 얼굴로 전방을 바라보고 있었다. 전다다가 음식이 든 바구니를 들고 다가가도 그는 미동도 하지 않았다.

전다다가 고개를 외로 꼬고 그를 위아래로 훑어본 다음 말했다.

"얼굴 마비, 식사는 했어?"

진묵은 여전히 움직임 없이, 아무 감정도 느껴지지 않는 어조로 물었다.

"무슨 일이지?"

전다다가 바로 바구니를 높이 들어 올렸다. 바구니 안, 김이 모락모락 피어오르고 맛있는 냄새가 풍겨 나왔다. 전다다가 천진한 표정으로 웃으며 말했다.

"음식을 가져왔어. 축운궁주에게 주려고."

진묵은 눈 한번 돌리지 않고 계속 전방을 바라보며 말했다.

"내가 이미 줬어."

전다다가 어깨를 으쓱하며 말했다.

"그럼 네가 먹어. 계획이 변했어. 나, 축운궁주와 이야기를 좀 하고 싶어. 네가 다 먹고 나면 우리 같이 안으로 들어가자."

진묵이 다시 말했다.

"고맙지만 나도 이미 먹었어. 앞으로는 이쪽에 음식을 가져올 필요 없어."

전다다가 마음속으로 중얼거렸다.

'나라고 이러고 싶어 이러는 줄 아나!'

그녀는 바구니를 든 채 진묵을 따라 들어갔다. 목연은 이때야 겨우 쫓아왔고, 바로 이 장면을 보게 되었다.

그는 그 이상 앞으로 나가지 않고 탁한 숨을 내쉬었다. 속이 너무나 답답했다.

목연은 잠시 그대로 서 있었다. 그의 눈에 어린 분노가 점점 더 강해지는가 싶더니, 결국 그는 몸을 돌렸다. 자신이 충동적으로 굴까 두려워 어쩔 수 없이 도망치는 것처럼.

전다다가 할 말을 다 끝낸 후 몸을 돌리는 순간, 축운궁주가 냉랭하게 말했다.

"바구니를 가져가거라."

축운궁주는 화장으로 음양이 뒤섞인 얼굴은 물론이고 늙은 모습마저 감추고 있었다. 지금의 그녀는 그저 젊고 아름다운 부인처럼 보였다.

축운궁주의 화장술은 려금만큼은 아니지만, 오랫동안 스스로 외모를 가리기 위해 노력하다 보니 일반인에 비할 수 없을 정도로 훌륭했다. 그녀는 화장에 세심하게 주의를 기울이는 만큼, 방 안의 모든 것에도 예민했다.

전다다가 대답하기 전에 축운궁주가 덧붙였다.

"앞으로는 이쪽의 식사에 신경 쓸 것 없다. 진묵이 하인들에게 말해 두었으니까. 하인들 모두 내 입맛을 안다."

그녀의 말투는 마치 명령하는 것처럼 들렸고, 전다다는 갑자기 자신이 정말 하인처럼 대접받고 있다는 생각이 들었다.

"나, 나는……."

전다다는 하려던 말을 멈추고, 바구니를 진묵에게 던지듯 건네며 말했다.

"오늘은 지나던 길에 들렀을 뿐이야. 다음번이 또 있을 거 같아? 너무 많이 생각하는 거 아냐? 여하튼 다른 일이 없으면 난 이만 가겠어! 넌 준비나 잘하고 있으라고. 무슨 착오라도 생기지 않게 말이야!"

전다다가 달려 나간 후, 진묵 역시 나가려 했다.

그때 축운궁주가 그를 불러 세웠다.

"《운현수경》 위조본에서, 뭔가 알아낸 것이 있나?"

그녀는 위조본이라 해도, 그중에 어느 정도는 진실도 섞여 있으리라 생각하고 있었다.

진묵은 지난 이틀 동안 그 《운현수경》을 계속 연구하고 있었다. 그러나 확실한 것이 아니면 말할 수 없을 뿐 아니라, 확실하다 해도 축운궁주에게 이야기할 수는 없었다. 진묵은 예의를 차리지 않고 말했다.

"네가 신경 쓸 일이 아니야."

그러고는 바구니를 들고 방에서 나갔다.

축운궁주는 갑갑한 마음에 미간을 찌푸렸다. 그러나 곧 그녀의 입가에 자조적인 미소가 어렸다. 그녀는 자신이 그들 사이에 섞이기를 소망한다는 것을 알아차린 것이다. 그녀가 답답한 것은 그들이 자신을 경계하고 있는 것을 눈치챘기 때문이었다.

이어지는 며칠 동안, 축운궁주의 협조하에 군구신과 비연은 수하들이 인어족 병사들을 이끌고 빙해로 가도록 안배했다. 고북월은 상관 부인에게 서신을 보내, 그들이 빙해를 건너 어주도로 갈 수 있도록 도움을 요청했다.

새벽.

고북월이 처자식과 함께 떠나는 날이었다. 모두 그들을 고씨 저택 후문까지 배웅했다. 가장 아쉬워하는 사람은 물론 비연과 군구신이었다.

비연은 마차 안까지 들어가 염진을 오래도록 끌어안고, 진민에게도 한참 말을 건넨 다음에야 겨우 놓아주었다.

군구신은 모든 아쉬움을 마음속에 숨기고 있었다. 그가 하고 싶은 말, 그리고 할 수 있는 말은 그날 밤 모두 했었다. 그리고 명확하게 입 밖으로 낼 수 없는 이야기는, 군구신과 고북월 모두 굳이 말로 하지 않아도 전부 이해하고 있었다.

군구신은 모친과 염진에게 작별을 고하고 마차에서 나온 후 부친에게 읍하며 인사했다.

고북월이 그의 어깨를 두드리다가 갑자기 그의 어깨를 잡더니 가볍게 끌어안았다.

"남신, 너는 영원히 이 아비의 착한 아들이란다!"

고북월의 목소리가 아주 작았기 때문에 이 말을 들을 수 있는 사람은 군구신뿐이었다. 그리고 이 말의 의미를 이해할 수 있는 사람도 군구신뿐이었다.

군구신 역시 나지막한 목소리로 말했다.

"아버지, 건강하십시오!"

고북월이 그를 놓아주었다. 군구신은 잠시 망설이다가 다시 한번 마차의 휘장을 들어 올리더니 진민과 염진을 바라보았다. 그는 하고 싶은 말이 남아 있는 것 같았으나, 결국은 짧은 인사만을 남겼다.

"어머니, 건강하세요. 명신, 건강해야 한다!"

이렇게 모두의 아쉬워하는 시선을 받으며 마차가 멀어져 갔다. 비연은 군구신의 시선이 무거워진 것을 세심하게 눈치챘다. 하지만 그리 깊이 생각하지 않고, 그저 그가 아쉬워한다 생각하며 위로의 말 몇 마디를 건넸다.

군구신은 곧 기분을 회복하고, 드물게 모두 앞에서 농담을 던졌다.

"부모님께서 돌아가셨으니 이제 너 한 사람만 신경 쓰면 되겠군."

이 말을 들은 모두 알겠다는 듯한 눈빛으로 돌아보았다.

비연이 군구신을 흘기며 속삭였다.

"누가 누구를 신경 써 주고 있는데!"

군구신은 그녀와 입씨름하지 않고 사랑스럽다는 듯 비연의 코를 문지른 다음 말했다.

"우리도 출발해야겠군!"

그의 말이 끝나는 순간, 진묵이 문 안에서 다급하게 달려 나와 비연 앞에 멈추었다.

"주인님, 고운원의 초상화에서 낙관이 나타났어. 아주 큰 실마리야!"

춘사일, 제비가 돌아오는 날

고운원의 초상화는 계속 진묵이 보관하고 있었다. 비연은 한 번도 재촉한 적 없었지만, 진묵은 이 일을 가장 중요하게 여기고 있었다.

그는 축운궁주를 지키는 이 이틀 동안에도 밤이 되면 시간을 내어 초상화를 달빛 아래 펼쳐 두었다.

그 누구도 그 초상화의 비밀이 이렇게 중요한 순간 나타날 줄은 예상치 못했다!

비연이 다급하게 물었다.

"무슨 실마리?"

거의 동시에 축운궁주도 흥분하여 외쳤다.

"무엇을 발견한 거지? 그와 무슨 관계라도 있는 거야?"

진묵은 축운궁주를 제대로 보지도 않고 비연에게 답했다.

"주인님, 자세한 이야기는 안으로 들어가서 해야 할 것 같아."

그의 행동을 보니 아무래도 계획에 변동이 생길 모양이었다.

비연은 지체하지 않고 서둘러 방 안으로 들어갔고, 모두 그녀를 따라왔다. 축운궁주도 푸대접을 받으면서도 마음이 급한 듯 비연과 군구신을 따라 들어왔다.

진묵이 긴 탁자 위에 그림을 펼쳤다.

초상화의 왼쪽에 옛 글자들이 적혀 있었는데, 그 아래로 빽빽하게 날짜가 기록되어 있었다. 그리고 그 날짜는 모두 매년 이월, 춘사일이었다.

그 자리에 있던 모든 이들이 옛 글자를 읽을 수 있었지만, 그 뜻을 가장 먼저 파악한 사람은 역시 축운궁주였다. 옛 글자로 쓰인 글을 읽은 그녀는 무의식적으로 뒷걸음질을 치더니 그대로 굳은 채 중얼거렸다.

"그에게…… 역시 마음에 둔 사람이 있었구나……. 있었어!"

이 순간 모두 글의 뜻을 이해했고, 동시에 깜짝 놀랐다. 그러나 모두의 관점은 축운궁주와 완전히 달랐다.

이것은 그야말로 사랑에 미친 자의 고백이었다.

그렇다. 이 글은 의심할 바 없이 려금이 고운원에게 고백하는 글이었다.

대강의 의미인즉, 매년 고운원이 마음에 둔 사람의 생일이면 려금은 그 사람이 묻힌 묘실에서 그를 기다리겠다는 것이었다.

그녀는 그가 가장 반감을 느끼던 음양 화장을 하고 그 묘실을 점거했다. 그녀는 그가 나타나기를, 그가 그녀를 증오해 주기를 기다리고 있었다. 사랑받을 수 없다면 차라리 영원히 미움받겠다는 것이 그녀의 생각이었다.

비연의 시선이 글 아래 적힌 날짜들에 멈췄다. 그녀가 중얼거렸다.

"춘사일……."

그녀는 아주 잘 기억하고 있었다.

그녀가 빙해영경에서 깨어난 날이 바로 춘사일이었다. 사부

94

는 춘사일이 봄이 되어 제비가 돌아오는 날이라고 했다. 그리고 비연에게 외로이 날아다니는 제비 같다며 고비연이라는 이름을 지어 주었고, 생일을 춘사일로 정해 주었다.

춘사일은 입춘 후 다섯 번째 무일戊日 되는 날로, 간지에 따라 계산해야 하니 매년 날짜가 바뀌었다. 그녀의 생일 역시 마찬가지였다.

비연은 춘사일이며 제 이름에 대해 항상 궁금했었다. 그리고 지금에야 알게 된 것이다. 원래 춘사일은 고운원에게 또 다른 의미가 있는 날이었다! 춘사일은 그가 사랑하던 이의 생일이었다!

그때 당정이 중얼거렸다.

"설마…… 설마 고운원이 사랑한 사람이 인어족인가? 그래서 그가 음양 화장을 증오하고, 려금은 일부러 음양 화장으로 그를 자극하려 한 건가?"

당정이 말을 마치자 전다다가 외쳤다.

"분명 그럴 거야! 려금이 장파 일파를 세운 것도 음양 화장을 후세에 전하려는 생각으로……."

전다다는 여기까지 말한 후 갑자기 말을 멈추고 경악한 표정을 지었다. 다른 이들도 모두 놀란 표정으로 서로를 바라보았다.

의심할 바 없이 모두 같은 생각을 하고 있었다. 장파 고묘야말로 바로…… 고운원이 사랑하던 이의 무덤인 것이다!

비연이 다급하게 물었다.

"오늘 날짜가 어떻게 되지?"

군구신은 이미 날짜를 세어 보고 있었다.

"올해 입춘은 계유일이야. 춘사는 2월 16일, 아직 보름 좀 넘게 남았어!"

비연이 외쳤다.

"그럼 우리 지금 장파 고묘로 가자. 시간은 아직 충분해!"

초상화에 기록된 날짜는 비록 많았지만 그렇다고 천 개는 되지 않았다.

바꿔 말하자면, 천 년 동안 려금이 매년 무덤에 간 건 아니었다. 그녀는 수백 년 동안 무덤에 갔고, 결국은 기다림을 포기했다. 그러나 장파 일파는 여전히 전승되고 있었고, 후대의 제자들은 이 비밀을 알지 못하게 되었다.

올해 고운원이 북강에 나타났고, 진민도 려금에게 고운원에 대해 이야기했다. 비연 생각에는, 올해 춘사일에는 려금이 장파 고묘에 올 것만 같았다! 어쩌면 택과 계강란도 고묘에 갇혀 있을 수도 있다!

비연과 군구신이 이리 이야기하는 것을 듣고 모두 두 사람을 바라보았다.

소 부인이 물었다.

"연 공주님, 그렇다면 계획을 바꿔 장파 고묘로 가실 생각이신가요?"

비연이 말했다.

"우리는 나뉘어서 성동격서 작전을 써야겠지. 장파 고묘로 가는 동시에, 풍화도를 찾아 그 소굴을 뒤흔들어야 해!"

소 부인이 연신 고개를 끄덕였고, 당정이 기뻐하며 말했다.

"연아, 너와 정왕, 진묵이 장파 고묘에 가면 될 것 같아. 너희들이 그곳에 익숙하니 말이야! 우리는 풍화도로 갈게. 우리, 누가 장파를 먼저 잡는지 한번 보자고!"

비연도 같은 생각을 하고 있었다.

그녀가 말했다.

"의부께서 집루를 지니고 오시겠다 했으니, 일단 바닷가에서 의부를 기다려 줘. 함부로 행동을 시작하면 안 돼!"

사실 비연은 오라버니도 불러오고 싶었다. 그러나 염진이 아프고, 진민도 함께 돌아갔다. 이 이상 고북월이 대진국에 신경쓰게 할 수는 없었다.

나라는 하루도 군주가 없을 수 없는 법이니, 그녀의 오라버니는 대진국에 남아야 했다!

당정이 웃으며 대답했다.

"알았어!"

당정 일행은 모두 무공이 뛰어나고, 소 부인같이 영리한 사람에 축운궁주의 협조까지 얻은 상태니 비연은 안심할 수 있었다. 거기다 다른 이들이 생각하지 못하는 일을 해내곤 하는 의부까지 온다니 말해 무엇할까?

비연은 모두가 자신만만해하는 모습을 보며 함께 기뻐하면서도, 속으로는 어쩐지 실망스러운 기분이 들었다.

그녀는 본래 이들 중에서도 인재라 할 만한 사람이었다. 그러나 봉황력이 약왕정 안 공간에 갇힌 후, 그녀는 아무래도 타인에게 부담이 되는 존재가 되어 버린 것 같았다.

그녀는 원래 진양성으로 돌아오면 예전에 가져온 적령석을 사용해 약왕정을 승급시킨 다음 고운원이 대체 무엇을 하는지 지켜볼 생각이었다.

그러나 지금 택이 려금의 손에 들어간 이상, 그녀로서는 그 일을 뒤로 미루는 수밖에 없었다.

절대적인 확신이 없는 한, 이렇게 중요한 때에 귀찮은 일을 더 만들거나 할 수는 없으니까.

그녀는 려금이 고운원의 존재를 알고 있으니 고운원도 분명 려금의 존재를 알고 있으리라 생각했다. 아마도 그들은 두 사람의 음모와 싸움 사이에 끼어 있는 것인지도 모른다.

일단 려금의 속사정을 알아내야 했다. 아마도 그때가 되면 최후의 승부를 걸고 싶지 않아도 걸어야 할 수도 있다.

"그럼 그렇게 하도록 하지. 병사들도 양쪽으로 나누고. 먼저 출발하도록 해. 모두 각자 조심하고!"

군구신의 말이 비연의 생각을 끊었다.

비연도 열심히 말했다.

"모두 조심해야 해!"

작별의 말을 주고받은 후 소 부인이 모두를 이끌고 떠나려는데 축운궁주가 계속 머뭇거렸다.

그러자 소 부인이 퉁명스럽게 말했다.

"갈 거야, 말 거야?"

축운궁주는 그제야 정신이 돌아온 듯, 대답 없이 빠른 걸음으로 걸어 나갔다.

그녀는 당장이라도 장파 고묘에 가고 싶어 미칠 지경이었지만, 그녀 스스로도 자신이 할 수 있는 일은 비연 일행을 도와 풍화도를 소탕하는 것뿐이라는 사실을 잘 알고 있었다!

소 부인이 가볍게 코웃음을 친 후 빠르게 쫓아갔다. 당정 일행은 서로 얼굴을 바라보다가 따라 나갔다.

모두가, 소 부인과 축운궁주의 성격으로 보아 가는 길 내내 두 사람의 다툼이 적지 않으리라 예상할 수 있었다.

전다다와 목연이 가장 마지막으로 나갔다. 두 사람 모두 고개를 숙인 채 전다다가 앞에서, 목연이 뒤에서 걷고 있었다. 전다다는 분명 일부러 느릿느릿 걷고 있었고, 목연은 기분이 좋지 않아 보였다.

문 앞에 도착한 전다다는 갑자기 아무 예고도 없이 몸을 돌렸다. 그녀의 뒤를 따라가던 목연은 하마터면 그녀와 부딪힐 뻔했지만, 다행히도 제때 발걸음을 멈췄다. 이렇게 두 사람은 한 걸음도 안 되는 거리를 사이에 두고 서로 얼굴을 마주하게 되었다.

목연의 눈동자는 그야말로 죽은 듯한 적막으로 가득 차 있었다. 전다다의 시선이 그의 얼굴을 훑는가 싶었으나, 결국 아주 잠시도 머물지 못하고 말았다. 그녀는 캥기는 마음을 감추느라 재빨리 옆으로 한 걸음 비켜 목연을 피하며 다시 한번 비연에게 손을 흔들었다.

"연아 언니도 조심해야 해!"

그리고 그녀는 잠시 쉬었다가 덧붙였다.

"진묵, 너도 조심하도록 해! 네가 자란 곳이라 해도 부주의하게 굴어서는 안 돼!"

부작용이 심해졌다

말을 마친 전다다는 바로 몸을 돌려 성큼성큼 걸어 나갔다.

전다다는 진묵, 그 얼굴 마비가 그녀를 상대하지 않을 거라는 걸 잘 알고 있었지만, 그래도 안심할 수 없었다. 그녀는 진묵에게 입을 열 기회조차 줄 생각이 없었다.

진묵이 전다다의 생각을 알아챘는지는 알 수 없었지만, 어쨌든 그는 여전히 무표정했다. 물론 비연과 군구신은 전다다의 생각을 금방 알아챘지만, 아무것도 모르는 척하고 있었다.

목연은 잠시 후 문밖으로 나가려다가, 자신도 모르게 진묵을 한번 돌아보았다. 그리고 다시 몸을 돌려 나갔다.

전다다 일행이 떠난 후 바로 망중이 새로운 마차와 시위들을 준비했다. 비연과 군구신은 고씨 저택을 떠나 장파 고묘로 향하는 길에 올랐다.

당시 그 은폐되어 있던 고묘에서 택을 구해 낼 때, 그들 중 누가 이런 식으로 그곳에 다시 가게 될 줄, 그것도 택을 구하러 가게 될 줄 상상이나 했을까?

비연이 탄 마차가 떠난 후, 자색 옷을 입은 남자가 골목 깊은 곳의 나무 그늘에서 걸어 나왔다. 바로 북해에서 상처 입고 도망친 백리명천이었다.

오늘은 햇볕이 유난히 좋고 날도 따뜻했다. 그러나 그는 두

툼한 자주색 가죽 외투를 입고 모자까지 쓰고도 추워하는 것 같았다.

그는 수로를 이용해 비연 일행보다 먼저 고씨 저택에 도착했고, 이미 꽤 오랜 시일 잠복해 있었다. 려금이 택을 납치해 연못의 수로를 통해 도망칠 때도 그는 지켜보고 있었다.

그는 원래 이 세상에 축운궁주를 제외하면 금인어족이 없다고 생각했다. 그런데 비연의 시중을 들던 늙은 어멈이 금인어족이라니! 게다가 천염국의 어린 황제까지 납치하다니!

물론 그는 자신을 드러내지 않았다. 인어족 중 금인어족이 가장 존귀한 것은, 과거로부터 내려오는 혈통만의 문제는 아니었다. 그보다는 금인어족이 물속에서 발휘하는 능력이 다른 인어족보다 우월하기 때문이었다. 그래서 그는 수하의 병사에게 뒤쫓도록 하고 자신은 계속 고씨 저택에 남아 있었다.

그는 물속에 숨거나 하지 않고 대신 이웃집에 머물고 있었다. 그는 가장 높은 각루의 창가에 종일 서 있었다. 예전이었다면 그는 초조해하며 자신이 대체 무엇을 하고 싶은지 몰라 허둥댔을 것이다. 그러나 지금 그는 아주 잘 알고 있었다. 그는 그녀가, 비연이 보고 싶었다!

그러나 그녀를 만나 무엇을 하고 싶은지는 알 수 없었다. 그렇기에 그리 오래 기다렸으면서도 방금 멀리서 한번 보는 것만으로도 만족했다.

한 여자를 좋아한다는 것이 이런 것일까?

아무 이유도 없이…… 그녀가 보고 싶은 것?

백리명천의 잘생긴 미간이 일그러졌다. 언제나 그의 얼굴에 떠올라 있던 오만방자한 기색은 이미 사라져 보이지 않았다. 대신 그는 엄숙한 표정을 짓고 있었다. 지금의 그는 예전과 다른 사람이 된 것처럼 딴판이었다!

그는 비연 일행을 쫓아가려다가 갑자기 발걸음을 멈추고 외투를 그러모은 다음 몸을 웅크렸다.

춥다!

북강에서와 마찬가지로 그의 뼛속에서, 그의 핏줄에서 한기가 생겨나더니 순식간에 그의 다리를 따라 온몸으로 퍼져 나가기 시작했다.

북해안에서 전투를 벌인 그날, 고운원이 그에게 혈루가 몰고 오는 한기를 제어할 화염을 주었다. 그날 이후 그는 두 번 발작했고, 오늘이 세 번째였다.

그를 놀라게 한 것은, 지난번 두 번의 발작이 예전처럼 전신을 얼어붙게 하는 것이 아니라 그저 한기가 전신으로 퍼지는 것이었다는 점이었다.

한기가 퍼질 때면 뼈에 사무치듯 고통스러워 살고 싶지 않을 정도였다. 비록 한기의 강도가 약해지고 있다 하나, 발작 주기는 좀 더 짧아졌다. 원래 열흘에 한 번 일어나던 것이 지금은 열흘이 되기 전에 발작이 일어났다.

백리명천은 자신이 고운원의 도움을 여러 번 받아 호전된 것인지, 아니면 화염이 없어 악화된 것인지조차 알 수 없었다. 그는 고운원이 나타나기를 계속 기다리고 있었지만, 고운원은 지금까지도 얼굴을 내밀지 않고 있었다!

뼈를 에는 듯 추웠다.

고통이 점차 전신으로 퍼지자 백리명천은 담장을 짚은 채 천천히 무너져 내리기 시작했다.

그는 몸을 웅크린 채로도 얼마 버티지 못하고 무릎을 꿇고 말았다. 그러나 결코 두 무릎을 꿇지 않고, 한쪽 무릎만을 꿇었다! 당장이라도 몸을 웅크린 채 바닥에 눕고 싶었지만, 강하게 버텼다. 그는 그렇게 할 수 없었다!

길고 긴 골목. 절반쯤은 햇빛이 쏟아져 밝고 따스했고, 반쯤은 커다란 나무 그늘 때문에 어둡고 썰렁했다. 백리명천은 그 밝음과 어둠의 경계에 있었다. 마치 버림받은 아이처럼, 고독하고 처량하게. 그러나 동시에 그 누구의 무시도 받지 않겠다는 듯 고집 세게, 강하게.

천성적으로 매력을 타고난 가늘고 긴 눈이 점차 더욱 가늘어지고 있었다. 그는 고집스럽게 버티며 기다렸다.

한기가 심해지고, 고통 역시 더욱 심해지고 있었다. 이제 온몸뿐 아니라 오장육부 모두 춥게만 느껴졌다. 아니, 뼈 마디마디, 핏줄 하나하나 모두 얼어붙는 것 같았고 영혼마저 얼고 있었다. 그래도 그는 버티고 또 버티다가 결국은 눈을 감았다. 그리고 눈을 감는 그 찰나, 그는 제 영혼마저 얼음 속에 파묻히는 느낌을 받았다.

어찌 이럴 수 있을까? 화염이 없어 한기의 부작용이 더욱 심해진 걸까?

고운원은 그가 죽을 거라고 말했다. 그런데 그는 어떻게 체내의 이 한기가 화염 덕분에 약해질 것으로 생각했던 걸까?

그는 결국 이런 방식으로 죽게 되는 걸까? 온몸이 얼음에 파묻힌 채, 의식마저 잃고 자신도 모르는 사이에…… 마치 잠자듯이 죽게 되는 걸까?

그에게 남은 나날은 대체 얼마나 될까? 그리고 그에게는 아직 하고 싶은 일이 있을까?

백리명천은 이렇게 무릎을 꿇은 채 장장 반 시진을 고통스러워했다. 마침내 한기가 물러가기 시작했다. 올 때보다 빠르게 물러났지만, 긴 시간 동안 강하게 버티던 백리명천은 그야말로 온몸의 힘이 다한 다음이었다.

그는 한참을 꿇어앉아 있다가 천천히 몸을 일으키고 모자를 벗었다. 그는 여전히 비연 일행을 쫓아갈 생각이었다. 그러나 그가 골목을 빠져나왔을 때 인어족 병사 하나가 좋은 소식을 가져왔다.

"삼전하, 좋은 소식입니다! 수희 대인의 흔적을 찾았습니다. 제 수하가 빙해 근처 수역에서 수희 대인이 항상 지니고 다니던 비수와 옥패를 발견했습니다. 수희 대인이 일부러 흘린 것이 분명합니다. 수희 대인은 지금 빙해 근처에 있습니다!"

수희?

백초국에서 실종된 이 수하를 백리명천은 거의 잊고 있었다.

백리명천은 그다지 마음에 두지 않고 입에서 나오는 대로 말했다.

"계속 조사해 보도록. 새로운 정보가 있으면 바로 보고하고."

인어족 병사가 고개를 끄덕이더니, 백리명천의 안색이 좋지 않은 것을 보고 조심스럽게 권했다.

"삼전하, 저희들이 추격할 테니 전하께서는 며칠 쉬시는 것이 어떨는지요."

백리명천은 들은 체 만 체 하며, 여전히 엄숙한 눈빛으로 인어족 병사를 지나쳐 골목을 빠져나왔다. 그는 비연의 마차가 멀어진 방향으로 향하고 있었다.

그는 이렇게 먼 거리를 유지하며, 그러나 흔적을 놓치는 일 없이 비연을 쫓아갔다.

며칠 후 비연 일행이 신농곡 가까이에 도착했다. 백리명천은 그들의 목적지가 신농곡이라 생각했다.

그러나 그가 신농곡 경계 안에 들어가기 전, 인어족 병사에게서 새로운 정보를 얻었다.

전 어멈이 천택 황제를 납치해 장파 고묘 안에 숨어 있고, 이미 며칠 동안이나 나오지 않고 있다는 이야기였다!

백리명천은 바로 고삐를 당겨 말을 멈췄다.

그는 산 아래 비연 일행의 마차를 바라보았다. 곧 그는 비연 일행이 신농곡이 아니라 장파 고묘로 향하고 있다는 사실을 알아차렸다!

백리명천이 중얼거렸다.

"설마, 무슨 비밀이라도 알아낸 건가?"

그는 지난번 장파 고묘에 갇혀 있을 때 보고 들은 모든 것을 떠올려 보았지만, 그 안의 비밀은 추측해 낼 수 없었다.

그는 망설이지 않고 산 아래로 내려가 물길을 찾기 시작했다. 예전의 기억에 의지하여, 비연 일행보다 한 걸음 먼저 장파고묘로 들어갈 생각이었다……

그가 들은 소리

장파 고묘에는 각종 기관이 가득했고, 고묘 중심에는 거대한 미궁이 있었다. 미궁 한가운데에는 천장이 둥근 석실이 있는데, 그 중앙에는 연못이 하나 있었다. 그리고 그 안에는 마치 그림 같기도 하고 사람 같기도 한, 현빙으로 봉인된 장파의 조각상이 있었다.

예전에 백리명천과 비연 일행이 장파, 즉 진묵에 의해 갇혔다가 모두 나뉘어 탈출한 적이 있었다. 그때 백리명천이 선택했던 길의 출구를 비연과 군구신이 봉쇄하는 바람에 그는 물길을 통해 고묘의 중심을 찾아 연못으로 나왔었다.

그는 지금도 기억하고 있었다. 그 연못의 물은 특히 차가웠다. 그때까지 그가 들어가 본 물 중 가장 차가웠다. 물론 북해에 들어가 본 이상 그 연못의 차가움은 이제 별것 아닌 것처럼 느껴지긴 했다.

이미 한번 살아 나온 곳이니, 백리명천은 본래 쉽게 잠수해 들어갈 수 있어야 했다. 그러나 지난번 그들이 싸우던 중, 이유는 알 수 없으나 연못의 물이 얼어붙기 시작했다. 얼음은 점차 미궁 전체로 퍼져 나가더니 심지어 고묘 전체로 퍼졌다. 그때 빠르게 도망치지 않았다면 분명 모두 얼음 속에 갇혔을 것이다.

도망쳐 나온 후 백리명천 역시 그 원인을 고민했었다. 하지만 답은 알 수 없었고, 고묘나 장파에 대해서도 별 관심이 없었기 때문에 다시 돌아올 생각은 하지 않았다.

그러나 지금 축운궁주의 음양이 뒤섞인 얼굴을 보고, 인어족이 천 년 전 당한 굴욕에 대해서도 알게 되자, 그는 이 고묘에 비밀이 숨어 있다는 것을 눈치챌 수밖에 없었다! 전 어멈이 지닌 비밀이 아마 축운궁주가 아는 것보다 훨씬 더 많을 것이다.

그는 장파 고묘 앞 개울 안으로 잠수해 들어갔다. 그리고 물 아래 입구를 찾아 고묘 안으로 들어갔다.

예전에 왔을 때는 고묘에 통로가 아주 많았고 함정도 겹겹이 있었다. 또한, 벽에 그려진 그림들은 묘사가 뛰어나 진짜와 구분하기 어려울 정도였다. 그러나 무너져 내리고 얼음에 묻히면서 고묘 전체의 모습이 변했고, 심지어 지하 수로조차도 변했다.

백리명천은 어두운 물속에 몸을 숨긴 채 조심스럽게 앞으로 나아갔다. 처음에는 그래도 익숙한 느낌이 들었지만, 몇 번 길을 돌고 나니 낯선 기분이 들었다.

그나마 다행인 것은, 이 수로에 굽이는 많지만 갈림길은 적다는 것이었다. 그는 길을 선택할 필요 없이 그저 수로를 따라 쭉 나아갔다.

일곱 번째 굽이를 돌았을 때, 백리명천은 움직임을 멈췄다. 그는 한참 기다려 주변에 아무 움직임이 없는 것을 확인한 후에야 나침반과 야명주를 꺼냈다. 그리고 자신이 계속 굽이굽이 돌아왔지만 사실 원래 있던 곳에서 얼마 오지 못했음을 깨달았다.

그는 동쪽으로 들어와 계속 서쪽으로 향했었다. 바꿔 말하자면 이 수로는 동서 방향으로 나 있는데, 매우 구불구불했다. 그의 기억에 따르면 이쪽으로 가는 것이 바로 미궁이 있던 방향이었다!

백리명천은 나침반과 야명주를 넣고 속도를 올려 앞으로 나아갔다. 얼마 지나지 않아 그의 예민한 감각이 수온의 변화를 감지했다.

그는 이곳이 미궁 중심으로 향하는 길이라는 것을 확신했다. 그런데 이게 웬일일까. 얼마 가지 않아 견디기 어려운 한기가 엄습해 왔다.

그 순간 그는 혈루의 부작용이 다시 시작된 것은 아닌지 의심했다. 그러나 이 한기는 물에서 전해져 오는 것이었다. 이곳의 물은 미궁 중심의 그 연못보다 배는 차가웠고, 북해의 차가움과도 비슷했다!

어떻게 이럴 수 있지?

이 고묘는 대체 얼마나 오랜 역사가 있는 걸까? 대체 어떤 존재일까? 무엇 때문에 이렇게 깊은 지하에 숨겨져 있고, 또 여기에 현빙이 있는 이유는 무엇일까?

백리명천은 다시 한번 움직임을 멈췄다. 혈루의 부작용이 나타난 이후 그는 추위를 매우 두려워하게 되었다. 게다가 요즘 들어 발작이 불규칙적으로 일어나는 바람에, 그는 자신이 계속 앞으로 나간다면 발작이 일어날지 아닐지조차 확신할 수 없었다.

물이 이리도 차가운 걸 보면 이곳은 아마 그 연못과 그리 멀지 않을 것이다. 앞쪽이 만약 얼음으로 막혀 있는 막다른 길이라면 그것도 괜찮다. 그러나 전 어멈이 앞쪽에 있다면, 그가 이곳에 있다는 사실을 들키게 될 것이다.

계속 모험을 해야 할까? 아니면…… 비연 일행이 오기를 기다려야 할까? 진묵은 분명 지상의 입구를 알고 있을 것이다.

백리명천이 고심하고 있을 때, 앞에서 갑자기 '풍덩' 소리가 들려왔다. 인어족은 물속에서 청각이 이상할 정도로 예민한 편이었다. 백리명천은 소리만 듣고도 누군가가 물에 뛰어들었다는 것과 자신과의 거리를 가늠할 수 있었다.

앞쪽은 막혀 있지 않다! 출구가 있다!

풍덩 소리와 함께 계속 물살을 헤치는 소리가 들려왔다. 백리명천은 잠시 들어 본 후, 누군가가 헤엄을 치고 있는 것이 아니라 발버둥을 치고 있다는 사실을 알아차렸다.

게다가 물살의 움직임으로 볼 때 물에 빠진 것은 아이였다! 수영을 할 줄 모르는 아이, 아니면 다른 원인으로 인해 현재 헤엄을 칠 수 없는 어린아이!

"설마…… 군자택은 아니겠지?"

백리명천이 의심스러운 표정을 지었다. 바로 그 순간 발버둥치는 소리가 갑자기 멈췄고, 백리명천은 무척 놀랐다! 수영을 할 수 없는 사람이라 해도 한참은 발버둥을 치기 마련이 아닌가. 설마 아이 스스로 포기한 것일까?

백리명천은 곧 코웃음을 치며 무시하는 듯한 시선을 보냈다. 군구신의 친동생이 이 정도밖에 안 되다니. 이런 아이가 어떻게 일국의 군주가 될 수 있는 걸까?

곧 물소리가 다시 들려왔다. 누군가가 아이를 뭍으로 끌어올리고 있었다.

백리명천은 잠시 머뭇거리다가 한기를 참고 천천히 앞으로 헤엄쳐 갔다. 연못에 가까워질수록 물은 더욱 차가워졌고, 뭍에서 들려오는 소리도 더 또렷해졌다. 백리명천은 들킬 것이 염려돼 그 이상 나가지 못하고 물속에 잠복한 채 조용히 귀를 기울였다.

앞쪽은 확실히 장파 고묘 미궁 중앙의 연못이었다. 원래 이 연못이며 그 아래의 수로는 모두 얼음에 봉인되었다. 그러나 려금이 지니고 있던 적령석으로 얼음을 깨고, 간신히 길을 하나 만드는 것에 성공했다.

려금이 이 고묘에 온 것은 아주 오랜만이었다. 너무도 오래되어 이곳에 마지막으로 왔던 것이 언제였는지조차 기억하지 못할 정도였다.

당시 구려의 검녀였던 그녀는 수개월에 걸쳐 폐관 수련에 들어갔다. 그녀는 사실 '인검합일'의 경지에 이르지 못했고, 그 경지에 이를 생각도 없었다. 그녀는 대완만을 수련하여 불로불사의 몸을 얻었다.

폐관 수련을 마치고 나갔을 때, 그녀는 고운원이 이미 구려족을 떠났음을 알게 되었다. 그녀는 구려족의 검사였던 오라비와 한바탕 다툰 후에야 고운원의 행방을 물을 수 있었다.

그녀의 오라버니 역시 고운원이 어디로 갔는지는 알지 못했지만, 비밀 하나를 알려 주었다. 고운원의 마음은 예전에 사랑했던 이가 죽었을 때 함께 죽어 버렸다는 것이었다. 그리고 그가 사랑했던 이는 신농곡 근처 묘에 묻혀 있다고 했다.

고운원은 매년 춘사일마다 묘에 들어가 며칠 머무르니, 춘사일에 그곳에 간다면 그를 만날 수 있으리라는 이야기를 들은 그녀는 큰 충격을 받았다.

려금은 오라버니에게 그 여자가 누구인지 계속 물었으나 그도 아는 바가 전혀 없었다. 오라버니는 려금에게 포기하라고 했지만, 그녀는 계속 고집을 부렸다. 그녀는 아버지를, 그리고 모든 사람을 속이고 구려족을 떠나 신농곡으로 갔다.

그녀는 아마 평생 그 밤을 잊을 수 없을 것이다.

그녀는 신농곡 뒷산 골짜기에서 우연히 그를 보았다. 그녀는 그를 불렀으나 그는 듣고 있지 않았다. 그녀는 그에게 다가가려 했지만, 그가 갑자기 제 주변에 불을 질렀다. 불길은 단숨에 그를 삼켰고, 숲 전체를 태우기 시작했다.

그녀는 미친 듯이 불 속으로 뛰어들었고 그 후로 정신을 잃었다. 그녀가 깨어났을 때는 이미 여러 날이 지난 후였고, 산골짜기는 잿더미로 변해 있었다.

려금이 그가 시신조차 남기지 못했다고 여기고 있을 무렵, 신농곡에서 그 불은 약재를 훔치던 도적이 낸 것이라는 소문이 돌기 시작했다. 그때에야 그녀는 신농정의 선설을 떠올렸고, 그가 정을 만들고 있었다는 사실을 깨달았다. 그리고…… 그가 제 몸을 약정에 바쳤다는 사실도.

그녀는 그 골짜기로 돌아가 다시 신농정을 찾기 시작했지만, 어디에서도 찾을 수 없었다. 그녀가 절망하여 무력한 상태로 구려족으로 돌아가 오라버니에게 도움을 청해야겠다고 생각하던 순간, 그녀는 다시 한번 그를 보게 되었다……

려금의 기억

잿더미가 된 산골짜기에서 고운원을 다시 만난 그 순간, 려금은 문득 깨달을 수 있었다. 고운원은 신농정의 기령이 되었다!

그 순간 그녀는 견딜 수 없이 슬펐으나, 동시에 견딜 수 없이 행복했다.

그녀는 이미 대완만을 이루었고 그는 기령이 되었다. 두 사람 모두 하늘과 땅이 존재하는 것처럼 영원히 살게 된 것이 아닌가.

그녀는 자신이 모든 진상을 알고 있다는 사실도, 자신이 대완만을 수련했다는 사실도 숨겼다. 그녀는 자신이 '인검합일'의 경지에 이르렀으며, 건명력을 장악하고, 순조롭게 폐관 수련을 끝냈다고 그를 속였다.

그는 그녀에게 좋지 않은 소식을 전해 주었다. 누군가가 북해의 천살을 노리고 있으니, 그들이 어서 가 보아야 한다는 것이었다.

그들이 북해에 도착했을 때는 이미 늦어 있었다. 인어족이 구려족을 배반하고 혈루를 키워 냈다. 그리고 그녀는 사실 건명검술의 두 번째 단계인 '무아유검'에 도달해 있을 뿐이었다.

그녀는 너무도 자신에 차 있었다. 그녀는 고집스럽게도, 두 번째 경지의 건명력이면 천살을 압도하고 혈루에 대항할 수 있으리라 믿었다. 그리고 그 결과 주화입마에 빠지고 말았다.

그녀가 주화입마에 빠지던 그 순간, 고운원, 그리고 그 자리에 있던 몽동은 사실을 알아차렸다. 그들은 그 사실을 폭로하지 않았지만, 건명보검을 봉인하는 방식으로 건명력이 돌아가지 못하도록 막았다.

그리고 그녀는 건명력을 잃었다. 이 생애에서는 영원히 건명보검과 계약할 수 없게 된 것이다.

결국 고운원의 절친한 친우였던 몽동마저 희생되었고, 남은 것은 고운원과 그녀뿐이었다. 그녀도 후에야 당시 살아남은 인어족이 있다는 사실을 알게 되었고, 축운궁주의 존재도 알게 되었다.

그녀는 심하게 부상을 입었고, 고운원이 그녀를 데리고 북강을 떠났다. 그러나 그녀가 그에게 영원히 그의 곁에 있겠노라 말하려 했을 때 그는 말없이 그녀를 떠났다. 그 후로 그녀는 단 한 번도 그를 보지 못했다.

그녀는 신농곡 근처의 그 묘실로 가 보았고, 현빙으로 조각한 여자의 상 외에는 그 안이 텅 비어 있다는 사실을 발견했다. 정말로 아무것도 없었다.

그녀는 마치 미쳐 버린 것처럼 장파 일파를 창립했고, 빈 묘지를 완전히 개조했다. 그가 가장 싫어하는 음양 화장을 한 얼굴을 그리고, 심지어 그 여자의 조각을 훼손한 후 음양 화장을 한 자신의 모습으로 바꿔 놓았다. 그리고 일부러 소문을 퍼뜨렸다.

그래도 그는 오지 않았다.

후에 그녀는 고묘를 떠나 고씨 가문으로 숨어들었지만, 여전히 매년 춘사일마다 고묘에 갔다. 대체 몇 년이나 갔는지, 그녀 스스로도 잊을 지경이었지만.

결국 그녀는 그 모든 이야기가 오라버니가 그녀를 포기하게 만들기 위해 꾸며 낸 거짓말이 아닌지 의심하게 되었다.

그녀는 고묘를 포기했지만, 여전히 그를 찾는 일은 포기하지 않았다. 그녀는 현공대륙을 이 잡듯이 뒤졌고, 심지어 빙해를 건너 운공대륙에서도 그를 찾아다녔다. 그래도 그녀는 실마리 하나 잡을 수 없었다.

그녀는 거의 광증에 시달리고 있었다. 그녀는 제 손에 있던 《운현수경》을 연구하기 시작했다. 어떻게든 빙해의 동쪽과 서쪽으로도 가 보고 싶었다!

그녀는 《운현수경》 전체를 파해하지는 못했으나, 두 대륙 지하의 모든 물길을 익힐 수 있었다. 그리고 놀랍게도 인어족의 방계를 찾아냈다. 바로 현공대륙 밖에 분산되어 살고 있던 인어족들을.

당시 그녀는 그를 끌어낼 방법을 생각해 냈다. 그녀는 다시 흑삼림으로 돌아가기로 결정했다. 그녀는 인어족의 네 혈맥을 찾고, 봉황력과 서정력을 찾기 시작했다. 물론 옥씨 가문의 후예와 구려족의 혈통도 찾기 시작했다.

당시 인이족 출신의 어머니는 부친과 사이가 벌어져, 부친의 본처가 낳은 자식을 구려족에서 내보내려 했었다. 이 일은 부친과 오라버니도 모르는 사실로, 모친은 그녀에게만 알려 주었다.

"쿨럭…… 쿨럭……. 나를 죽여…… 죽이라고! 능력이 있으면 나를 죽여 보라고! 나는 아무것도 몰라!"

택의 외침이 려금의 생각을 끊어 놓았다. 려금이 기억 속에서 깨어나 눈을 들었다.

택은 온몸에서 물방울이 뚝뚝 떨어지고 있었다. 그는 막 물에서 건져진 상태로, 고개를 숙인 채 온몸을 떨고 있었다. 그러나 목소리는 오히려 점점 더 커지고 있었다.

려금이 눈을 들고 차갑게 웃었다.

"하하, 어린 나이에 꽤 패기가 좋구나. 다들 저 아이를 도와주려무나!"

그러자 금인어족 병사 두 사람이 난감한 표정을 지었다.

그들은 방금 택을 물속에 빠트렸으나, 그를 위협할 수는 없었다. 오히려 그에게 자살할 기회를 주었을 뿐. 그러니 지금 다시 물에 빠트리면 정말로 택의 목숨을 보전하기 어려울 것이다.

려금은 방금 생각에 빠져 있었기에 주변에서 무슨 일이 벌어졌는지 알지 못했다. 금인어족 병사 하나가 재빨리 그녀의 귓가에 대고 속삭이자, 그녀는 겨우 상황을 파악했다.

그녀는 택 곁으로 다가가 그의 턱을 치켜들었다.

택의 작은 얼굴 절반은 이미 문신이 되어 있었다! 가까이서 보지 않는다면, 원래의 얼굴이라 생각할 정도로 정교한 문신이었다.

문신이 된 얼굴은 성인 남자의 모습이었다. 검과 같은 눈썹에 별과 같은 눈, 뚜렷한 윤곽에 강인해 보이는 선……. 그 부분만 본다면 그야말로 눈이 즐거워지는 미남의 얼굴이었으나, 그 얼굴이 얹혀 있는 곳이 겨우 열 살 남짓한 아이의 얼굴 위니 위화감이 들지 않을 수 없었다.

아니, 택의 원래 얼굴, 깨끗한 느낌에 아직 어린 티가 남아 있는 절반의 얼굴과 함께 있으니 더욱 괴이하고 공포스러워 보였다. 마치…… 괴물처럼!

택의 두 눈은 붉게 충혈되어 있었다. 그 누구라도 지금의 그를 본다면 울었다고 생각할 것이다. 그것도 아주아주 오래 울었을 거라고.

그러나 사실 택은 지금까지 눈물이라고는 단 한 방울도 흘린 적 없었다. 그는 계속 자신에게 말해 왔다. 울어서는 안 된다! 울지만 않는다면 무섭지 않은 거야!

려금이 자못 흥미롭다는 듯 택의 얼굴을 보며, 왼쪽을 가려 보았다가 다시 오른쪽을 가려 보았다가 했다. 그녀의 입매가 점점 더 크게 곡선을 그렸다.

"쯧쯧, 정말로 알아보지 못했네! 너도 꽤 기개가 있군! 하지만 죽고 싶어도 그리 쉽지는 않을 거다. 그래, 이곳이 왜 이렇게 되었는지 말해 준다면, 내가 조금은 견디기 쉽게 해 주지."

려금은 이미 상당히 오랫동안 장파 고묘에 오지 않았다. 그녀가 마지막으로 왔을 때, 이 안은 음산했으나 그래도 현빙 조각이 남아 있었다.

그녀는 이곳의 모든 것이 얼음으로 뒤덮인 것을 보고 무척 의아해했다. 특히 이 얼음이 너무나 강해 도저히 깨트릴 수 없고, 적령석의 힘을 빌려서야 겨우 녹일 수 있다는 점에 깜짝 놀랐다.

그녀가 지닌 적령석은 예전에 용광로에서 훔쳐 온 것으로, 수량에 한계가 있었다. 그래서 그녀는 가까스로 통로 하나만을 녹일 수 있었다.

려금의 질문을 받은 택은 노한 눈으로 그녀를 노려볼 뿐 한 마디도 하지 않았다. 이 고묘는 그가 과거 황형, 형수와 함께 도망칠 때 얼음으로 뒤덮였고, 그도 원인을 알지는 못했다.

지금 택은 이 요괴 같은 노파가 분명 제1대 장파니 이곳을 아주 잘 알고 있어야 하는데 모르는 것을 보면, 이곳에 비밀이 있음이 분명하다고 생각하고 있었다.

택이 오래도록 대답하지 않자 려금의 눈가에 차가운 빛이 스쳐 갔다.

"보자, 나머지 절반은 어떻게 문신을 해야 보기 좋을까?"

이것은 분명 위협이었다!

택이 바로 침을 뱉으며 외쳤다.

"요괴 같은 할망구! 우리 황형과 형수가 절대 너를 놓치지 않을 거다! 기다려!"

려금의 웃음이 그대로 굳었다. 그녀는 손수건을 꺼내 얼굴에 묻은 침을 닦고 택의 턱을 꽉 잡은 채 말했다.

"요괴 같은 할망구라…… 좋구나. 지금 당장 네 얼굴의 절반에 요괴 같은 할망구의 얼굴을 문신해 주마. 평생, 매일 요괴 같은 할망구를 볼 수 있도록!"

택의 안색이 변했다. 그는 이를 악문 채 공포심을 간신히 억눌렀다. 그는 하마터면 '싫다'고 말할 뻔했지만 적에게 약한 모습을 보일 수는 없었다!

그 고집스러운 표정을 보고 려금은 한 걸음 뒤로 물러서서 팔짱을 낀 채 냉소했다.

"그래, 너에게 말해 주어야 할 것이 하나 있는데 잊고 있었군. 내가 너를 어떻게 납치했는지 알고 있니? 네가 정신을 잃은 후, 그 어린 중놈이 말이다……."

려금이 일부러 변죽을 울렸고, 택은 바로 다급하게 외쳤다.

"염진이 어떻게 된 거야?"

우리를 이간질할 꿈도 꾸지 마라

택은 고 태부가 자신들을 구하기 위해 이 요괴 같은 할망구를 발로 찬 것까지는 기억했다.

이 요괴 할망구가 자신을 잡고 있던 인어족 몸 위로 날아와 부딪혔을 때, 택도 계단 아래로 굴러떨어져 머리를 부딪치며 정신을 잃었다. 당연히 그 후에 무슨 일이 발생했는지 그로서는 알 방법이 없었다. 깨어나 보니 자신 혼자 이 요괴 할망구에게 납치된 상태였다.

택은 분명 고 태부가 염진과 어머니를 구했을 거라고 생각했다. 그러나 요괴 할망구가 이리 말하니, 그의 입장에서는 불안할 수밖에 없었다.

"어떻게 되었냐고?"

려금이 일부러 의아하다는 표정을 지으며 말했다.

"그들은 너를 희생시켰지. 그야 당연하잖아. 그들은 친자식에게만 관심이 있었거든! 네가 이리 바보 같은데, 네 황형이 너에게 어떻게 황위를 주었는지……. 하하, 아무래도 네 황형이라는 작자는 너보다 훨씬 멍청한 모양이구나!"

택은 려금의 말 첫머리를 들은 순간 이미 그 이상 들을 마음이 사라지고 말았다.

그가 노한 소리로 외쳤다.

"요괴 할망구, 그게 무슨 뜻이야? 염진이 대체 어떻게 됐다는 말이야?"

"그 애가 균형을 잡지 못해 자빠지더구나. 그리고 그 순간 고북월은 너를 구할 기회를 포기했지! 그래, 그 애가 자빠졌기 때문에 내가 장경루를 탈출할 기회를 잡을 수 있었지! 만약……."

려금이 말을 끝내기 전에 택이 다급하게 물었다.

"염진이 어떻게 넘어졌다는 거야? 넘어져서 어떻게 된 거야?"

려금이 멈칫하더니, 곧 큰 소리로 웃기 시작했다.

그녀는 군자택과 군구신 무리를 이간질할 생각이었다! 그런데 이 아이는 놀라서 바보가 되기라도 한 걸까? 이렇게 똑똑히 말해 주었는데도 그녀의 말이 무슨 의미인지 파악하지 못하고 그 어린 중놈이 자빠진 것이나 신경 쓰다니!

그때, 물속에서 이 모든 것을 엿듣고 있던 백리명천도 속으로 웃기 시작했다. 그의 눈빛은 점점 더 경멸로 가득 찼다.

'군구신의 동생이란 녀석이…… 설마 정말 바보인 건가?'

그는 한기를 견디기 어려워 몸서리를 치면서도 계속 그 자리를 떠나지 않았다.

려금은 이미 충분히 웃은 다음이었다. 그녀는 택 앞으로 다가와 한 단어 한 단어 똑똑히 말했다.

"제대로 들어 보라고. 그 어린 중놈이 자빠져서 어떻게 된 게 아니야. 그냥 좀 놀랐을 뿐이지. 그저 좀 자빠졌던 건데, 네 목숨은 그 중놈이 자빠진 것보다도 못했단 말이다! 진민이 네 어미라고? 하하, 어찌 그리 쉽게 부른다지?"

이 순간, 택이 얼이 빠진 표정을 지었다.

려금이 원한 것은 바로 택의 이런 반응이었다!

려금이 덧붙였다.

"진민이 정말로 너를 제가 낳은 친자식처럼 대해 주리라 생각했니? 하하! 하지만 너를 탓할 일은 아니지. 네 황형도 너랑 똑같이 멍청했던 거니까!"

택의 눈이 초점을 잃은 듯했다. 그는 유난히도 의기소침해 보였다.

려금이 다시 말했다.

"너나 네 황형이나 귀한 혈통 출신에 현공대륙을 거의 차지했으면서, 어째서 대진 황족의 노비 노릇이나 하는 거지? 창피하지도 않나?"

갑자기 택이 고함쳤다.

"그런 것이 아냐! 아니라고! 닥쳐!"

려금이 반문했다.

"그럼 무엇이지? 고북월이 나를 찼을 때, 너도 알았잖아? 고북월이 나를 찬 다음에 그 어린 중놈을 구했다고. 네가 아니라. 맞지?"

택이 다급하게 말했다.

"진 시위가 있었잖아! 진 시위가 나를 구할 수 있었어!"

려금이 큰 소리로 웃기 시작했다.

"진묵? 그 폐물이 나를 당해 낼 수 있을 리 없잖아? 애야, 고북월이 그 어린 중놈 때문에 시간을 끌지 않았으면, 고북월의 속도로는 내게서 널 빼앗아 가는 건 문제도 아니었어. 하지만, 안타깝구나…… 하하!"

택은 멍한 표정으로 갑자기 반박할 말을 잃고 말았다.

그는 그때 계단 아래로 굴러떨어져 정신을 잃고 있었기 때문에 염진이 발병하여 목숨이 위험했다는 사실을 알지 못했다. 또 진묵이 사실은 려금을 막으려 했으며, 그것 또한 고북월의 계산에 들어 있었다는 사실을 알지 못했다.

진묵은 고북월이 올 때까지는 버틸 능력이 있었다. 만약 염진이 발병하지 않았다면. 그랬다면 모든 일이 고북월의 생각대로 되었을 것이다.

택은 의기소침해졌을 뿐 아니라 점차 머리를 수그리기 시작했다. 그 모습을 본 려금의 눈가에 만족스러운 빛이 스쳐 갔다. 그녀가 말했다.

"잘 생각해 보렴. 그다음에 우리 다시 이야기를 나눠 보자꾸나!"

얼음으로 가득 찬 방 안은 고요했다. 그리고 물 아래는 더욱 고요했다.

백리명천은 물 아래 웅크리고 있었다. 그의 눈빛에 이제 경멸의 빛은 보이지 않았다. 그는 생각에 잠긴 듯 계속 기다리고 있었다.

택은 속이기 쉬울지 몰라도, 백리명천은 그리 쉽게 속아 넘어갈 인물이 아니었다. 그는 려금과 택의 대화를 듣고, 려금이 이간질을 하고 있다는 사실을 알아차렸다.

군구신의 부친이라면 분명 군구신보다 영술에 익숙할 것이다. 게다가 진묵이 군자택 근처에 있었다면, 그 누구라도 일단 앞에 있는 사람을 구한 후 다시 군자택을 구하러 갔을 것이다.

백리명천은 계속 기다렸으나 택의 목소리는 오래도록 들리지 않았다. 대신 다시 려금의 목소리가 들려왔다.

"자, 생각은 끝냈니?"

택은 대답하지 않았다.

려금이 매우 의기양양하게 웃으며 말했다.

"말하지 않는 걸 보아하니, 하하, 분명 깨달은 바가 있는 모양이군."

택은 여전히 침묵했다.

백리명천은 잠시 기다리다 무시하듯 가볍게 코웃음을 쳤다. 그리고 뒤로 물러났다. 그는 이 한기를 견딜 수 없었다. 그는 대화 소리가 들리는 한도 내에서 뒤로 물러났다. 최소한 이제 그렇게까지 춥지는 않은 것 같았다.

이 순간, 택이 갑자기 고개를 들더니 려금을 바라보았다. 그는 진지한 눈빛으로 한 글자 한 글자 또렷하게 외쳤다.

"나는 고 태부가 왜 그런 행동을 했는지는 알지 못해. 하지만 나는 그분이 네가 이야기한 그런 분이 아니라고 믿어!"

려금이 냉소했다.

"대체 뭘 보고 너와 피라고는 전혀 섞이지 않은 그 부부를 믿는 거지? 네 황형이 그들의 양자라서? 잊지 마라. 네 황형도 그들의 친자식은 아니야!"

택은 단호한 눈빛으로 반박했다.

"그럼 나는 뭘 보고 네 말을 믿지?"

이 말을 들은 순간, 물속에 있던 백리명천이 피식 웃었다. 그는 이제 택을 무시하지 않았지만 그렇다고 인정하는 것도 아니었다. 그는 순수하게 방관자의 자세를 취하고 있었다.

하지만 려금은 말문이 막힌 듯했다. 그리고 택이 이 순간을 놓치지 않고 반문했다.

"혈연관계라고 해서 다 믿을 수 있는 것도 아니잖아? 너는 모르겠지. 내가 얼마나 부황을 증오하는지!"

증오한다고?

제 부친을 증오한다고 말하는 순간, 택의 목소리는 몹시도 평온했다. 증오나 원망 같은 감정은 전혀 없는 것처럼. 그래서 려금은 그가 대체 무슨 말을 하는지 이해할 수 없었다.

그리고 물속에서는 고개를 숙이고 있던 백리명천이 천천히 시선을 들어 눈앞의 어두운 물을 바라보았다.

택이 계속 말했다.

"나는 내 부친을 증오하지. 그와 혈연이라는 사실을 증오하고, 그가 내 부친이라는 사실을 증오해! 하지만 그는 그저 그일 뿐, 내 모든 것은 아니야! 나에게는 믿을 수 있는 다른 이들이 있어! 내 혈연도, 가까운 친지도 믿을 수 없는 이투성이였지만, 그래도 나는 이 세상에 내가 믿을 수 있는 사람이 있을 거라고 믿고 싶어! 요괴 할망구, 이간질할 필요 없어! 나는 그들이 나를 버렸다 해도 그들을 탓할 생각 없으니까!"

택의 눈빛은 진지하고 단호했다. 그 단호함은 그의 내심에서 우러나오는 신념과도 같은 것이었다! 려금이 그의 얼굴을 바꿀 수 있을지는 몰라도, 죄와 더러움을 겪으면서도 여전히 지켜온 이 순수한 눈동자를 바꿀 수는 없을 것이다.

려금은 살짝 당황하고 있었다. 눈앞의 이 어린아이가 이런 말을 하리라고는 전혀 생각지 못한 탓이었다.

백리명천은 여전히 전방의 어두운 물을 주시하고 있었다. 그는 자신도 모르게 제 소매를 꽉 잡았다.

그 안에는 호두가 한 알 들어 있었다. 원래는 한 쌍이었던 호두였다. 사부인 고 영감이 그에게 주었던, 그가 10년이 넘도록 언제나 가지고 다니던 호두. 매일 이 호두를 손에서 굴리고 있노라면 고 영감이 곁에 있는 것 같은 기분이 들었다⋯⋯.

그는 이제 고 영감의 신분을 알고 있고, 그를 미워하고 있었다. 심지어 이 호두의 짝인 다른 호두를 던진 채 줍지도 않았다. 그러나 아직도 남아 있는 이 호두는⋯⋯. 그는 지금도 이 호두를 버리지 못하고 몸에 지니고 있었다.

그도 부황을 증오했다. 만약 고 영감을 믿을 수 없었다면 자신이 대체 얼마나 버틸 수 있었을지 그로서도 알 수 없었다. 그러나⋯⋯.

갑자기 려금의 목소리가 백리명천의 생각을 끊어 놓았다.

려금은 택의 눈을 직시하지 못하는 상황에서 인내심을 잃은 듯 차갑게 외쳤다.

"그래, 됐다! 일단 네 얼굴 나머지 반에도 문신을 새겨 주지.

한번 두고 볼까? 그들이 너를 알아보는지!"

그 말을 끝으로 기묘한 정적이 흘렀다. 마치 모든 소리가 사라진 것처럼. 물 위에서는 대체 무슨 일이 벌어진 걸까? 얼굴에 문신을 새긴다니, 얼마나 아플까? 군자택같이 어린 아이가 버틸 수 있을까?

백리명천은 소매 속에 숨기고 있던 호두를 더욱 꽉 쥐었다. 그 가늘고 긴 눈에 평소의 사특한 매력은 보이지 않고, 대신 엄숙함이 자리하고 있었다. 그는 마치 뭔가를 기다리는 것 같기도 했고, 또 생각에 빠진 것 같기도 했다.

이때, 려금의 목소리가 다시 들려왔다.

"아이를 묶어!"

순간 백리명천이 고개를 들어 전방을 바라보았다. 그의 눈에 차가운 빛이 스쳐 가는가 싶더니, 웅크리고 있던 사지를 뻗었다. 그의 몸 전체가 마치 활을 떠난 화살처럼 물속에서 빠르게 앞으로 헤엄쳐 갔다.

그가 빠르게 움직임에 따라 점점 더 차가운 물이 그의 얼굴을 적시고 그의 온몸과 오장육부를 얼어붙게 했다. 두피마저 저릿할 정도의 한기였다. 그러나 그는 그 아름다운 얼굴을 차갑게 굳힌 채 이를 악물고 계속 앞으로 나갔다.

마침내 어두운 물을 지나 빛을 발견했다. 그는 잠시 멈췄다가, 더 빠른 속도로 빛을 향해 헤엄치기 시작했다. 그리고 연못 위 얼음이 깨진 곳을 발견한 순간, 그는 순식간에 하늘을 향해 날아오르듯 물 위로 뛰어올랐다!

내 너에게 길을 알려 주마

이때 두 금인어족 병사가 택을 묶고 있었고, 려금은 금침을 꺼내고 있었다. 그리고 얼음에 파묻힌 방의 문 옆에도 금인어족 병사가 서 있었다.

일순간 모든 이가 돌아보았다. 백리명천을 알아본 그들 모두 깜짝 놀랐다.

가장 먼저 반응한 사람은 려금이었다. 그녀는 금인어족에게 백리명천을 공격하라는 명령을 내리며 택에게 빠르게 다가갔다.

백리명천의 입매가 차갑게 일그러지는가 싶더니 바로 검을 뽑아 사납게 베어 갔다. 순식간에 장검에서 산을 무너뜨리고 바다를 뒤엎을 듯한 강한 힘이 발산되었다. 주위를 둘러싸고 있던 금인어족은 말할 것도 없고, 려금까지도 버티지 못하고 모두 뒤로 날아갔다!

결국 이 힘은 택의 등 뒤, 얼음에 봉인되어 있던 벽을 강타했고, 찰나의 순간 빙벽에 빽빽한 균열이 생겨났다. 언제라도 무너질 것처럼.

려금과 금인어족 병사가 한옆에 쓰러졌고, 택 역시 날아가 쓰러졌다. 백리명천이 재빨리 몸을 날려 택을 묶고 있던 포승을 사납게 잡아당겼다. 려금이 바로 쫓아오려 했지만 이미 늦은 다음이었다.

려금이 발걸음을 멈추더니 차가운 목소리로 말했다.

"여봐라, 수로를 봉쇄해라!"

이 방은 몹시 추웠지만, 물 아래와 비교하면 그래도 나은 편이었다. 수로를 통해 오는 내내 그는 추워서 지각을 잃을 정도였고, 간신히 몸의 떨림을 막고 있었다.

백리명천은 물 아래로 뛰어드는 인어족 병사들을 흘깃 본 후, 눈썹을 치켜세우며 려금을 바라보았다. 동시에 택의 허리띠를 잡아 그를 제 어깨에 떠멨다.

택은 려금이 증오스러운 만큼이나 백리명천을 싫어했다. 그러나 두 팔과 다리가 모두 묶여 있어 발버둥을 칠 수 없으니 그저 소리를 지르는 수밖에 없었다.

"망할 여우 놈, 날 내려놔!"

망할 여우 놈?

백리명천은 상당히 의외라는 듯, 불쾌하다는 듯 물었다.

"설마 군구신과 비연이 본 황자를 그렇게 부르던가?"

망할 여우 놈은 사실 택과 염진이 함께 지은 백리명천의 별명이었다. 택은 몇 번이나 형수가 백리명천을 늙은 여우라 부르는 것을 들었다.

택은 대답하지 않고 계속 소리쳤다.

"날 놓으라고!"

택이 보기에 백리명천, 이 망할 여우 놈의 손에 떨어지는 것은 결코 좋은 일이 아니었다.

백리명천이 냉소했다.

"여우가 입에 문 고기를 떨어뜨리는 걸 본 적 있나? 너를 놓아주면, 본 황자가 무엇으로 군구신을 위협하지?"

택이 계속 고함을 지르려 하자 백리명천이 택의 허리띠를 뽑아 그의 입을 막은 다음 다시 어깨에 떠멨다. 택은 백리명천의 등에 거꾸로 매달린 셈이 되어 꼼짝 못 하고, 말도 못 하게 되었다.

려금이 백리명천을 보며 냉소하기 시작했다.

"나 역시 입에 문 고기를 날려 버릴 수 없지! 백리명천, 순순히 아이를 내려놔라. 혹시 내가 너에게 길을 알려 줄 수 있을지도 모르니까. 그래, 혈루의 부작용에 어떻게 대응하는지 말이다. 내 보기에, 그대로 있으면 네 죽을 날이 머지않았어!"

백리명천은 본래 이 노파의 신분을 궁금해하고 있었다. 그런데 이 말을 듣자 더욱 놀랐다.

이 노파는 어쩌면 축운궁주보다 혈루에 대해 더 잘 알고 있을지도 모른다. 그렇다면…… 고운원보다는 어떨까?

고운원은 백리명천이 죽을 수밖에 없다고 했다. 그러나 이 노파는 그에게 길을 알려 주겠다고 했다. 이 노파가…… 그를 속이려 하는 걸까, 아니면 정말로 방법을 아는 걸까?

백리명천이 대답하지 않자 려금이 덧붙였다.

"네가 북해에 들어가 우연히 혈루를 얻은 후 지금 1년 정도 되었지? 반년 전 발작이 시작되었을 거야! 그리고 너를 구해 준 사람은 바로 고운원이겠지? 고운원에게 끌려다니느니 차라리 나와 협력하는 게 나을 거다. 네가 만족스럽게 굴기만 하면, 나는 고운원이 너에게 말해 주지 않았던⋯⋯."

려금은 여기까지 말한 후 의미심장하게 웃으며 계속 말했다.

"네 비밀을 말해 줄 테니까!"

백리명천의 마음이 의심으로 가득 찼다. 그는 몹시 추웠지만, 입가에는 아무렇지도 않다는 듯 미소를 띠고 말했다.

"협력? 하하, 네가 본 황자에게 충성을 다한다면 본 황자가 고려해 볼지도 모르지! 어떠냐!"

려금은 대답 없이 온화함과는 거리가 먼 늙은 얼굴만 일그러뜨렸다.

백리명천은 그녀가 만만한 상대가 아니라는 걸 바로 알아보았다. 그는 이미 고운원 때문에 꽤 고생했기 때문에, 려금의 속내를 제대로 알기 전에는 협력할 생각이 없었다.

게다가 비연과 빚을 청산하는 일 외에 그는 지금도 자신이 대체 무엇을 하고 싶은지 알지 못했다!

그는 이 차가운 얼음방 안에 조금도 더 머물고 싶지 않았고, 혹시라도 혈루의 부작용이 발작할까 봐 마음이 불편했다. 그는 어깨에 떠멘 택을 꽉 잡고, 다른 손으로는 불시에 려금을 향해 검을 휘둘렀다.

다시 소환된 혈루의 힘이 려금을 강타했다. 그녀는 가까스로 피했지만 결국은 한옆에 넘어지고 말았다.

얼음으로 봉인되어 있던 이곳의 문은 이미 려금에 의해 커다란 구멍이 나 있었다. 백리명천은 택을 데리고 그 문 밖으로 달려 나갔다. 바깥의 통로 역시 얼음으로 뒤덮여 있었다.

백리명천은 지난번에도 이 길을 통해 도망쳤었다. 그는 기억에 의지해, 통로를 따라 도망치기 시작했다.

만약 통로가 하나뿐이었다면 그나마 나았을 것이다. 그러나 이 통로에는 갈림길이 많았다. 백리명천은 기억에 따라 달리고 있었고, 려금은 그 뒤를 맹렬히 추격하고 있었다. 그리고 인어족 병사 여럿이 뜻밖에도 다른 갈림길로 달려갔다.

백리명천은 불안해지기 시작했다. 금인어족이 다른 길로 간다는 것은 분명 그를 포위하기 위함일 것이다. 어쨌든 저 노파는 이곳의 지형을 잘 알고 있는 것이 분명했다.

백리명천은 장검을 쥔 채 속도를 높였다. 조금만 더 가면 출구가 나올 거다. 일단 출구 가까이만 가면…… 그는 공격할 수 있을 것이다.

좁은 통로에서 그가 검을 휘두르면 이곳이 붕괴될 테고, 그럼 노파는 죽거나 중상을 입을 수밖에 없다. 그렇게 되면 그는 묘실이 무너지는 것을 피해 출구로 빠져나갈 충분한 시간을 벌게 된다.

갑자기 옆의 갈림길에서 인어족 병사 하나가 덮쳐 왔다. 다행히도 백리명천이 미리 대비하고 있다가 그를 사납게 걷어찼다.

백리명천이 다리를 거둬들이고 다시 달리려던 순간, 갑자기 멈춰 섰다. 다리 아래에서부터 한기가 올라오고 있었다. 그는 경악했다. 설마 혈루의 부작용이 발작하려는 걸까?

이때 인어족 병사 하나가 갑자기 덤벼들었다. 그러나 백리명천이 검을 휘두르려는 자세를 취하자 병사가 서둘러 도망쳤다.

백리명천은 공격하지 않고, 다리 아래의 한기를 버티며 재빨리 도망쳤다. 그러나 그의 움직임은 점차 느려지고 있었다.

다리 아래의 한기는 점점 더 심해지더니 그의 다리를 타고 계속 올라오고 있었다. 그의 두 다리는 이제 얼음으로 뒤덮인 듯 차가워져 있었다. 이제 그는 달리는 것은 고사하고 걷는 것조차 힘들 지경이었다. 그의 의식 역시 한기에 사로잡혀 점점 더 흐려지고 있었다.

택은 백리명천의 상황을 알지 못하고 있었기에, 그저 온몸에 한기가 들었나 생각할 뿐이었다. 택은 요괴 할망구가 점점 가까워지는 것을 보고, 자신과 백리명천이 적대 관계라는 것도 잊고 재빨리 작은 머리로 백리명천의 등을 들이박았다. 어서 빨리 달리라는 신호였다.

택이 머리로 들이박자 의식이 흐려져 가던 백리명천이 순식간에 정신을 차렸다. 그는 잠시 돌아보더니 한 치도 머뭇거리지 않고, 이를 악문 채 검을 들어 전력을 다해 휘둘렀다.

찰나의 순간, 혈루의 힘이 산을 무너뜨릴 기세로 려금을 덮쳤다. 려금은 백리명천이 이곳에서 혈루의 힘을 쓸 거라고는 상상도 하지 못했기에 재빨리 가장 가까운 갈림길로 도망쳤다.

백리명천은 장검을 땅에 찌르더니 택을 놓아주었다.

"도망쳐! 어서! 앞쪽이 출구니까. 군구신과 비연이 분명 너를 금방 찾아낼 거다!"

뭐라고?

택은 당황하여 제 귀를 의심했다. 그와 동시에 갑자기 쿵 하는 굉음과 함께 혈루의 힘이 앞쪽의 빙벽을 공격했다. 길을 막고 있던 빙벽이 순식간에 무너져 내렸고, 통로 전체가 요동치기 시작하면서 얼음 조각이 계속 떨어져 내렸다.

택이 움직이지 않는 것을 보고 백리명천이 분노한 듯 외쳤다.

"아직 도망치지 않고 뭘 하는 거야! 죽고 싶어?"

말을 마친 백리명천이 사납게 검을 들어 택을 겨눴다.

택은 창졸간의 일이라 당황하여 무의식적으로 눈을 감았다. 그러나 백리명천은 택의 두 손과 두 발을 묶고 있던 포승을 끊어 주고는 외쳤다.

"꺼져!"

이 망할 여우 놈이 정말 그를 놓아주려는 걸까?

택은 의아했다. 그러나 지금 시간을 낭비할 수도 없었다. 그는 몸을 돌려 달리기 시작했다.

백리명천은 온몸에 밀려드는 한기에 이제 걸을 수도 없는 상황이었고, 입술도 파랗게 질리고 있었다. 택의 작은 뒷모습을 바라보는 그의 입가가 곡선을 그리기 시작했다.

그렇다. 그는 지금 웃고 있었다. 그리고 그의 등 뒤에서는 거대한 얼음 덩이가 끊임없이 떨어져 내리고 있었다. 이 통로는 곧 무너질 것이다…….

본 황자는 죽을 수 없다

마치 지진이라도 일어난 것처럼 통로가 무너져 내리려 했다. 백리명천이 발을 내디뎌 보려 했으나 꼼짝도 할 수 없었다.

갑자기 아직 어린 티가 묻어나는 택의 목소리가 들려왔다.

"망할 여우 놈, 네가 죽으려는 거였구나!"

백리명천이 고개를 들어 보니 택이 자신을 향해 달려오고 있었다. 백리명천은 잠시 멈칫했다가 곧 사나운 표정을 지으며 차가운 목소리로 외쳤다.

"꺼지라고 했지! 꺼지지 않으면 본 황자도 예를 차리지 않겠다!"

택이 무시하듯 말했다.

"죽을 때가 되어서도 입을 놀리다니!"

택의 마음속은 의심으로 가득 차 있었다. 그는 현재 백리명천의 상황을 알지 못했고, 또 아무리 생각해도 그가 무엇 때문에 자신을 구했는지도 알 수 없었다. 그러나 백리명천이 자신을 구한 이상 택은 그가 죽게 내버려 둘 수 없었다.

택은 떨어지는 얼음 덩어리들을 피해 백리명천 앞으로 달려와 말없이 그의 손을 끌어당겼다!

"놓으라고! 안 들려? 대체 뭐 하는 거야?"

백리명천은 손을 뺄 수조차 없는 상황에 수치스러워하는 동시에 분노했다.

"망할 꼬마 놈, 놓으라고! 놓지 않으면 본 황자도 가만있지 않을 거다!"

택은 백리명천이 소리 지르게 내버려 둔 채 젖 먹던 힘까지 내어 그를 끌어당겼다.

백리명천은 아직 온몸이 얼어붙은 것은 아니었지만 한기 때문에 뼈를 찌르는 듯한 고통을 받고 있었다. 그는 힘이 빠져나가는 것을 느끼면서도 죽기 살기로 버텼으나, 바닥에 쓰러지는 순간 본능적으로 몸을 웅크리기 시작했다. 당장이라도 그대로 잠들어 버리고 싶은 것처럼.

택은 뭔가 잘못되어 가고 있다는 사실을 깨달았다. 그러나 지금은 물어볼 여유조차 없었다.

백리명천의 손은 계속 구부러지고 있었고, 택은 그를 끌고 앞으로 나가기 시작했다. 처음에는 택의 힘으로 그를 움직일 수 없었지만, 있는 힘을 다하니 조금씩 끌려오기 시작했다. 한 번 끌기 시작하니 감히 멈출 엄두가 나지 않아 택은 어떻게든 버티며 계속 앞으로 나아갔다.

이때 얼음 하나가 그의 머리를 강타했다. 택은 제대로 피할 여유도 없어 그대로 얼음에 맞을 수밖에 없었다. 다행히도 얼음은 그다지 크지 않았고, 택은 고통을 참은 채, 멈추는 일 없이 계속 앞을 향해 걸었다.

뒤쪽의 통로는 이미 천장이 모두 무너진 상태였고, 그들의 머리 위는 아슬아슬 위험했다. 한 걸음 뗄 때마다 생사의 고비에서 벗어나는 것과 마찬가지일 정도였다.

택은 고집스럽게 백리명천을 끌어당겼고, 백리명천 역시 마지막 남은 의식을 지키기 위해 필사적으로 버티고 있었다.

백리명천은 눈을 들어 제 앞의 기이한 얼굴을 바라보았다. 반은 잘생긴 성년 남자로 윤곽이 뚜렷했고, 반은 아이의 얼굴로 맑고 여리면서도 순수해 보였다. 그리고 그 어느 쪽 얼굴이건, 결단코 굽히지 않겠다는 눈빛을 지니고 있었다.

어둠 속에서 모든 것이 흔들리고 있었다.

백리명천은 과거의 자신을 본 것만 같았다. 무너지는 세계에서, 아무것도 없이…… 목숨마저도 제 손에 쥐지 못한 채 그저 굳세게 버티던 나날들.

다만 그때의 자신과 눈앞의 아이가 다른 것은, 자신은 사람을 해치지 않았다는 것을 증명하기 위해 버텼다면 군자택은 지금 사람을 구하기 위해 버티고 있다는 것이었다.

갑자기 가벼운 마찰음이 들리는가 싶더니, 머리 위에서 거대한 얼음 덩어리가 금방이라도 무너져 내릴 듯 흔들리고 있었다!

백리명천과 택 모두 그 얼음 덩어리를 본 순간 거의 동시에 입을 열었다.

백리명천의 목소리는 희미했지만 굳세게 들렸다.

"놔라."

그리고 택의 여린 목소리는 여전히 고집스러웠다.

"어서!"

택의 이 말은 자신에게 들려주기 위한 것이었다. 그는 소리를 치며 재빨리 백리명천을 끌어당겼다.

백리명천이 끌려오다 택의 몸 위로 쓰러지며 두 사람이 함께 갈림길 중 한쪽으로 넘어지고 말았다. 택이 바닥에 쓰러지는 순간, 쿵 소리와 함께 그 거대한 얼음이 그들이 있던 곳에 떨어졌다.

통로는 계속 무너지고 있었다. 얼음 덩어리 하나가 떨어졌다고 끝이 아니었다. 택은 심호흡을 한 후 재빨리 제 몸을 누르고 있는 백리명천을 밀어냈다. 백리명천은 옆으로 쓰러지며 자신도 모르게 안도의 한숨을 쉬었다.

택이 간신히 몸을 일으키며 앞을 살펴보았다. 이 갈림길의 통로 역시 무너지는 중이었지만, 방금의 그 통로처럼 심하지는 않았다.

택은 두말없이 계속 백리명천을 끌기 시작했다. 이번에는 백리명천도 쓸데없는 말을 하지 않고 계속 끌려왔다.

이렇게 택은 백리명천을 끌며 한 걸음 한 걸음 통로 깊은 곳으로 걸어 들어갔다. 그들이 지나간 후 통로가 무너지는 속도는 점점 더 빨라졌고, 잘게 부수어진 얼음이 비처럼 쏟아져 내렸다.

그러나 통로의 끝은 막다른 골목이었다. 택은 백리명천을 잡은 채 유일하게 무너져 내리지 않은 벽 앞에 쪼그리고 앉아 공포에 질린 표정으로 눈앞의 모든 것을 바라보았다.

통로 전체가 무너져 내리는 순간에도, 그들 등 뒤의 벽은 여전히 버티고 있었다. 택은 벽을 조심스럽게 밀어 보면서 결국은 한숨을 쉬고 중얼거렸다.

"아미타불, 아미타불……."

이것은 염진이 언제나 외우던 염불이었다. 택도 언제부터인지 모르게 염불을 배워 버린 것이다.

택이 몇 번이나 중얼거렸을까. 백리명천이 녹초가 되어 주저앉으며 가볍게 코웃음을 치더니 무시하듯 택을 흘깃 바라보았다.

택은 그제야 정신을 차리고, 그 역시 백리명천을 흘깃 본 다음 무시하듯 코웃음을 쳤다.

백리명천 체내의 한기가 사라진 것은 아니었다. 한기는 여전히 소리 없이 그를 괴롭히고 있었다. 백리명천은 택을 바라보기만 할 뿐 아무 말도 하지 않았다. 말을 할 힘조차 없었다.

택은 처음에는 그가 자신을 바라보게 내버려 두다가, 나중에는 시선을 피해 고개를 돌리고 차갑게 말했다.

"그렇게 나를 보지 말라고. 내가 뭐 정말 너를 구하려고 그런 줄 알아? 어쨌든 우리 황형이랑 형수가 곧 올 거라고. 그리고 곧 나를 찾아내 줄 거야! 너는 그렇게 나쁜 일을 많이 했으니, 황형과 형수가 너에게 빚을 갚아 줄 거야!"

빚을 갚는다고?

백리명천은 잠시 멈칫하더니 곧 자조적으로 웃음을 흘리기 시작했다. 사람과 사람 사이에, 어찌 이리도 서로 갚을 빚이 많단 말인가!

백리명천의 웃음소리를 들은 택이 바로 고개를 돌렸다.

"왜 웃는 거야?"

백리명천은 대답 없이 눈을 감고 몸을 웅크렸다. 계속 한숨이 나오는 것을 어찌할 수 없었다. 너무도 고통스러웠지만, 그래도 한숨을 쉴 때마다 조금씩 벗어나는 것 같기도 했다.

택은 그를 바라보며, 몇 번이나 나오는 말을 삼키고 결국은 아무것도 묻지 않았다. 택은 다시 고개를 돌렸다. 그 요괴 할망구와 부하들은 어디 있을까?

어쨌든 지금으로서는 모험을 할 수 없으니, 자리를 옮기기보다는 여기서 조용히 황형과 형수가 어서 오기만을 기도하는 편이 나을 것 같았다.

이렇게 기다리다 보니 마침내 택도 한기를 느꼈다. 물고문을 받아 온몸이 젖은 상태인데, 이렇게 차가운 공기 속에서 한기를 느끼지 못한다면 그게 이상한 일일 것이다! 방금까지는 너무 긴장한 나머지 추위를 제대로 느끼지 못하고 있을 뿐이었다.

옷이 없으니 지금 입고 있는 옷을 벗을 수도 없었다. 택은 그저 몸을 웅크리는 수밖에 없었다.

주변은 지극히 조용했다. 택은 몸을 덜덜 떨기 시작했다. 백리명천 역시 참지 못하고 온몸을 떨기 시작했다.

택이 이상한 것을 느끼고 돌아보니 백리명천이 몸을 웅크린 채, 이마저 딱딱 소리가 나도록 부딪치고 있었다. 택보다 훨씬 추워하는 것처럼 보였다.

"그래도 싸지!"

택은 그렇게 중얼거리고는 다시 고개를 돌렸다. 그러나 얼마 지나지 않아 다시 백리명천을 쳐다보며 물었다.

"이봐, 망할 여우 놈, 대체 왜 그러는 거야?"

백리명천에게 대답할 기운이 있을 리 만무했다!

택은 답을 기다리지 못하고 머뭇거리다 다시 물었다.

"저기, 나를 왜 구한 거야? 뭐 착한 척이라도 하려 한 거야?"

백리명천은 들었는지 말았는지 여전히 몸을 떨고 있었다. 그런 그의 얼굴에 핏기라고는 하나도 없어 보였다.

그 모습을 본 택의 눈에 불안한 빛이 스쳐 갔다. 그러나 그는 여전히 퉁명스럽게 말했다.

"분명 좋은 마음을 먹고 한 짓은 아니었겠지!"

택은 백리명천의 대답은 기다리지 않고 중얼거리기 시작했다.

"네가 죽는다면 내가 너를 괜히 구한 셈이 되잖아! 흥, 죽으려 해도 그렇게 쉽지 않을걸. 우리 황형이랑 형수가 아직 너한테 빚을 받아 내지도 못했는데 죽으면 안 된다고! 그러니까 버티고 있어 봐. 내가 가서 상황을 보고 올 테니까."

말을 마친 택이 몸을 일으켰다. 그 자신도 추워 죽을 것 같았고, 백리명천을 따뜻하게 해 줄 방법도 없었다. 그래도 여기서 죽기를 기다리느니 모험을 해 보는 편이 나을 것 같았다.

그러나 택이 한 걸음 내딛자마자 백리명천이 중얼거리는 소리가 들렸다.

"무서워 마라……. 본 황자는 죽지 않을 테니까."

진정한 부작용

백리명천의 말에 택이 발걸음을 멈추고 퉁명스럽게 말했다.

"내가 뭐, 널 구하려고 이러는 줄 알아? 우리 황형과 형수가 통쾌하게 복수하도록 하기 위한 게 아니라면, 나는 절대 너를 신경 쓰지 않았을 거라고!"

백리명천은 퉁명스럽게, 그러나 떨리는 목소리로 말했다.

"가, 어서 죽을 길을 찾아가라고! 그 노파는 분명 근처에 있을 거다. 그 노파 능력이라면 그렇게 쉽게 죽지는 않을 거야. 네 황형과 형수가 언제 여기까지 올 수 있을지는 모를 일이지. 여하튼 본 황자는 죽지 않을 테니, 네 마음대로 하라고!"

택은 백리명천을 바라보며 머뭇거렸다.

백리명천이 가볍게 코웃음을 치더니 옆을 돌아보았다. 택은 다시 머뭇거리다가 결국은 되돌아와 백리명천 곁에 쪼그리고 앉았다.

백리명천은 몸을 웅크린 채 덧붙였다.

"잘 숨어 다녀! 본 황자까지 들키게 하지 말고!"

택은 분노한 눈으로 백리명천을 노려보았다.

백리명천이 고개를 들어 보니 절반은 문신이 된 어린 얼굴이 보였다. 그는 이미 택의 이런 얼굴을 보긴 했지만, 이렇게 가까운 거리에서 보는 것은 처음이었다.

백리명천은 인정하지 않을 수 없었다. 가까이에서 보는 이 얼굴은 기이한 나머지 모골이 송연할 정도였다. 그는 원래 말할 힘조차 아낄 생각이었지만, 이가 떨려 오는 것을 참으며 물었다.

"꼬마야, 그 얼굴 정말로 문신을…… 당한 것이냐?"

택은 원래도 좋은 표정은 아니었지만, 이 말을 듣자 안색이 더욱 나빠졌다.

백리명천은 추운 나머지 몸서리를 치면서도 계속 말했다.

"쯧, 과연 그 노파는…… 대체 내력이 어떻게 되는 거지? 이 고묘와는 무슨 관계인 건가? 고운원과는 또 무슨 관계고?"

택은 어머니가 그 요괴 할망구의 신분을 추측하는 것을 들었을 뿐, 진상을 완전히 알고 있는 것은 아니었다. 물론 진상을 알고 있다 해도 그리 쉽게 백리명천에게 알려 주지는 않았을 것이다.

그는 백리명천을 등진 채 몸을 웅크렸다. 점점 더 추위가 느껴졌다. 축축하게 젖은 옷은 얼음처럼 차가워, 마치 얼음이라도 맺힐 것 같았다.

백리명천은 그를 위아래로 살펴본 후, 복잡한 눈빛으로 그 이상 아무것도 묻지 않았다.

이렇게 두 사람은 서로 등진 채 몸을 웅크리고 덜덜 떨고 있었다. 주변은 온통 고요해, 마치 이 묘실에 그들 두 사람 외에 다른 사람은 없는 듯한 착각마저 들었다.

기다리고 또 기다리며, 택은 속으로 '아미타불'을 외우기 시작했다. 황형과 형수가 어서 오기를 기원하면서. 그는 추위 때문에 더 버틸 수 없을 지경이었고, 그 요괴 할망구가 찾아오지 않을까 걱정스럽기도 했다.

백리명천은 그 노파가 오지 않을까 걱정하는 동시에, 왜 아직도 그들을 찾아오지 않은 건지 의심스러워하고 있었다. 그 노파와 수하들은 이 고묘를 아주 잘 아는 것 같았는데……. 그러니 근처의 통로가 무너졌다 해도 그들은 백리명천과 택을 찾아낼 방법이 있을 것이다.

노파가 설마 도망치지 못하고 혈루의 공격에 당한 걸까? 만약 그렇다면 죽지 않았다 해도 거의 죽을 지경에 이르렀을 테니, 그들을 찾아오지 못하는 것도 그럴듯해 보였다.

백리명천은 계속 생각에 빠져 있었고, 뭔가 이상하다는 생각이 들었다. 그는 고민하고 또 고민하다가, 갑자기 자신의 이상한 점을 발견했다.

북해를 떠난 후 혈루는 불규칙적으로 발작했다. 그러나 일단 발작하면 최소한 반 시진 이상 지속되며, 그동안 그는 의식이 명확하지 않았다. 그러나 지금 그의 체내의 한기는 줄어들고 있는 듯했고, 방금까지 그의 의식은 매우 또렷했다.

그렇다. 아무리 봐도 이 상황은 좋아 보였다. 발작의 강도가 점차 줄어들고 있었다.

고운원이 계속 그를 속였던 걸까? 그 노파가 그에게 길을 알려 주겠다고 했던 것이 설마 진실이었던 걸까?

백리명천은 더 고민하지 않고, 제 체내의 한기가 어떻게 변화하는지에 집중했다. 놀랍게도 한기가 점점 약해지고 있었지만 사라지지는 않았다. 아니, 한기는 점차 그의 왼쪽 어깨로 모이고 있었다.

얼마 지나지 않아 그의 온몸의 한기가 전부 그의 왼쪽 어깨로 모였다!

춥다! 한기가 뼈를 찌르듯 스며들더니 그의 골수까지 얼리고 있었다! 그의 왼쪽 어깨가 점점 더 굳어 가기 시작했다. 비록 얼음에 파묻힌 것처럼 보이지는 않았지만, 이미 파묻힌 듯 꼼짝도 할 수 없는 상황이었다.

이 추위는…… 너무나도 고통스럽게 아팠다!

백리명천은 오른손으로 왼쪽 어깨를 꽉 잡은 채 죽을힘을 다해 버텼다.

택은 곧 등 뒤의 이상한 기척을 알아채고 돌아보았다. 그리고 두어 걸음 물러나더니 경계심 섞인 목소리로 물었다.

"괘, 괜찮아진 거야?"

백리명천은 택에게 신경 쓸 여유조차 없이 왼팔을 더욱 꽉 잡았다.

한참 후에야 왼팔의 한기가 마침내 사라졌다. 그러나 왼팔은 여전히 굳어 있었다. 완전히 움직일 수 없는 것은 아니었지만 마음대로 활동할 수 없는 상태였다. 그는 힘겨워하며 왼팔을 들어 보았다.

택이 호기심 어린 눈길로, 자신도 모르게 물었다.

"망할 여우 놈, 손이 어떻게 된 거야?"

백리명천은 그제야 택이 곁에 있다는 것을 알아차리고 왼손을 내린 다음, 아무 일도 없었던 것처럼 답했다.

"너무 오래 웅크리고 있었더니 저려서 그래!"

택은 더 묻고 싶은 듯했으나 갑자기 멈칫했다. 백리명천이 완전히 회복했다는 사실을 알아차린 것이다! 그는 눈을 휘둥그렇게 뜨더니 갑자기 몸을 돌려 도망치기 시작했다.

그러나 그것은 이미 백리명천이 예견하고 있던 상황이었다. 백리명천이 오른손을 뻗어 바로 택의 뒷덜미를 잡아 끌어당겼다.

백리명천은 키가 큰 편이었기에 택은 겨우 그의 허리께에나 올 뿐이었다. 백리명천이 택을 내려다보며 사악한 미소를 지었다.

"꼬마, 어디로 가려고?"

잠시 전까지만 해도 그들은 재난에 빠진 전우였다. 그러나 이 순간 그들은 다시 적이 되었다.

택이 고함을 지르려는 순간, 백리명천이 사납게 그를 얼음벽으로 밀친 다음 택의 턱을 잡고 나지막하게 경고했다.

"저 노파가 대체 누구인지 말해라. 말하지 않는다면…… 본 황자가 이 세상엔 얼굴에 문신을 당하는 것보다 더 재미있는 일이 있다는 것을 알게 해 주지!"

택의 안색이 갑자기 변했다!

백리명천이 점점 더 사악하게 웃으며 물었다.

"자, 말할 거냐 말 거냐?"

택은 지금 제 몸이 점점 더 떨려 오는 것이 추위 때문인지 아니면 분노 때문인지 알 수 없었다. 그는 노한 눈으로 백리명천을 바라보다 갑자기 다리를 들어 걷어차려 했다. 그러나 백리명천은 매우 민첩하게 피했다.

택이 두 손으로 잡으려 했다. 백리명천은 왼손을 들고 싶었지만 들리지 않았다. 백리명천은 인내심 없는 눈빛으로 택의 턱을 놓더니, 불시에 그를 사납게 내리쳤다.

택이 바닥에 쓰러지자, 백리명천은 제 왼쪽 어깨를 들여다보았다. 입가의 사악한 미소는 금방 사라진 다음이었다.

그는 다시 한번 손을 들어 보려 했다. 왼쪽 어깨는 여전히 민활하게 움직이지 않고 있었다. 팔을 펴려 해도, 구부리려 해도, 힘을 주어 천천히 해야만 했다.

백리명천은 꾹 참으며 천천히 팔을 구부린 다음, 다시 펴는 동작을 몇 번 해 보았다. 그리고 다시 휘둘러 보려 했지만 실패하고 말았다.

이대로라면 그의 왼쪽 팔은 쓸모없어진 것 아닌가?

어째서 이렇게 된 것일까?

이것이 바로 혈루의 진정한 부작용일까?

만약 혈루가 다시 발작한다면, 그의 팔은 철저히 쓸 수 없게 되는 것은 아닐까? 몸의 다른 부분은?

설사 다른 이에게 제어받고 있지 않다고 해도, 백리명천은 계속 혈루의 힘에 조종당하는 기분을 느끼고 있었다. 설마 이렇게 허수아비가 되어 점차 자신을 잃게 되는 걸까?

백리명천은 천천히 왼손을 꽉 쥔 다음 얼음벽을 향해 내지르려 했다. 그 순간, 바닥에 쓰러져 있던 택이 갑자기 몸을 떨기 시작했다.

백리명천이 아래를 내려다보니 택의 입술이 창백해진 것이 보였다. 백리명천의 눈빛이 점차 초조해지더니, 결국은 주먹을 내리고 말았다.

그는 한 손으로 민첩하게 택의 옷을 전부 벗긴 후 자신의 옷을 벗었다. 그러고는 마치 댓잎에 밥을 싸듯이 택을 제 옷으로 꽁꽁 싸매 주었다.

혈루의 부작용이 지나갔다 하나, 이런 상황에서는 아무리 백리명천이라 해도 내의만 입고 버티기는 힘들 수밖에 없었다. 그는 견디지 못하고 몸서리를 치면서도 한 손으로 택을 떠메고 조심스럽게 앞쪽 폐허를 향해 나가기 시작했다.

그러나 그가 막 갈림길로 돌아갔을 때, 앞쪽 어두운 곳에서 싸우는 소리가 들려왔다!

백리명천이 경악하여 중얼거렸다.

"설마, 벌써 도착한 건가?"

닥쳐라

비연과 군구신이 왔다!

비연 일행은 백리명천이 예상했던 것보다 더 일찍 장파 고묘에 도착했다. 처음에는 진묵이 그들을 데리고 지상 입구로 들어가려 했지만, 그곳은 이미 무너진 상태였다.

다행히도 비연에게 선견지명이 있어, 축운궁주에게서 흑인어족 병사를 여럿 빌려 왔다. 그들은 백리명천처럼, 예전에 도망쳐 나온 그 수로를 이용했다.

그들이 뭍에 올라왔을 때는 마침 백리명천이 택을 데리고 도망쳤을 때였고, 려금은 모든 금인어족 병사들을 이끌고 쫓아가고 있었다.

비연 일행은 사람을 구하러 왔으니 당연히 출구 쪽으로 갈 생각은 없었다. 진묵이 그들을 이끌고 밀실을 나온 다음 묘실 안 감옥 몇 곳을 안내했다. 곧 통로가 무너지는 소리가 들려오더니, 그들이 있는 곳까지 흔들리기 시작했다.

그들은 몸을 피하던 중 달려오던 려금과 금인어족 병사들과 마주쳤다. 예상 밖이었던 것은, 오래전에 실종되었던 하소만이 그들에게 있다는 것이었다.

군구신 한 사람이면 그들을 상대하기에 충분했기 때문에 비연과 진묵은 택을 찾아 계속 감옥을 뒤지기 시작했다. 그러나 뜻밖에도 그들이 찾아낸 이는 계강란이었다!

백리명천은 턱을 떠멘 채 소리 없이 접근했다. 그는 구석에 몸을 숨긴 채 조심스럽게 머리만 슬쩍 내밀어 보았다.

이 순간 전투는 이미 중지된 상태였고, 양쪽은 폐허에서 대치 중이었다.

려금은 직접 하소만을 잡은 채 금인어족 뒤에 서 있었다. 군구신이 건명보검을 든 채 차가운 눈초리로 그녀를 바라보았다. 비연과 진묵은 군구신 일행 뒤에 서 있었는데, 진묵이 계강란을 잡고 있었다.

려금의 눈에 차가운 빛이 서서히 번져 가더니, 대치한 지 얼마 지나지 않아 뒷걸음질을 쳤다. 그러나 그녀가 한 걸음 뒤로 가는 순간, 군구신이 앞으로 한 걸음 나갔다.

려금은 바로 발걸음을 멈추고 차가운 목소리로 말했다.

"멈춰라! 아니면 이 녀석의 목을 졸라 죽여 버릴 테니!"

비쩍 말라 힘이라곤 없어 보이는 하소만이 그 말을 듣자 큰 소리로 외쳤다.

"전하, 저를 신경 쓰실 필요 없습니다! 이 요괴 년을 죽여 버리십시오!"

요괴 년?

하소만의 욕은 턱의 욕보다 더 듣기 거북했다!

려금은 바로 하소만의 목을 조르기 시작했다. 하소만은 말한마디 내뱉는 것은 고사하고 이제 숨조차 제대로 쉴 수 없는 지경이 되었다. 안 그래도 종이처럼 창백하던 얼굴이 순식간에 붉게 부어올랐다.

군구신은 아무 말도 하지 않았다. 그는 려금이 하소만의 목숨을 가볍게 버리지 못할 거라는 걸 알고 있었다. 그러나 지금 당장은 눈앞의 상황을 타개할 방법이 떠오르지 않았다!

려금은 분명 경험이 있었다. 금인어족들을 앞에 세운 것도 바로 군구신이 영술을 쓰는 것을 방지하기 위해서였다.

만약 지금 려금을 다시 놓친다면, 비연과 군구신은 택이 납치 당했던 때처럼 두 눈을 뜬 채 하소만을 빼앗길 수밖에 없었다!

군구신이 외쳤다.

"려금, 춘사일이 아직 되지 않았는데 이대로 갈 생각이냐? 고운원을 기다리지 않고?"

그는 비록 하소만을 구할 방법은 떠오르지 않았지만, 시간을 끌어야 한다는 사실은 알고 있었다. 그러다 보면 려금의 주의력을 분산시킬 수도 있을 테고, 금인어족의 방어를 뚫고 하소만을 구할 수도 있을 것이다.

군구신의 말을 들은 려금이 경악한 표정을 지었다. 그녀는 고씨 가문에 그리 오래 있었지만, 진묵이 고운원 초상화의 비밀을 꿰뚫어 볼 능력이 있다고는 미처 생각지 못한 모양이었다.

곧 그녀가 화를 내며 외쳤다.

"닥쳐! 나와 그의 일은 너희와 상관없으니까!"

군구신이 반박하려 했을 때, 그의 뒤에 있던 비연이 나섰다. 그녀는 일부러 조소하듯 말했다.

"너와 그의 일? 세상에, 너와 그 사이에 대체 무슨 일이 있었는데? 아무 일도 없었잖아! 천 년 동안 그는 너를 한 번도 보러 온 적이 없었지. 그런데 어떻게 너와 그 사이에 무슨 일이 있었다고 생각하는 거야?"

군구신이 입을 여는 순간 비연은 바로 그의 뜻을 알아차렸다. 사람을 자극하고 흥분시키는 일이라면 그녀가 가장 잘하는 일이었다. 그랬기에 비연이 선수를 치고 나선 것이다. 려금의 신경을 다른 곳으로 돌리는 동안 군구신이 기회를 엿볼 수 있도록!

평소 려금은 수치스럽고 화가 나더라도 이성적으로 구는 성격이었다. 그러나 비연의 말을 듣는 순간 발끈하고 말았다.

"망할 계집, 닥치지 못해!"

하지만 비연은 려금에게 생각할 시간조차 주지 않고, 큰 소리로 웃으며 금인어족에게 외쳤다.

"너희들이 려금에게 충성을 바치는 것은 아마도 그녀의 신분을, 그리고 그녀가 무엇을 했는지 모르기 때문이겠지? 자, 내가 말해 줄 테니 잘 듣도록 해! 저 여자는 구려족 검녀다. 음양 화장으로 인어족이 노비라는 사실을 증명하게 하자고 제안했던 사람이 바로 저 여자라고! 저 여자가 인어족을 그렇게 모욕했는데, 저 여자를 위해 목숨을 바치려 하다니!"

금인어족은 모두 이와 관련한 역사를 알지 못했기에 서로 얼굴만 바라볼 뿐이었다.

비연은 려금의 화를 돋울 뿐 아니라, 려금과 인어족 사이를 이간질할 생각이었다. 인어족이 단호한 태도만 취하지 않아도 군구신에게는 기회가 생기는 것이나 마찬가지였다!

비연이 계속 말했다.

"당시 구려족 족장은 구려족의 적장자였으니, 려금의 모친이 금인어족 출신이었을 테지! 노비 출신으로 높은 신분에 오르고서도 동포들에게 잘해 줄 생각은 없고, 오히려 인어족이라는 것을 수치스러워하며 신분을 숨기다 못해 동포들을 탄압할 마음까지 먹다니! 하하, 저 낯짝을 보라지. 정말이지 어찌나 추한지! 만약……."

비연이 말을 끝내기도 전에 려금이 노한 목소리로 외쳤다.

"그만! 닥치지 못해! 축운궁주에게서 뭔가 들은 모양이지? 설마……."

려금은 축운궁주를 떠올릴 수밖에 없었다. 고운원의 초상화만 가지고는 비연 일행이 이렇게 많은 것을 알 수 있을 리 없다.

려금은 경악하는 동시에 생각했다. 축운궁주가 설마…… 그해 얼굴에 문신을 당했던 그 인어족 여자인 걸까? 축운궁주가 비연에게 모든 걸 말한 걸까?

인어족 병사들도 점점 더 경악하고 있었다. 그들은 이제 전심전력으로 방어하고 있지 않았다. 하지만 려금은 여전히 하소만의 목을 조르고 있었고, 군구신은 완벽하게 확신할 수 없었다!

군구신은 인내심을 발휘해 기다렸다. 하소만의 목숨이 걸린 상황이니 더더욱 그럴 수밖에 없었다!

려금이 하소만의 목을 조르는 것을 지켜보는 비연의 눈에 날카로운 빛이 스쳐 갔다. 비연이 다시 큰 소리로 대답했다.

"누가 나에게 알려 주었건 그건 중요하지 않지! 중요한 건, 네가 계속 찾고 있던 고운원은 사실 계속 네 존재를 알고 있었다는 것. 그리고 계속 너를 이용하고 있었다는 것이다!"

려금이 경악했다. 그녀는 비연에게 한마디도 대답하지 못하고 있었다.

비연이 다시 물었다.

"천 년 동안 고운원이 어디에서 무얼 하고 있었는지 알고 있나? 어째서 최근 들어 모습을 보이는지는? 그가 무엇을 하려는지는 알고 있어?"

물론 려금도 계속 고민했었다. 비연의 허리에 매달린 약왕정을 본 순간부터, 그리고 비연의 약왕정이 신농정이라는 사실을 확신한 순간부터 그녀는 계속 궁금했다. 그러나 아무리 생각해도 알 수 없었기에 그녀는 그를 더더욱 끌어들이고 싶었다!

비연이 웃으며 말했다.

"이 묘실의 주인을 구하려 하고 있지!"

이 말을 들은 순간, 려금은 물론이고 비연의 다른 일행들조차 깜짝 놀랐다. 그러나 비연은 계속 말했다.

"그에게는 정말로 사랑하는 사람이 있었거든. 바로 이 묘실의 주인 말이야! 그것만은 사실이었어!"

비연은 그렇게 미친 듯이 사랑한 사람이 수백 년 동안의 기다림을 뒤로하고 포기했을 거라 생각하지 않았다. 려금은 아마도 이 묘실이 가짜거나, 고운원에게는 사랑하는 사람이 없다고 생각하고 있을 것이다. 그렇지 않다면 그녀는 분명 매년 춘사일에 이곳에 왔을 것이다!

이 부분이야말로 려금의 마음속 가장 아픈 부분일 것이다! 비연은 지금 그녀에게 일부러 상처를 입히고 있었다!

비연이 계속 말했다.

"스스로를 속이고, 또 남도 속일 생각은 하지 마! 네가 그녀의 묘지를 점령한들 뭐가 문제겠어? 고운원의 마음이야말로 그녀의 진짜 무덤인 것을! 그는 그녀를 자신의 마음속에 묻었어. 네가 영원히 갖지 못할 그 마음속에!"

이 말을 들은 려금은 갑자기 숨이 막혀 왔다. 어떻게 해도 숨을 쉴 수 없었다! 그녀의 마음은…… 너무나 너무나 아팠다. 절망이 고통이 되었다!

려금의 손에서 힘이 빠지는 것이 보이자 군구신이 하소만에게 눈짓했다. 하소만은 바로 발버둥을 쳤고, 그와 동시에 군구신이 앞으로 몸을 날렸다……

예상하지 못한 일

하소만이 격렬하게 발버둥을 침과 동시에 군구신이 지극히 빠른 속도로 인어족 병사 하나를 제치며 려금에게 달려들었다!

려금은 창졸간의 일에 대응하지 못하고 저도 모르게 손을 놓은 채 물러섰다. 그러나 예상과는 달리 군구신은 하소만을 끌어당기지 않고, 땅에 발을 딛고는 려금을 사납게 걷어찼다.

이 순간 려금은 하소만의 옷자락을 스치긴 했으나, 잡아끌 여유도 없이 군구신에게 차여 날아갔다.

그렇다. 군구신은 하소만을 구할 뿐 아니라 려금을 잡으려 하고 있었다!

벽에 부닥친 려금이 바로 땅으로 쓰러지며 피를 토했다. 그녀는 자신이 계책에 걸린 것이 비할 데 없이 수치스러웠지만, 지금은 깊이 생각할 여유가 없었다. 도망가기 위해 재빨리 몸을 일으켰다.

그러나 그녀가 일어섰다 싶은 순간 군구신이 그녀 앞에 나타나더니 그녀의 목을 졸랐다. 그의 차가운 눈빛이 그녀의 눈에 내리꽂혔다.

이 순간, 려금은 군구신이 굉장히 분노하고 있다는 사실을 겨우 깨달을 수 있었다. 지금까지 그는 계속 참고 있었을 뿐이었다.

지난 천 년 동안 려금은 그 무엇도 두려워해 본 적 없었다. 그러나 이 순간, 그녀의 마음에 떠오른 것은 공포였다.

물론 그녀는 그것을 재빨리 무시해 버렸다! 군구신은 말할 것도 없고, 군구신의 아버지라 해도 그녀는 눈에 담지 않을 작정이었다. 그녀는 노한 눈으로 군구신을 노려보았다.

군구신이 갑자기 그녀의 목을 더 세게 조르며 차가운 목소리로 물었다.

"내 동생은 어디 있지?"

려금은 전혀 승복할 마음이 없었다. 그녀는 아무 말 없이 군구신의 손목을 잡고 제 목에서 떼어 내려 했다. 그러나 안타깝게도, 그녀의 힘으로는 미동조차 어려운 상황이었다.

그녀는 군구신을 걷어차려 했으나, 군구신이 손에 더욱 힘을 주었다. 조금만 더 힘을 주면 그대로 그녀를 죽여 버릴 듯한 태세였다. 그녀는 어쩔 수 없이 다리를 내릴 수밖에 없었다.

군구신이 다시 물었다.

"내 동생은 어디 있지?"

려금이 슬며시 고개를 들었다. 그녀의 얼굴은 충혈된 듯 온통 붉어져 있었다. 그녀는 입을 여는 것은 고사하고 호흡조차 어려운 상황이었다.

그녀의 목에서 그르렁거리는 신음이 흘러나오자 군구신이 살짝 힘을 풀어 주었다.

려금은 신선한 공기를 한 모금 들이마시더니, 뜻밖에도 웃기 시작했다.

"군구신, 제 목숨도 보전하지 못할 놈이 그 멍청한 동생까지 챙기다니."

군구신이 차갑게 물었다.

"무슨 뜻이지?"

"무슨 뜻이냐고? 이 세상에 건명력을 장악할 수 있는 사람은 없다는 뜻이다! 소위 '인검합일'이라 하는 것은 거짓말에 지나지 않아! '무아유검'이 바로 건명력 최정상급의 힘이다. 그리고 '무아유검'에 도달한 자는 곧 주화입마에 빠져 죽게 되지!"

군구신은 부친과 함께 건명력의 '무아유검'과 '인검합일'에 대해 이야기한 바 있었다. 당시 그는 려금이 북해에서 주화입마에 빠졌던 일도 이야기했었다.

비록 군구신은 완벽하게 꿰뚫어 보고 있지는 못했지만, 대강 어찌 된 일인지는 짐작하고 있었다! 진양성에서 장파 고묘까지 오는 동안에도 그는 계속 고민했다. 그러니 군구신이 어찌 쉽게 려금의 말을 믿겠는가?

그는 려금에게 건명검법에 관해 묻고 싶은 것이 많았지만, 지금은 아니었다. 지금 그에게 가장 중요한 것은 택의 안전이었다!

군구신이 차갑게 말했다.

"쓸데없는 말은 그만하고! 택은 어디 있지?"

려금은 대답하지 않고 계속 말했다.

"내 말이 안 들려? '인검합일'은 거짓말이라고! 건명력이 천살이며 지살을 이길 수 있다는 말도 거짓말이야! 너는 대진의 황제와 황후를 도울 수 없어! 빙해의 얼음을 깨 그들을 구출하고 싶겠지만, 그렇게 되면 지살이 나오고 말걸! 그때 지살이 제대로 나오지도 않았는데, 현공대륙에 어떤 결과가 나타났는지 너도 잘 알잖아…….”

려금의 말이 끝나기도 전에 곁에 있던 비연이 날카로운 소리로 외쳤다.

“이 노망난 요물이 무슨 헛소리를 하는 거야?”

려금은 비연은 신경 쓰지 않고 계속 군구신만을 바라보며 말했다.

“구할 수 없다면 스스로의 앞날을 생각해 보는 것이 좋지 않겠어? 네가 나에게 충성을 다하기만 한다면, 내가 건명보검과 계약을 파기하는 법을 알려 주지! 그리고…….”

군구신은 말없이 손에 조금씩 더 힘을 주었다. 려금이 이 이상 허튼소리를 계속하지 못하도록.

그러나 이게 웬일일까. 려금은 뜻밖에도 계속 말을 이어 갔다.

“군자택은 사실 내가 납치한 게 아냐. 그 애는 버려진 거라고! 네 양부와 양모가 그 어린 중놈을 선택했지. 군자택, 그 아이를 버리고! 기른 정은 결국은 기른 정일 뿐이고, 직접 낳은 아이야말로……. 악!”

려금은 말을 마치지 못하고 참혹한 비명을 질렀다!

군구신의 손가락이 려금의 목을 파고들었다. 급소를 아주 살짝 비낀 위치로, 치명적이지는 않으나 견딜 수 없이 고통스러운 자리였다!

려금은 눈앞이 명멸하는 것을 느끼며 거의 정신을 잃을 지경이 되었다.

"네가 말하지 않는다면 저들이 말하겠지!"

군구신이 등 뒤를 포위하고 있는 금인어족들을 바라보았다.

금인어족들은 너무 많은 비밀을 알게 된 직후에 주인이 잡히자 어찌해야 할지 몰라 우왕좌왕하고 있었다. 그런데 이제 군구신의 얼음처럼 차가운 눈빛마저 받으니, 그들은 더욱 황망해진 듯했다. 그들은 비록 군구신을 포위하고 있긴 했지만 앞으로 나오거나 하지는 않았다.

군구신은 려금을 잡은 채 한 걸음 한 걸음 금인어족 병사들에게 다가갔다. 그와 동시에 망중이 검을 들고 옆에서 다가왔다.

비연과 진묵은 계강란을 잡고 한옆으로 물러났다. 방금 구출된 하소만은 이미 두 팔을 벌린 채 비연 앞을 막아서고 있었다. 비쩍 마른 하소만의 작은 얼굴은 그야말로 불굴의 용기로 가득 차 있었다. 그 누구라도 그가 몇 달 동안이나 갇혀 있었다고는 생각지 못할 것이다.

금인어족들은 군구신과 망중에게 밀려 조금씩 뒷걸음질을 쳤다. 려금의 성격으로는, 지금 부상으로 말을 할 수 없는 상황이 아니라면 이미 금인어족들에게 한바탕 욕설을 퍼부었을 것이다.

망중이 군구신에게 다가가자 군구신이 려금을 그에게 건넸다. 망중은 한 손으로 려금의 팔을 잡고, 다른 손으로는 려금의 목에 제 검을 들이댔다.

려금은 백리명천이 통로를 부술 때 상처를 입은 데다 지금 목에서 피까지 흐르는 상황이었다. 그러니 망중의 손에서 도망칠 가능성은 아예 없는 것이나 마찬가지였다. 그녀는 경고하듯 눈을 가늘게 뜨고 금인어족들을 바라보았다.

군구신이 검을 들더니 차가운 목소리로 외쳤다.

"말하는 자는 살려 주겠다. 말하지 않는 자는 비늘을 벗길 것이다! 기회는 단 한 번뿐이다!"

이 말을 듣는 순간 가장 먼저 경악한 사람은 려금이었다. 비연 일행은 모두 담담한 표정이었지만, 하소만만큼은 저도 모르게 몸서리를 쳤다.

곧 인어족들이 앞다투어 외치기 시작했다.

"군자택은 백리명천에게 납치되었습니다!"

"백리명천이 군자택을 납치해 출구 쪽으로 갔습니다."

"가장 심하게 무너진 통로 안에 있으니, 아마 살아남지 못했을 겁니다!"

인어족들이 한마디씩 할 때마다 군구신과 비연은 깜짝깜짝 놀랐다. 백리명천이 이곳에 왔다니!

그것도 그들보다 한 발 먼저!

군구신이 택을 찾으러 가려 했을 때였다. 아무 예고도 없이 갑자기 오른쪽에서 검기가 습격해 왔다. 살기가 가득 찬 이 검기는 바로 하소만과 비연에게로 향하고 있었다.

혈루! 혈루의 힘이었다!

일순간 묘실 전체가 흔들리기 시작했다!

가장 먼저 정신을 차린 것은 군구신이었다. 그는 비연 쪽으로 위치를 옮겼다.

사실 가장 안전한, 그리고 가장 시간을 아끼는 방법은 건명력으로 대항하는 것이었다. 그러나 이 묘실은 혈루의 힘 때문에 이미 한 번 무너진 다음이었다. 군구신이 건명력을 사용한다면 모두 여기에 파묻혀 죽게 될 것이다.

군구신이 하소만을 제치고 재빨리 비연을 안은 채 몸을 피했다. 검기는 날카로운 소리를 내며 그들 곁을 스쳐 벽을 내리쳤다! 그리고 그와 동시에 백리명천이 몸을 날려 오더니, 다시 망중에게 검을 찔러 갔다······.

현빙은 깰 수 없다

백리명천의 기습에 망중은 군구신처럼 태연하지 못했다!

망중은 려금을 밀어 버리고 자신도 몸을 피했다! 이 방법이 그 자신을 보호하면서, 려금을 지키는 방법이기도 했다.

그러나 백리명천은 바로 이 기회를 기다렸다. 려금이 제대로 일어서기도 전에 그가 그녀의 팔을 잡아채 밖을 향해 도망치기 시작했다.

군구신이 비연을 안전한 위치에 내려놓고 쫓아가려 했다. 그때 머리 위에서 바스락거리는 소리가 들려왔다. 군구신과 비연이 동시에 고개를 들어 보니 거대한 돌덩이가 떨어져 내리고 있었다!

"피해!"

비연이 외치며 몸을 피했다. 군구신이 재빨리 그녀를 잡아당겼다. 거대한 돌덩이가 곧 그들 바로 앞에 떨어졌다.

아슬아슬!

한 번 무너졌던 석실이었다. 두 번째로 혈루의 힘을 받자 그야말로 곧 다시 무너져 내릴 것 같았다.

하소만 일행이나 금인어족 병사들이나 계속 떨어지는 돌덩이들을 피했다. 백리명천과 려금은 이미 통로 안으로 사라졌고, 금인어족 병사 둘도 난리 통을 틈타 통로로 도망쳤다!

군구신은 통로를 흘깃 바라보았다. 달갑지 않았지만, 그렇다고 이곳에 오래 머물기도 힘든 상황이었다! 그는 바로 결단을 내려 외쳤다.

"진묵, 철수!"

진묵이 일깨워 주었다.

"전하, 수로로만 물러날 수 있어!"

백리명천과 려금은 인어족이니, 물속은 그들의 영역이었다. 지금 수로로 들어가는 건 현명한 선택이 아니었다. 군구신 역시 그 이치를 알고 있었다.

"일단 이곳을 떠나야겠다!"

이곳 근처에는 통로가 여럿 있었다. 그중 어떤 길로 갈지는 진묵의 말을 들을 수밖에 없었다. 진묵이 한 바퀴 둘러보더니 외쳤다.

"오른쪽!"

그는 계강란을 끌고 가장 오른쪽 통로로 갔다. 모두 잇달아 진묵을 쫓아갔다.

망중은 려금을 놓쳤지만, 금인어족 병사 하나를 끌고 가장 마지막으로 쫓아왔다.

백리명천은 택을 물 아래에 감춰 두고 있었다. 그는 려금을 끌고 최대한 빠른 속도로 얼음으로 뒤덮인 방으로 달려가 그곳의 연못 속으로 들어갔다. 그리고 택을 보호하고 있던 물방울을 가볍게 쳐서 연 다음, 려금과 함께 그 안으로 들어갔다.

려금은 격렬하게 움직였기 때문에 피를 많이 흘리고 있었다.

그녀는 어지러워 제대로 서 있지도 못할 정도였다. 그녀가 백리명천을 보며 중얼거렸다.

"지, 지혈…… 빨리……."

백리명천은 시간을 끌지 않고 옷자락을 잘라 붕대를 만들었다. 그리고 늘 지니고 다니던 약으로 려금의 부상을 간단히 치료해 주었다.

피가 멈추는 것을 보고 려금은 안도의 한숨을 내쉬었다. 그러나 그녀가 입을 열기도 전에 백리명천이 다시 한번 그녀의 팔을 잡았다.

려금은 놀라지 않고, 그저 혼수상태의 택을 흘깃 바라보고는 말했다.

"네가 나를 구했으니, 그렇게 경계할 것 없다!"

"그래?"

백리명천이 큰 소리로 웃더니 갑자기 힘을 가해 려금의 오른팔을 부러뜨렸다. 려금은 창졸간의 일이라 제대로 방어하지 못하고 고통에 비명을 질렀다.

백리명천은 바로 그녀의 왼팔도 잡았다. 려금이 분노하여 외쳤다.

"이것 놔!"

그러나 백리명천은 그녀의 팔을 놓기는커녕 오히려 더 센 힘으로 팔을 부러뜨렸다.

려금은 이를 악물고 비명을 참아 냈다. 어찌나 고통스러운지 이마에서는 식은땀이 흘러내리고 있었다. 사실 그녀는 의식을 잃을 지경이었지만 용케도 억지로 버티며 백리명천을 노려보았다.

"대체 뭘 하려는 거지?"

백리명천은 뜻밖에도 생각에 잠기더니, 한참 후에야 말했다.

"본 황자가 하려는 일이야 아주 많지! 가자!"

말을 마친 그가 입 끝을 살짝 들어 올리더니 려금 앞에서 손가락을 튕겼다. 그 순간, 려금은 눈앞이 컴컴해지더니 정신을 잃었다.

그녀는 피를 너무 많이 흘렸거나 고통 때문에 정신을 잃은 것이 아니었다. 바로 백리명천이 독을 썼기 때문이었다!

려금은 금인어족이다! 물속에 들어가면 그녀의 능력이 백리명천보다 뛰어날 테니, 백리명천은 경계하지 않을 수 없었다. 자칫하면 공들여 쌓은 탑이 무너지는 일이 생길 수도 있으니까.

정신을 잃은 려금의 몸이 천천히 물방울 아래쪽으로 가라앉았다. 백리명천은 그녀를 제대로 보지도 않고, 역시 정신을 잃고 있는 택을 잡아끌어 어깨에 떠멨다.

그는 방금 엿들은 대화로 려금의 신분을 알게 된 후, 택을 물 아래에 감춰 두고 다시 돌아갔다. 그 때문에 그는 자신이 무엇을 놓쳤는지는 알지 못했다. 다만 려금의 비밀을 알게 된 것만으로도 충분했다!

백리명천은 뒤를 한번 돌아본 후 곧 앞을 향해 나가기 시작했다. 물방울 안에는 물이 없어 그는 마치 허공 속을 걷듯 걷고 있었다. 그가 앞으로 걸어감에 따라 물방울도 함께 앞으로 나아갔다. 물론 물방울 아래 쓰러져 있는 려금도 함께였다.

백리명천은 자신의 전리품들을 이끌고 수로를 통해 도망쳤지만, 군구신은 묘실 안에 갇힌 채 출구를 찾지 못하고 있었다.

진묵은 모두를 이끌고 미궁 중심에서 상당히 먼 곳에 있는 밀실로 향했다. 이곳도 고묘의 다른 곳과 마찬가지로 사방의 벽 모두 얼음으로 뒤덮여 있었다.

비연은 군구신의 표정이 무거운 것을 보고 나지막하게 속삭였다.

"최소한, 택이 아직 살아 있다는 뜻이잖아."

방금 금인어족 병사 두 사람이 택과 백리명천이 무너진 통로에 깔려 죽었을 거라고 했었다! 하지만 백리명천이 려금을 납치했다는 것은, 처음 통로가 무너졌을 때 백리명천과 택이 안전했다는 의미였다.

소매 속 군구신의 손이 주먹을 쥐었다. 그는 지금 백리명천이 아니라 자기 자신에게 화를 내고 있었다!

단 한 걸음 차이로 백리명천을 잡지 못했다! 백리명천을 잡았다면 택을 구할 수 있었는데도!

비연은 군구신의 기분을 이해할 수 있었다. 그녀의 작은 손이 그의 소매 속으로 들어가는가 싶더니, 꽉 쥔 그의 주먹을 감쌌다.

"지금은 자책할 때가 아니야. 택아는 분명 우리가 구하러 오기를 기다리고 있을 거야."

군구신은 그제야 눈을 들고 고개를 끄덕였다. 그는 택을 구하기 전에는 자책할 자격도 없다는 것을 알고 있었다.

군구신이 주변을 둘러본 후 진묵에게 물었다.

"여기 양식이 저장되어 있나? 옷이나 이불은?"

이 고묘를 출입하는 길은 이제 수로뿐이었다. 백리명천 그 녀석의 성격이며 일관된 일 처리 방식을 생각해 보면 분명 물 속에 매복이 있을 것이다. 그러니 지금 군구신 일행이 물에 들어가면 속수무책이 될 것이 뻔했다. 즉, 그들은 이곳에서 구원병을 기다려야 하는 처지였다.

군구신은 이곳에 들어오기 전, 시위들과 흑인어족 병사들로 하여금 밖에서 지키고 있으라 명령했다. 그러니 그들이 오랫동안 나가지 않는다면 밖에 있는 이들이 분명 눈치를 챌 것이다.

진묵이 말했다.

"있어. 하지만 다 얼음으로 덮여 버렸어."

예전에 군구신과 비연이 도망칠 때, 이 고묘의 한기가 왜 이리 심한지 궁금해했었다. 군구신은 다시 그 문제를 떠올리기 시작했다.

그들은 수로를 통해 들어오기 전 감히 입구의 현빙을 깨트려 볼 엄두를 내지 못했다. 려금의 주의를 끌까 봐 두려웠기 때문이다. 그러나 지금은 그런 것을 생각할 필요가 없었다!

혈루의 힘이 이곳의 현빙을 깰 수 있다면, 건명력도 물론 깰 수 있을 것이다. 그러나 군구신은 이 밀실이 다시 무너지기를 바라지 않았다. 그는 건명력을 사용하지 않고 자신의 내공만을 사용하여 얼음벽을 사납게 내리쳤다.

놀랍게도 얼음벽에는 가느다란 균열 한 곳 생기지 않았다!

그때 비연이 말했다.

"진묵, 네 그 열쇠 말이야……."

그들이 연못의 조각상에 있던 현빙 열쇠를 집어 든 순간, 밀실이 얼어붙는 현상이 나타났었다. 비록 그 열쇠에 무슨 비밀이 숨겨져 있는지는 모르지만, 그 열쇠를 원래의 자리에 돌려놓으면 혹시 방법이 생길지도 모른다.

그러나 비연의 말이 끝나기도 전에 진묵이 말했다.

"주인님, 그 얼음 조각상은 이미 장파가 바꾼 거야. 장파는 이 고묘의 비밀을 모르는 것 같아."

진묵의 이 말이 비연을 일깨워 주었다. 그녀는 경악한 눈빛으로 말했다.

"빙해의 현빙은 아무도 깰 수 없지만, 봉황력으로는 깰 수 있지. 봉황력보다 높은 힘을 가진 건명력과 혈루라면 당연히 깰 수 있을 거야! 그렇다면 이곳의 현빙은……."

순수한 혈통

현빙이 빙해에만 있는 것은 아니었지만, 장파 고묘의 현빙은 몹시도 특수했다. 비연으로서는 빙해를 떠올리지 않을 수 없었다.

비연은 잠시 생각하다 말했다.

"진묵, 연못으로 돌아가자!"

고묘는 무너짐을 멈춘 상태였다. 백리명천도 감히 뭍으로 올라오지 못하고 있을 테니, 그들은 차라리 이 시간을 이용해 고묘를 잘 살펴보아야 했다!

이때 망중이 간청하듯 말했다.

"전하, 왕비마마, 저는 여기서 계강란을 지키고 있겠습니다. 안심하시고 다녀오십시오."

확실히 계강란을 데리고 다니면 불편할 수밖에 없었다. 그리고 그들에게는 계강란에게 알리고 싶지 않은 비밀도 있었다.

군구신이 고개를 끄덕였다.

그때, 꽁꽁 묶이고 입마저 막혀 있던 계강란이 마치 항의하듯 신음을 냈다.

사실 그녀는 비연 일행에게 잡힌 후 지금까지 계속 군구신을 바라보고 있었다. 마치 그에게 간절히 하고 싶은 말이 있는 것처럼. 하지만 안타깝게도 지금까지 아무도 그녀에게 신경 쓰지 않았다.

군구신은 여전히 상대하지 않고 진묵에게 길을 안내하라고 눈짓했다. 그때 계강란이 사납게 발버둥을 치며 망중에게 제 입을 막은 천 뭉치를 빼 달라는 눈빛을 보냈다. 망중이 의심스럽다는 듯 물었다.

"설마, 뭐 알고 있는 거라도 있나?"

망중의 말을 들은 계강란이 흥분한 듯 고개를 끄덕거렸다. 비연이 잠시 망설이다 그녀에게 다가가 말했다.

"우리 시간을 낭비할 생각은 하지 않는 게 좋을 거야!"

계강란은 계속 고개를 끄덕였다.

비연이 직접 계강란의 입을 막고 있던 천 뭉치를 빼내 주었다. 그러자 계강란이 뜻밖에도 큰 소리로 외치기 시작했다.

"군구신, 너와 나는 모두 구려족의 후예다! 려금이 한 모든 일은 단지 고운원 때문만은 아니야. 그보다는 우리 구려족을 중건하기 위한 것이다! 려금이 인어족을 다스리고 있고, 네가 건명력을 장악하고 있으니, 두 사람이 협력하여 봉황력과 서정력을 빼앗기만 한다면 구려족 천 년 전의 영광을 재현할 수 있을 거다. 현공대륙이건 운공대륙이건, 모두 네 것이 될 수도 있단 말이다. 그런데 무엇 때문에 누군가의 신하가 되어 여자의 안색이나 살피고 있는 거지? 또 무엇 때문에 저 여자의 부모를 구하려 하는 거야? 언젠가 대진국이 군대를 이끌고 빙해를 건너온다면, 너와 네 동생이 바로 첫 번째로……."

비연은 계강란이 이런 말을 할 거라고는 예상치 못하던 바였다. 그러나 그녀는 계강란의 말을 끊지 않고 조용히 듣고 있었다. 계강란의 말을 끊은 것은 군구신이었다.

"망중!"

망중이 바로 군구신의 뜻을 알아차리고 계강란의 입을 막으려 했다. 그러나 누가 알았을까, 계강란이 다시 외쳤다.

"군구신, 려금이 네 동생에게 무슨 짓을 했는지 알아?"

망중의 손이 멈췄고, 하소만을 포함해 모두가 경악한 눈빛으로 계강란을 바라보았다. 하소만이 다급하게 외쳤다.

"내가 모르는 일을 네가 어떻게 안다고? 우리 전하를 속일 생각은 꿈도 꾸지 마라!"

계강란이 말했다.

"나는 구려족의 후예다. 어찌 너 같은 노비의 후예와 같을 수 있겠어?"

군구신이 마침내 다가와 차가운 눈초리로 계강란을 바라보며 말했다.

"말해라!"

계강란은 축운궁주와 그리 오랜 세월을 보냈지만, 자신의 신분조차 제대로 알지 못했다. 지금 이리 많은 비밀을 알게 된 것을 보면, 려금에게 납치당한 후 그렇게 호락호락 갇혀 있지만은 않았던 모양이었다.

계강란이 눈을 들어 군구신을 바라보며 미소 지었다.

"무얼 말하라는 거야? 방금 하던 그 말을 듣고 싶은 거야, 아니면……."

군구신이 차갑게 말했다.

"택아가 어떻게 되었다고?"

계강란은 어린 시절부터 축운궁주의 총애를 받았기 때문에 자존심이 강한 편이었다. 그녀는 다른 이들이 지금 군구신이 보이는 이런 태도를 보이는 것을 싫어했다. 그러나 어째서일까, 군구신을 대할 때면 어쩐지 화가 나지 않았다.

북강에서 우연히 처음 만난 순간부터 그녀의 마음은 이미 흔들리고 있었다. 그리고 모든 비밀을 알게 된 지금, 특히 려금이 자신을 납치했던 목적을 알게 된 후 그를 다시 만나게 되니 심장이 더더욱 빠르게 두근거렸다.

려금은 그녀와 그가 구려족의 뒤를 잇기를 바라고 있었다. 그녀와 그의 결합을 통해서야말로 가장 순수한 혈통을 얻을 수 있을 테니까!

군구신의 얼굴 생김새는 훌륭했고, 얼굴을 차갑게 굳힐 때면 어딘가 고독해 보이는 매력이 있었다. 계강란의 눈에 자신도 모르게 홀린 듯한 빛이 떠올랐다. 그녀는 제 연인을 바라보는 듯한 표정으로 군구신을 보고 있었다.

"군자택은 얼굴 절반…… 문신을 당했어요."

이 말을 들은 순간 군구신은 저도 모르게 헉, 차가운 숨을 들이켰고 비연은 놀란 나머지 정신이 나갈 지경이었다. 언제나 무표정하던 진묵조차 경악한 표정을 지었다.

군구신의 분노는 하늘을 찌를 듯했다.

"정말인가?"

계강란이 서둘러 덧붙였다.

"하지만 택은 려금을 탓하지 않았어요! 그 애가 원망했던 건 고북월과 진민, 그리고 그들의 친자식인 고명신이었어요! 그들은 본래 그 애를 구할 기회가 있었지만, 안타깝게도 친자식 때문에 너무 조급한 나머지 기회를 놓쳤지요! 다른 집 아이는 결국 다른 집 아이인 거죠. 어디 친자식만큼 중요하겠어요…….
그렇잖아요? 군구신, 당신 양부가……."

군구신이 갑자기 계강란의 턱을 꽉 잡았다. 그는 분노한 나머지 이마에 푸른 힘줄이 돋아나 있었다. 이 자리의 그 누구도 그가 이렇게 분노하는 것을 본 적 없었다. 심지어 비연조차 조금 겁이 날 정도였다.

비연은 그가 화내는 것을 두려워하지 않았다. 다만 그가 무슨 일을 저지를지 알 수 없기에 두려웠다.

군구신이 계강란의 턱을 꽉 잡은 채 무슨 말인가 하려는 듯하더니, 결국은 한마디도 하지 않고 천 뭉치로 그녀의 입을 막은 다음 망중에게 말했다.

"제대로 보고 있어라. 본 왕은 다시는 이 여자의 목소리를 듣고 싶지 않다!"

말을 마친 그가 몸을 돌리더니, 비연의 손을 잡고 함께 그 자리를 떠났다. 계강란은 아파서 눈물마저 흘리고 있었다. 그 와중에도 군구신이 비연을 살뜰하게 챙기는 것을 보니 질투심이 일어났다.

남자가 여자에게 보이는 여러 가지 호의는 거짓일 수 있었다. 그러나 저런 세세한 부분은 거짓일 수 없었다! 군구신은 저렇게 분노한 상태에서도 비연을 잊지 않고 챙겼다.

진묵이 앞에서 길을 안내했고, 비연은 군구신이 이끄는 대로 말없이 걸어가고 있었다. 그들 사이에는 지금 어떤 말도 필요하지 않았다. 그저 곁에 있어 주어야만 했다.

하소만과 흑인어족 병사 몇 명이 뒤를 따르고 있었다. 모두 조용히 침묵하고 있었다. 그러나 얼마 지나지 않아 하소만이 소리 없이 눈물을 흘리기 시작했다.

그는 감히 울음소리를 내지 못하고 그저 뚝뚝 눈물을 흘릴 뿐이었다. 원래 단호하고 굳세던 소년이 지금은 마치 잘 우는 어린아이가 된 것 같았다. 의심할 바 없이 하소만은 지금 택 때문에 마음 아파하고 있었다.

고묘 내 통로 몇 곳은 아주 심하게 무너진 상태였다. 진묵은 모두를 이끌고 길을 몇 번이나 돌아간 다음에야 겨우 미궁 중심에 닿을 수 있었다.

분노와 상심은 접어 두고, 일단 해야 할 일을 해야 했다. 그래야만 한시라도 빨리 택을 구할 수 있을 테니까.

비연은 연못 위 그 기이한 얼음 조각을 열심히 살펴보았다. 그녀는 이 조각이 뜻밖에도 얼음으로 한층 더 덮여 있다는 사실을 알아차렸다.

그녀가 입을 떼기도 전에 군구신은 그녀의 의도를 알아차렸다. 그가 건명력을 사용하여 조각상을 베었다!

곧 조각상을 감싸고 있던 현빙에 균열이 생기더니 점차 부서져 내리기 시작했다. 조각상 밖을 감싸고 있던 현빙이 부서진 후, 조각상 전체가 갑자기 우르릉 소리를 내더니 산산조각이 나며 바닥으로 떨어져 내렸다.

비연은 잠시 살펴본 후 조각상의 얼음이 묘실에 쌓인 얼음과 다르다는 사실을 알아차렸다! 조각의 얼음은 그녀가 힘을 주는 것만으로도 부서질 정도였으나, 후에 쌓인 얼음 조각은 비연이 어떻게 해도 부술 수 없었다.

"과연, 아무 관계도 없네."

비연이 중얼거리며 약왕정에서, 예전에 그녀가 묘실에서 수집했던 약광석을 꺼냈다. 그 약광석은 이미 분말 상태로 처리된 다음이었다.

그녀는 제 발아래 얼음 표면 위에 분말을 뿌려 보았다. 그리고 한참을 기다렸지만 얼음 표면에는 아무 변화도 없었다.

"이걸 보면 내가 약광석을 수집한 것과도 아무 관계가 없는 거군! 그저 우연의 일치였을 뿐!"

비연이 중얼거리며 군구신과 진묵을 바라보았다.

"설마, 그때 누군가가…… 우리가 알아차리지 못하는 틈을 타서 손을 썼던 걸까?"

비연이 잠시 멈췄다가 다시 말했다.

"또 그인 걸까……?"

그의 가장 치명적인 약점

또 그다! 고운원!

비연은 자신에게 과연 얼마나 인내심이 남아 있는지 알 수 없었다. 어쨌든 최소한 지금 그녀는 이성을 유지할 수는 있었다.

비연이 심호흡을 한 후, 좀 더 냉정해지기 위해 애썼다.

군구신이 말했다.

"고운원이라고 해도 이곳을 얼음으로 뒤덮는 것은 불가능해! 이 묘실에 분명 뭔가가 있는 거야!"

이때 하소만이 연못 위 커다란 구멍을 가리키며 말했다.

"이 구멍은 원래 있던 것이 아니에요. 우리가 왔을 때 백리명천은 아직 오지 않았고요. 이 구멍은 그 요괴 년이 만든 것입니다."

하소만은 당시 금인어족에게 잡혀 있었고, 려금에게서 너무 멀리 떨어져 있었기에 제대로 보지 못해 그저 대강의 상황만 알 뿐이었다.

비연이 진지하게 들여다보더니 의심스러운 듯 말했다.

"려금의 역량으로는 현빙을 깰 수 없을 테니, 설마 현빙을 녹이는 법을 사용한 걸까? 그렇다면 그 방법은……."

군구신이 말했다.

"적령석?"

약광석도 몹시 뜨겁지만, 적령석에 비할 바는 아니었다. 적령석은 비연의 약왕정을 승급시킬 수도 있었다. 아마 이 세상에서 가장 뜨거운 물건이 아닐까?

비연은 재빨리 약왕정에서 손바닥 크기의 적령석 하나를 꺼냈다. 주변으로 옅은 붉은 빛을 흩뿌리는, 절로 감탄성이 나오게 하는 돌이었다.

비연은 그것을 발아래 쌓인 얼음 위에 놓았다. 곧 얼음이 커다란 원 형태로 녹는가 싶더니 주변도 점차 녹았다.

비연이 기뻐하며 군구신에게 외쳤다.

"우리, 여기서 나갈 수 있겠어! 출구를 통해 나가서 수로를 지키고 있으면 백리명천을 상대할 수 있을 거야! 한번 봐야겠어. 누가 누구에게 굴복할지!"

계속 굳어 있던 군구신의 얼굴도 조금은 풀어졌다. 그가 고개를 끄덕이자 비연은 재빨리 땅 위의 적령석을 수거했다. 그녀는 이 밀실과 연못의 얼음을 그 이상 녹일 생각이 없었다. 그렇게 되면 백리명천의 경계를 살 수도 있으니까.

비연이 다급하게 말했다.

"진묵, 어서 길을 안내해 줘. 가장 가까운 출구로!"

그러나 예상 밖의 일이 벌어졌다. 적령석의 힘이 너무나 강했는지, 방금 잠시 얼음에 댔던 것만으로도 밀실 전체의 얼음이 전부 녹기 시작한 것이다.

비연 일행이 돌아보니 연못마저 순식간에 녹아 있었다. 마치 예전에 얼음으로 뒤덮이던 그 순간처럼 빠르게!

그리고 그들이 정말 예상하지 못했던 것은, 원래 얼음 조각이 있던 곳에서 점차 소용돌이가 일어나기 시작했다는 것이었다.

군구신이 말했다.

"내 기억이 맞다면, 이건 원래 돌로 만든 대였어!"

당시 군구신은 얼음 조각을 유심히 살펴봤었다. 얼음 조각상은 물속에 서 있는 것처럼 보였지만 사실은 돌로 만든 대 위에 서 있었다. 그 대가 수면보다 낮았기 때문에 조각상이 물 위에 서 있는 것처럼 보인 것뿐.

이 소용돌이가 원래 존재했던 것이라면, 그때 려금이 조각상을 바꿀 때 발견했어야 옳았다. 그런데 지금에서야 돌로 만든 대가 사라지고 소용돌이가 되어 버린 것은 대체 무슨 이유에서일까? 무슨 기관이나 함정일까?

모두 침묵하는 와중에 하소만이 먼저 외쳤다.

"전하, 제가 내려가 보고 오겠습니다! 물속에 함정이 있다 해도 저를 막을 수는 없습니다!"

하소만은 금인어족이니 물속에서의 능력은 믿을 만했다. 군구신은 고개를 끄덕이고, 흑인어족 병사 몇 명을 함께 보내 주기로 했다.

그러나 그들이 행동을 개시하기도 전에 연못이 다시 얼어붙기 시작했다. 연못가에 서 있던 하소만이 눈을 휘둥그렇게 뜨고 말했다.

"어찌 된 일이지?"

비연이 살짝 당황하여 재빨리 적령석을 다시 꺼내 바닥 위에 놓아 보았다. 그녀가 생각한 대로, 다시 얼기 시작했던 연못 표면의 얼음이 점차 녹기 시작했다.

비연은 이제 적령석을 회수할 엄두를 내지 못했다. 하소만은 그제야 흑인어족 병사들을 이끌고 소용돌이 속으로 들어갔다.

얼마 지나지 않아 하소만이 올라오더니 황망한 안색으로 초조하게 말했다.

"전하, 아래에 진짜 무덤이 있습니다. 위험하지는 않습니다. 제가…… 제가 전하를 모시고 가겠습니다! 어서! 어서요!"

진짜 무덤이라고?

비연과 군구신은 서로의 얼굴을 바라보았다. 그들의 생각은 일치하고 있었다. 이 묘실이야말로 고운원이 사랑하던 사람의 진짜 무덤이었구나!

군구신은 진묵을 뭍에 남겨 백리명천의 습격에 대비하게 하고, 비연과 함께 하소만을 따라 소용돌이 속으로 들어갔다.

이 소용돌이는 깊이가 수 장이나 되었는데, 물 아래 얼음으로 이루어진 방으로 통하고 있었다. 이 방 입구에 거대한 돌기둥이 몇 개 있었는데, 원래 얼음 조각상을 지지하던 대였던 것으로 보였다. 그리고 방의 외벽에는 갈라진 흔적이 꽤 많이 보였다.

비연이 말했다.

"방금 무너졌던 것 때문에 이렇게 되었을 거야."

얼음이 녹지 않았다면 이 수 장 깊이의 소용돌이는 분명 모두 얼음이었을 것이고, 돌로 만든 대도 계속 얼음 속에 파묻혀 있었을 것이다. 그러나 방금 백리명천이 혈루의 힘을 사용하는 바람에 얼음에 균열이 생겨 대가 무너졌고, 얼음이 녹으면서 대 아래의 소용돌이가 나타난 것이다!

즉, 려금이 얼음 조각상을 바꾸었을 때는 이 대 아래에 무엇이 숨겨져 있는지 알 수 없었을 것이다! 아니, 려금은 아마 이 물 아래로 가 보지도 못했을 것이다.

하소만이 재촉했다.

"왕비마마, 어서 들어가 보십시오!"

비연과 군구신은 얼음방 입구에서도 안에 있는 얼음관을 볼 수 있었다. 그들은 마음에 짚이는 것이 있어 조심스럽게 방 안으로 들어가 얼음관 안의 여자를 바라보았다. 그리고 깜짝 놀랐다.

여자는 비연과 몹시도 닮아 있었다! 얼굴 생김새는 물론이고, 몸매며 모든 것이 마치 같은 틀에서 찍어 낸 것처럼 닮은 모습이었다!

굳이 차이점을 찾자면, 관 속에 누워 있는 여자는 비연보다 대여섯 살 많아 보인다는 점, 그리고 그만큼 성숙한 느낌이 든다는 점이었다.

여자는 보랏빛 옷을 입고 있었는데, 그 모습이 매우 우아하고 고귀해 보였다. 눈을 감은 여자의 표정은 평화롭고 온화한 것이 마치 자는 것 같았다. 다만 여자의 입술은 창백하니, 핏기라고는 전혀 보이지 않았다.

비연은 그 자리에서 넋을 잃었다. 심장이 멈출 것만 같았다.

이 찰나의 순간, 과거 빙해영경에서 고운원과 함께 지내던 나날들이 그녀의 머릿속을 스치고 지나갔다.

기억 속 장면 하나하나가 쉴 틈 없이 밀려오는 바람에 그녀는 숨도 제대로 쉴 수 없을 지경이었다. 점차 그녀는 황홀한 기분에 빠졌다. 마치 10여 년 전으로 돌아간 듯, 빙해영경으로 돌아간 듯.

군구신 역시 비연만큼 경악하고 있었다. 그는 심지어 얼음관 속 여자를 제대로 쳐다보지도 못하고 있었다. 혹시라도 그녀를 비연이라 착각하게 될까 두려운 듯.

그가 중얼거렸다.

"연아……."

비연은 대답하지 않았다. 군구신은 그녀의 눈빛이 미망에 사로잡혀 있는 것을 발견하고, 재빨리 그녀를 등 뒤에서 끌어안고 눈을 가렸다.

"보지 마! 너는 너고, 저 여자는 저 여자야!"

비연은 그제야 정신을 차렸다. 마음속에 이유 모를 두려움이 밀려왔다. 그러나 그녀는 곧 마음을 다잡고 군구신의 손을 잡았다.

"난 괜찮아."

군구신은 여전히 비연을 끌어안고 있었다. 그의 마음속에도 역시 두려움이 차오르고 있었다.

비연이 말했다.

"정말 괜찮아."

군구신은 그제야 손을 내려놓았다.

비연은 마음을 단단히 먹고 얼음관 속의 여자를 자세히 바라보았다. 보면 볼수록 마음이 진정되었다. 얼핏 보았을 때는 확실히 깜짝 놀랐지만, 냉정하게 마음먹으니 자신과 똑같은 얼굴을 본다 해도 상대와 자신을 구분할 수 있었다.

비연은 잠시 생각하다가, 약왕정에서 적령석을 모두 꺼내 얼음관 위에 내려놓았다.

이만큼의 적령석이라면 상상을 초월하는 힘이다. 특히 현빙 위에 놓았을 때 더더욱 대단한 위력을 발휘하기 마련이었다. 그러나 예상과 달리 얼음관은 녹지 않을 뿐 아니라, 균열 한 군데 생기지 않았다!

어째서일까?

그 모습을 본 군구신의 눈가에 복잡한 빛이 스쳐 가는가 싶더니, 건명보검을 꺼내 건명력을 시험해 보았다. 그러나 얼음관에는 여전히 흠집 하나 생기지 않았다.

비연이 확신에 찬 목소리로 말했다.

"알겠어. 비밀은 바로 이 얼음관에 있는 거야! 이 얼음관의 한기가 주변을 전부 얼려 버릴 수 있었던 거지. 장파 고묘 전체를 말이야. 고운원은 아마 예전에 이 얼음관을 감추면서 분명 적령석으로 한기를 억제했을 거야. 하지만 지난번 그가 적령석을 가져가면서 장파 고묘 전체가 얼어 버렸던 거지! 아마 적령석을 다른 데 쓸 일이 있었을 테고, 동시에 이 여자를 영원히 현빙 속에 묻어 버릴 작정이었던 거야…… 안타깝게도, 려금이 이곳에 다시 돌아오고, 우리가 찾아오리라고 예상하지 못했던 거겠지."

모두 깨달은 듯한 표정이 되었다.

비연이 심호흡을 한 후, 얼음관을 어루만지며 말했다.

"이건…… 아마 그에게 있어 가장 치명적인 약점인 거겠지?"

산 자가 중하니

지피지기면 백전백승이라 했다.

고운원에 대해 알지 못하더라도, 그의 치명적인 약점을 잡고 있다면 비연 일행은 최소한 패배하지 않을 수 있었다.

비연이 진지하게 물었다.

"소만, 이 얼음관을 위로 가져갈 수 있겠어?"

려금과 백리명천 모두 인어족이니, 비연은 가능한 한 물 아래에서 그들을 만나는 일을 피하고 싶었다. 물론 이 중요한 패를 물 아래 남겨 두고 싶지도 않았다.

하소만이 관을 살펴보더니 한번 시험해 보았다. 얼음관이 생각보다 무겁지 않았는지, 소만이 고개를 끄덕였다.

비연이 기뻐하며 말했다.

"좋아, 그럼 지금 가지고 올라가자!"

흑인어족 병사 하나가 비연 일행을 데려가고, 하소만과 다른 흑인어족들이 얼음관을 물 밖으로 가져 나왔다.

그들이 뭍으로 올라오자, 진묵이 얼음관 속 사람을 보고 놀라서 펄쩍 뛰더니 의심스러운 눈빛을 보냈다.

비연이 적령석을 모두 얼음관 위에 올려놓았음에도 불구하고 하소만 일행의 손이 꽁꽁 얼어붙어 있었다. 그들이 얼음관을 내려놓는 순간, 바닥에 얼음층이 얇게 깔리기 시작하더니 사방팔방으로 퍼져 나갔다.

곧 석실은 다시 얼음으로 뒤덮였고, 연못 역시 다시 얼어붙었다. 적령석으로 억제하고 있음에도 불구하고, 이 얼음관의 영향을 받을 수밖에 없는 것이 분명해 보였다.

군구신이 석실 밖으로 나가 한 바퀴 돌아보았다. 석실 밖에 쌓인 얼음 역시 전부 녹아 있었다.

비연의 추측이 옳았다. 적령석이 바로 이 얼음 봉인의 비밀과 관련이 있었다!

이때 망중이 시위들을 이끌고 나타났다. 비연이 물었다.

"계강란은?"

망중이 다급하게 대답했다.

"원래의 자리에 그대로 있습니다. 시위들이 지키고 있고요! 왕비마마, 전하! 백리명천이 도망쳤습니다!"

비연과 군구신이 이구동성으로 외쳤다.

"뭐라고?"

출입구 몇 곳을 지키고 있던 시위들은 출구에 얼음이 얼고 있는 것을 발견하고 안으로 들어왔고, 망중과 만나 바깥의 상황을 설명했다.

반 시진 전, 백리명천은 려금을 데리고 뭍에 올랐다. 그는 어깨에 꽁꽁 싸맨 어린아이 하나를 떠메고 있었다고 했다. 분명 택일 터였다!

수로를 지키던 시위들로서는 백리명천을 당해 낼 방법이 없어 구원 신호를 보냈고, 근처의 시위들이 전부 달려왔다. 그러나 안타깝게도 그들은 백리명천에게 부상을 입히기는커녕 오히려 형제 여럿이 상처를 입었다.

비연이 놀라서 말했다.

"반 시진이라고? 물에 들어가자마자 도망쳤다는 거야?"

반 시진 전이라면 얼음이 깨지기 전이었다. 수로를 제외하면 아무 곳도 갈 수 없는 상황이었다.

백리명천은 사실 우세한 상황이었다. 특히 택을 납치한 상황이니 그들에게 무엇이건 요구할 수 있었고, 심지어 그들을 물속으로 끌어들일 수도 있었다. 백리명천의 성격이며 그동안의 행동을 생각하면 이렇게 좋은 기회를 이리 쉽게 버리고 갈 리 만무했다!

그는 대체 어떻게 장파 고묘를 찾아낸 걸까? 또 그는 무엇을 하고 싶은 걸까?

비연이 잠시 생각하다가 말했다.

"어떻게든 그를 끌어내야 해!"

군구신은 계속 미간을 찌푸리고 있다가, 유난히도 평온한 목소리로 말했다.

"연아, 일단 계획대로 풍화도에서 소식이 오기를 기다리자."

그들 중 택을 가장 걱정하는 사람은 군구신이었다. 그러나 군구신은 그들에게 있어 가장 중요한 목적은 택이 아니라 려금이 지닌 비밀이라는 사실을 알고 있었다.

풍화도에서 소식이 오기 전에는 경거망동하고 싶지 않았다. 지금 상황을 알 수 없고, 또 백리명천까지 나타난 이상 인내심을 갖고 기다려야 했다. 풍화도의 비밀을 알게 되고, 백리명천의 반응을 본 후 움직여도 늦지 않았다.

다만 군구신은 백리명천이 려금을 이길 수 있을지가 궁금했다.

비연은 군구신의 미간에 내 천川 자 모양으로 주름이 잡힌 것을 보았고, 마음이 아팠다. 비연은 그가 지금 택 때문에 얼마나 마음이 아픈지…… 잘 알고 있었다! 그녀 역시 고통스러웠으니까!

비연이 진지하게 말했다.

"내가 이야기한 건 백리명천이 아니라, 고운원이야!"

군구신의 눈빛이 더욱 복잡해졌다.

비연은 매우 과감하게 명령을 내렸다.

"망중, 어서 이 얼음관을 약왕곡 경매장으로 보내. 장파 고묘에서 발굴한 얼음관을…… 춘사일에 공개 경매에 부치겠다고 하면서! 이 얼음관은 시신을 그대로 보존할 수 있는 기이한 약재니, 적지 않은 이들이 갖고 싶어 할 거야!"

죽은 자는 존중받아야 한다. 그러나 살아 있는 자가 더욱 중요한 것이다!

비연은 자신의 이 행동이 얼마나 비열한지, 얼마나 인간의 도리에 어긋나는지 잘 알고 있었다. 그러나 그녀는 나쁜 사람이 될지언정 곁에 있는 이들이 연루되어 상처를 입게 하고 싶지 않았다!

그녀는 고운원이 나타나지 않을 거라고는 생각지 않았다. 아마도 그녀는 이 기회에 려금과 백리명천까지 끌어들일 수 있을 것이다. 그때면 려금과 백리명천에게서 옛일에 관해 들어 보리라!

비연이 속으로 중얼거렸다.

'사부, 제자가 모질다고 탓하지 말아요. 사부에 비하면 나는…… 모진 것도 아니니까!'

군구신은 비연보다 더더욱 모질게 마음먹을 수 있었다. 그러나 그는 지금 망설이고 있었다. 바로 이 얼음관 속 사람이 비연과 똑같이 생겼기 때문이었다.

그가 근심하는 모습을 보고 비연이 말했다.

"우리가 두려워할 일이 뭐 있겠어?"

군구신이 살짝 멈칫하더니, 어쩔 수 없다는 듯 웃기 시작했다. 그는 곧 망중에게 고개를 끄덕였다. 망중이 즉시 안배하러 갔다.

비연이 연못을 바라보고는 냉랭한 목소리로 말했다.

"진묵, 이 이상한 곳을 무너뜨려 줘!"

진묵은 이곳을 증오하고 있었기에 바로 대답했다.

"명을 받들게!"

얼음관의 한기가 너무 강했기 때문에 이동하는 데 불편한 점이 많았다. 이 고묘는 신농곡에서 아주 가까운 곳에 있었지만 망중과 히소만은 하룻밤이 꼬빅 길러서야 관을 신농곡의 경매장으로 옮길 수 있었다.

그들은 밤을 틈타 움직였지만, 가는 길 내내 적지 않은 이들이 그들을 구경했다. 다행히 얼음관을 잘 싸고 있었기에 망정이지, 아니었다면 오늘 신농곡은 인파로 넘쳐 났을 것이다.

얼음관이 경매장에 놓이는 순간에도 양 장주는 경악하여 정신을 차리지 못하고 있었다. 노집사도 곧 달려왔다.

군구신이 북산에서 비밀리에 그 노망이 난 늙은이를 납치한 일을 노집사는 분명 알고 있었다. 그러나 그는 지금까지도 아무것도 모르는 척하고 있었다.

비연과 군구신을 본 그가 서둘러 물었다.

"장파 고묘에서 보물을 발견하셨다고요? 어디에 있습니까? 이 늙은이에게도 보여 주시지요."

군구신은 아무 말도 하지 않았고, 대신 비연이 미소 지으며 말했다.

"여기 있어요. 양 장주가 가격을 매기는 중입니다."

노집사는 호기심 가득한 얼굴로 들어오다가 곧 한기를 느끼고 움찔했다. 방 안 전체가 얼음으로 뒤덮여 있었다. 그리고 방 중앙에 얼음관이 하나 놓여 있었는데, 그 안에 한 여자가 누워 있었다.

노집사의 눈가에 복잡한 빛이 스쳐 가는가 싶더니 다급하게 앞으로 다가갔다. 그는 이미 고운원에게서 이야기를 들은 바 있었지만, 얼음관 안의 사람을 보자 자신도 모르게 차가운 숨을 들이마셨다.

양 장주가 그를 돌아보며 기쁜 듯 말했다.

"노집사님, 정왕 전하와 왕비마마께서 정말로 보물을 가져오셨습니다! 이 얼음관의 얼음은 빙해의 얼음과 비슷합니다. 북강의 얼음보다도 더 차갑고요! 시신을 얼음 속에 봉인하면 천년이 지나도 썩지 않을 겁니다. 예, 영원히 썩지 않습니다!"

노집사는 밖을 흘깃 바라보았다. 그리고 비연 일행이 따라 들어오지 않은 것을 확인하고는 야단치듯 속삭였다.

"대체 정신이 어떻게 된 건가? 이건 관이지 약이 아니네! 신농곡의 경매장에서 팔 수 없는 물건이야!"

양 장주가 대답했다.

"이 관은 어떤 방부제보다도 대단합니다. 경매장이 그런 자잘한 일에 구애받을 이유가 있습니까?"

그러고는 밖을 보더니, 목소리를 낮춰 말했다.

"노집사님, 이 물건의 가치가 이만저만이 아닙니다. 왕비마마를 도와 이 물건을 순조롭게 경매에 부칠 수 있다면, 얻을 수 있는 금액이⋯⋯."

그가 말을 끝내기도 전에 노집사가 질책했다.

"우리 신농곡이 어디 돈이 부족하더냐?"

양 장주가 서둘러 말했다.

"노집사님, 저 위에 무엇이 있는지 보시겠습니까?"

본 왕이 연구할 것을 약속하겠다

노집사는 얼음관을 처음 보았을 때부터 그 위의 적령석에 주의를 기울이고 있었다. 그러나 그는 지금 처음 본 척하며 물었다.

"이건⋯⋯ 전설 속의 적령석?"

양 장주가 연신 고개를 끄덕였다.

"그렇습니다, 바로 그것입니다. 왕비마마께서 말씀하시길, 이것을 저희에게 보상으로 주시겠다 하셨습니다!"

노집사가 다시 말했다.

"적령석의 약효는 아무도 검증한 바 없어. 소문은 믿을 것이 못 되지!"

양 장주가 웃으며 말했다.

"우리가 적령석을 얻어 검증하고, 천 년의 비밀을 풀면 되지 않겠습니까! 노집사님, 천재일우의 기회입니다!"

노집사는 순간적으로 말문이 막혔다. 그는 한참 후에야 다시 말했다.

"설사⋯⋯ 설사 이 늙은이가 승낙한다 해도 죽은 이를 존중해야지. 최소한 이, 이런 식으로 시신을⋯⋯ 그래서는 안 되고 말고!"

양 장주가 서둘러 변명했다.

"노집사님, 시신이 없으면 누가 이 얼음관의 효과를 믿겠습니까? 게다가 왕비마마께서는 이 얼음관을 열 수 없어 경매에 넘기기로 하셨다 하더군요. 얼음관을 열 수 있었다면 굳이 다른 이에게 넘길 이유가 있겠냐면서요."

노집사가 미간을 찌푸렸다. 양 장주가 재빨리 다시 말했다.

"노집사님, 안심하십시오! 경매장에서는 모든 이들에게 사실대로 이야기할 것입니다. 절대로 고객들을 속이거나 해서 신농곡의 명예를 떨어뜨리는 일은 없을 겁니다!"

노집사는 여전히 고개를 저었다. 양 장주가 다시 권하려 하자 노집사가 이어 말했다.

"어찌 되었건 이건 약재가 아니야. 전례를 깰 수는 없어!"

양 장주가 다급한 나머지 말했다.

"왕비마마께서 말씀하셨습니다. 경매장에서 이 물건을 받아주지 않는다면 신농곡 대문 앞에서 경매를 여시겠다고요."

이 말을 들은 노집사의 안색이 크게 변했다.

"뭐라고?"

양 장주가 탄식하며 말했다.

"노집사님, 우리가 굳이 이 적령석을 놓칠 이유가 있습니까?"

노집사는 양 장주를 한참 바라보다가 갑자기 몸을 돌려 밖으로 나갔다. 그리고 비연 앞으로 다가가더니 진지하게 말했다.

"왕비마마, 저 얼음관을 우리 신농곡이 사겠습니다. 가격을 말씀하시지요!"

노집사는 얼음관에 대해서는 아는 바가 없었다. 다만 고운원에게서 어떻게든 경매를 막으라는 명령을 들은 참이었다.

노집사는 비연이 일부러 이런다는 것을 알고 있었고, 얼음관을 팔라는 제안에 응하지 않을 것도 알고 있었다. 그러나 다른 방법이 없었다!

비연이 고개를 저었다.

"누구에게라도 팔 수 있지만, 신농곡에게만은 팔 수 없어요."

노집사가 조금 화가 나서 물었다.

"어째서입니까?"

비연은 노집사와 연극을 계속할 마음이 없었기에 차갑게 말했다.

"아실 텐데요. 춘사일 전에 경매 가능 여부를 나에게 알려 주기 바라요. 아무 소식도 없으면 나는 신농곡 밖에 경매대를 만들 거예요! 그리되면 이 얼음관이 누구의 손에 떨어질지…… 나로서는 알 수 없는 문제군요!"

비연은 비록 모든 말을 솔직하게 하지는 않았으나 그 뜻만은 확실했다. 그녀가 경매 소식을 기다리겠다는 것은 바로 고운원의 반응을 기다리겠다는 의미였다!

노집사는 비연이 갑자기 이렇게 이야기할 줄은 상상조차 하지 못했다. 연극을 계속할 수 없는 상황이 되자 그는 수염만 쓰다듬다가 말했다.

"늙은이가…… 이 늙은이가 고려해 보겠습니다. 분명…… 분명 춘사일 전에 소식을 전해 드리겠습니다! 일단 경매장에서 머무시지요!"

196

말을 마친 노집사는 재빨리 양 장주에게 상황을 설명하고, 이틀 동안 비밀을 지킬 것을 명했다.

경매장을 떠난 노집사는 바로 북산 꼭대기로 올라갔다.

이때 고운원은 바로 북산에 있었다. 그는 절벽 가에 서서 신농곡 뒤의 숲을 바라보았다. 바람이 그의 흰옷이며 검은 머리카락을 흩날리고 있었다. 멀리서 보면 그는 마치 언제라도 우화등선할 듯한 신선처럼 보였다.

노집사는 한참 동안 망설이다가 겨우 다가갔다. 이미 수십 년 동안 고운원에게 충성을 다해 왔지만, 그가 초조해하는 것을 본 것은 어젯밤이 처음이었다. 그 전까지 노집사는 이 세상 그 무엇도, 그 누구도 그를 당황하게 만들 수 없으리라 생각했었다.

노집사가 두 손 모아 읍한 후 나지막하게 말했다.

"곡주 어르신, 제가…… 제가 너무 무능합니다."

고운원은 돌아보지 않았다. 그는 이미 예측하고 있었다. 노집사를 보내도 헛수고라는 사실을.

노집사는 잠시 기다리다가 주인이 아무 말도 하지 않자 다시 상황을 설명하고, 비연의 말을 토씨 하나 틀리지 않고 그대로 전했다.

"곡주 어르신, 내일이 바로 춘사일입니다."

고운원은 여전히 아무 말도 하지 않았다.

노집사가 안심이 되지 않아 다시 말했다.

"곡주 어르신께서 생각을 정하시면 어서 저에게 말씀해 주십시오. 왕비마마의 태도는…… 너무나 단호합니다!"

고운원은 대답하지 않았고, 노집사는 계속 읍하는 자세로 버티고 있었다. 그는 함부로 그 자리를 떠날 수도, 또 소리를 내어 주인을 방해할 수도 없었다.

앞을 바라보는 고운원의 모습은 대책을 생각한다기보다는 어딘가 정신을 팔고 있는 것처럼 보였다. 한참 후에야 그는 어쩔 수 없다는 듯 가볍게 탄식하며 말했다.

"때가 된 모양이다."

때가 되었다고? 그건 무슨 뜻일까?

노집사가 의심스러운 눈길을 보내는데, 고운원이 말했다.

"오늘 내로 군구신을 이리로 불러들여라. 단, 연아가 이 사실을 알게 해서는 안 된다."

노집사는 여전히 의혹이 가득했지만, 감히 물어볼 수는 없었다. 그는 명을 받들고 총총히 자리를 떠났다.

비연과 군구신은 경매장에서 직접 얼음관을 지키고 있었다. 노집사가 경매장으로 돌아갔을 때는 이미 오후였다. 시간이 많지 않으니 그는 모험할 생각은 하지 못하고, 일단 양 장주에게 기회를 찾게 하려 했다.

그러나 이게 웬일일까. 비연은 군구신에게서 떨어지려 하지 않았다. 양 장주는 아무리 해도 비연과 군구신을 떼어 놓을 수 없었다. 시간이 지날수록 노집사는 초조해졌다.

그러나 뜻밖에도, 군구신이 비연을 먼저 쉬러 가게 한 후 스스로 노집사를 찾아왔다. 놀라운 일이었다. 그러나 노집사는 내색하지 않고 담담한 표정으로 군구신을 쳐다보기만 했다.

군구신이 말했다.

"곡주 어르신께 말씀을 전해 주시지요. 본 왕이 건명의 깊은 뜻을 연구하겠노라 약속한다고."

노집사는 건명이 무엇인지 몰랐기에 잠시 망설였지만 곧 외쳤다.

"잠시만 기다리십시오!"

그는 총총히 북산으로 달려가 군구신의 말을 그대로 전했다. 고운원도 꽤 놀란 듯한 표정이었다.

"연구하겠다고? 설마, 이미 그 뜻을 깨달은 것인가?"

노집사는 영문을 알 수 없어 서둘러 말했다.

"곡주 어르신, 정왕이 스스로 찾아오겠다고 했으니, 우리의 승산이 꽤 큰 것 같습니다!"

노집사는 곡주가 군구신을 찾는 것은 아마 군구신에게 부탁할 일이 있기 때문이라 생각했다. 그리고 군구신이 곡주를 찾는다면…… 그 반대가 아니겠는가!

고운원이 잔을 들어 살짝 마시더니 웃으며 말했다.

"이 일에 승부가 어디 있다고? 보아하니 군구신은 손에 든 것이 없어도 나를 찾아오려 했을 것이다. 가거라. 가서 군구신을 데려와라."

군구신은 해가 질 무렵 북산에 도착했다. 고운원은 정원에 앉아 술잔을 들고 석양을 바라보고 있었다.

군구신은 정원으로 들어가지 않고 발걸음을 멈췄다. 노집사는 시위들을 이끌고 알아서 자리를 피했다. 이제 북산 전체에 군구신과 고운원, 두 사람만이 남았다.

고운원은 고개조차 돌리지 않고 침착하게 술잔에 술을 채운 후, 제 앞에 내려놓고 미소 지었다.

"정왕 전하, 들어오시지요."

군구신은 그제야 안으로 들어가 고운원 건너편에 앉았다. 그러나 술잔은 건드리지도 않고 본론으로 들어갔다.

"본래 선하신 분이, 어찌 이리 무고한 이들을 괴롭히십니까?"

군구신이 이야기하는 무고한 사람이란 택뿐만 아니라 얼음 관 속 여자까지 포함했다.

군구신은 그 이상 말을 잇지 않았다. 고운원은 분명 그의 말을 알아들을 테니까.

수개월 전 군구신은 노망난 곡주를 납치해 오랫동안 심문했고, 그들이 장파 고묘에 도착하기 이틀 전에야 그 늙은 곡주가 겨우 입을 열었다. 그가 털어놓은 것은 바로 그 누구도 상상조차 하지 못했던 고운원의 비밀이었다.

군구신이 그 비밀을 알지 못했다면, 오늘 비연에게 사실을 숨기고 홀로 고운원을 만나지 않았을 것이다.

또한 그 얼음관을 발견하지 않았다면, 그는 고운원이 반드시 그를 만나리라고도 확신할 수 없었을 것이다…….

너는 어찌 참을 수 있는가

미친 곡주가 군구신에게 무슨 대단한 비밀을 말한 건 아니었다. 그저 고운원이 10여 년 전에 신농곡을 개혁하여 약재 시장을 열고, 경매장을 통해 이익을 얻은 다음, 그 이익을 단지 약사들을 키우는 데만 쓰지 않고 가난한 병자들을 돕는 데도 썼다고 했다. 덕분에 이 10여 년 동안 신농곡은 비밀리에, 셀 수 없는 이들의 목숨을 구했다.

고운원이 제 몸을 희생했던 것은 천하의 중생들만을 위해서가 아니라 다른 이유가 있었을 것이다. 그러나 그가 약재를 기부하거나 한 행위는 절대적으로 선을 행하기 위함이었다.

군구신은 마음속으로 긍정적인 판단을 내리고, 고운원이 했던 모든 행동을 다시 되새겨 보았다. 그리고 고운원에게는 고운원만의 고충이 있었을 거라 확신하게 되었다.

고운원은 군구신을 흘긋 바라보고는 계속 술을 마셨다.

군구신이 말했다.

"그 노망난 곡주가 신농곡에 관련한 모든 것을 자백했으니, 이제는 뭔가를 감출 필요가 없습니다. 본 왕이 오늘도 아무 수확 없이 돌아가게 된다면, 이마 두 번 다시 여기 오는 일은 없을 겁니다!"

고운원은 의외라는 표정을 지었다. 인정하지 않을 수 없었다. 그 곡주 관련한 일은 자신의 실수였다. 그는 진묵을 너무 얕보았다. 그때 진묵이 그를 그렇게 지키지만 않았어도 자신을 드러낼 일은 없었을 테고, 군구신과 비연 역시 북산에 오를 수 없었을 것이다.

그는 원래 그들 곁에서 좀 더 많은 시간을 보내고 싶었지만 안타깝게도 정체가 드러나고 말았다. 고운원은 또한, 군구신이 그렇게 빨리 노망난 곡주의 입을 열게 할 줄은 몰랐다.

어쨌든 놀란 것은 놀란 것이고, 그는 곧 웃어넘기고 말았다. 이미 제 신분이 드러났음에도 불구하고 그는 태연자약하게, 전혀 조급해하지 않았다. 그의 얼굴에는 여전히 타고난 맑고 고귀한 기운이 드러나 있었다.

군구신이 속으로 어찌 생각하는지는 모를 일이었다. 그는 한참 동안 말없이 고운원을 바라보다가 결국은 술잔을 들어 고운원에게 경의를 표한 다음 단숨에 마셨다. 그리고 연이어 제 잔에 술을 따른 다음 다시 고운원에게 경의를 표하고 마셨다.

그렇게 두 잔을 비운 군구신은 술잔을 내려놓고 담담하게 말했다.

"죽은 자는 존중받아야 합니다. 그런데 얼마나 더 무고한 이와 연루되어야만 합니까? 연아는 본래 순수하고 선량한 사람입니다. 지금 이 정도까지 마음을 독하게 먹은 것은…… 결국은 핍박을 받은 결과인데, 이 상황을 어찌 참으시는 겁니까?"

아마도 이 말이 고운원의 마음을 건드린 모양이었다. 그가 마침내 고개를 들더니 군구신을 바라보았다.

군구신도 그를 보고 있었다. 두 남자의 눈이 부딪친 순간, 마치 시간마저 멈춰 버린 듯 만물이 고요해졌다.

군구신은 기다렸다.

고운원은 한참 동안 침묵하다가 마침내 입을 열었다.

"마음을 독하게 먹는다……? 그렇다면 사부를 죽이고, 또 남편을 죽일 수도 있을까요?"

사부를 죽인다? 남편을 죽인다고?

군구신은 어떻게 반응해야 할지 알 수 없었다.

고운원의 눈에 슬픈 빛이 어리는가 싶더니 곧 사라져 보이지 않게 되었다. 그가 담담한 표정으로 말했다.

"듣자 하니, 건명력을 연구하겠다고요?"

군구신이 물었다.

"방금 하신 말씀은 대체 무슨 뜻입니까?"

고운원은 그 질문에 대답하지 않았다.

"어디까지 이해했습니까? 어디 들어 봅시다."

'사부를 죽이고 남편을 죽인다'라는 말이 계속 머릿속에 맴돌고 있었다. 언제나 냉정함을 유지하던 군구신도 당혹감을 느끼며, 말없이 고운원을 바라보았다. 어떻게든 이 당황스러움을 감추기 위해 노력하는 중이었다.

고운원은 조급해하는 기색 없이 군구신에게 술을 한 잔 따라 준 후 마시라고 손짓했다. 그러나 군구신은 술잔을 들지 않고 다시 물었다.

"설마 우리가 그 얼음관을 발견하지 못했다 해도, 비연이 그리되도록 핍박하실 생각이었습니까? 당신처럼 그렇게 매서운 마음에 악랄한 수단을 쓰도록…… 그렇게 냉정해지도록? 사랑했던 이의 시신조차 지키지 못하면서 이리 한가롭게 술이나 드시다니요?"

말을 마친 군구신은 술잔을 들어 그 안의 술을 전부 쏟아 버렸다.

고운원은 살짝 당황하는 듯싶더니 제 술잔을 들어 한 모금씩 천천히 마시기 시작했다. 그러나 술을 아무리 천천히 마신다고 해도 술잔이 비는 순간이 오기 마련이다. 마치 인생이라는 길을 아무리 천천히 걸어간다 해도 결국은 끝에 도달하게 되는 것처럼.

고운원은 술을 모두 마신 후 말했다.

"올해 중추절이면 내 목숨이 다할 것입니다. 그……."

이 말을 들은 군구신이 미간을 찌푸리며 물었다.

"당신은…… 기령이 아닙니까?"

고운원이 담담하게 미소 지으며 말했다.

"약왕정은 아직 채 연성이 끝나지 않은 물건인데 어찌 기령이라는 것이 있겠습니까? 게다가 모든 기물이 기령을 얻을 수 있는 것은 아니지요."

"약왕정이 아직 채 연성이 끝나지 않았다?"

군구신은 이해할 수 없다는 눈빛을 보냈다. 그의 마음속이 점점 더 불안해지고 있었다.

"설마 연아의 추측이 옳았던 겁니까? 연아가…… 약왕정과 계약하지 않은 건가요?"

연성이 끝나지 않은 신기라면 계약할 수 있을 리 없다!

고운원이 소리 내어 웃기 시작했다. 그 웃음에는 어쩔 수 없는 빛이 어려 있었다.

"비연이 계약한 것은 바로 저입니다. 다만, 비연이 진정으로 저에게 명령을 내린 적이 없으니 깨닫지 못한 것이죠. 약왕정의 연성이 끝나면 내가 죽을 것이고, 비연은 약왕정의 진정한 주인이 될 겁니다."

군구신은 알 듯 말 듯 더욱 미간을 찌푸렸다. 그는 잠시 생각한 후 물었다.

"북해의 전투에서, 일부러 봉황력과 건명력을 끌어내려 했지요? 설마, 봉황력이 건명력과 무슨 관계가 있는 겁니까? 그리고 약왕정과도 무슨 관계가 있습니까?"

고운원이 고개를 끄덕이더니 말했다.

"과연 구려족의 후예답습니다. 건명력이 당신을 택한 것도 무리는 아니군요!"

군구신이 진지하게 물었다.

"그렇다면, 소위 '인검합일'이라는 것은 사실……."

군구신은 갑자기 말을 멈추었다가 한참 후에야 입술을 떼었다. 그러나 고운원이 갑자기 자리에서 일어나 그에게 다가오더니 귓가에 대고 속삭이기 시작했다. 그린 그의 표성은 여전히 담담했고 목소리는 아주 낮았다.

고운원이 한참 동안 이야기하는 동안 군구신은 단정한 자세로 앉아 미동도 하지 않았다. 앞을 바라보고 있는 잘생긴 얼굴이 점점 더 엄숙해지기 시작했다. 그러나 최후에는 깊고 검은 눈동자에서도 초점이 사라졌다. 당황하여 그만 얼이 빠진 모양이었다.

말을 마친 고운원은 잠시 그대로 있다가 몸을 세운 다음, 담담하게 말했다.

"본래 당신을 대신해 내가 이 일들을 하려 했습니다. 다만 예상치도 못하게 려금이 나타났지요. 군자택을 상처 입히게 된 것은 저의 본의가 아니었고, 일이 이렇게 된 이상 다른 방법이 없었습니다. 긴명의 주인은 당신이니, 선택도 당신의 몫입니다. 저에게는 선택권이 없습니다. 돌아가십시오. 날이 밝기 전까지, 물러날 것인지 나아갈 것인지 잘 고려해 보십시오. 그리고 어떤 결정을 내리건⋯⋯ 부디 저의 부인을⋯⋯ 저의 부인이 평안을 얻도록 배려해 주셨으면 합니다."

말을 마친 고운원은 바로 몸을 돌렸기에 군구신은 그의 표정을 볼 수 없었다. 고운원은 그 이상 머물지 않고 정원 밖으로 걸어 나가기 시작했다.

그가 대문 밖으로 나가는 순간, 군구신이 그를 불러 세웠다.

"두 분은 혼인했었습니까?"

고운원은 발걸음을 멈췄지만 돌아보지는 않았다. 그저 '그렇습니다.'라고 답했을 뿐.

군구신이 다시 말했다.

"어째서⋯⋯ 어째서 그분과 연아가 그리도 닮은 겁니까?"

고운원이 군구신을 돌아보며 미소 지었다.

"아마도 하늘이 나의 선행에 감동하여, 10년 동안 보상을 해 주기로 한 모양입니다."

말을 마친 고운원은 다시 몸을 돌려 떠났다. 그가 멀어져 감에 따라 그의 몸도 점차 투명하게 변해 가더니 마침내 밤의 어둠 속으로 사라져 버렸다.

그렇다, 하늘은 이미 어두워져 있었다. 오늘은 보름이었고, 하늘에는 밝은 달이 있을 뿐 별은 보이지 않았다.

고운원이 떠난 후에도 군구신은 그대로 앉아 있었다.

그는 곧 스스로 술잔을 채우기 시작했다. 한 잔, 또 한 잔…… 그는 연신 술잔을 비우다가 마지막에는 아예 술 주전자를 들어 입을 대고 꿀꺽꿀꺽 마시기 시작했다.

그러나 고운원이 남겨 놓은 술을 다 마셔도 취할 수가 없었다. 아니, 오히려 정신이 더더욱 맑아졌다!

군구신은 고운원이 방금 그의 귓가에 남긴 말을 한마디도 빠짐없이 기억할 수 있었다!

그는 주전자를 내려놓고 고개를 숙인 채 한참을 침묵하다가 겨우 중얼거리기 시작했다. 그리고 끊임없이 같은 말만 반복했다.

"낯선 이만 못하다…… 낯선 이만 못해……."

그 무엇도 걱정할 필요 없다

신농곡에 마지막 등불이 꺼졌다. 북산에서 내려다보니 산골짜기 전체가 고요하기 그지없었다.

군구신은 산 아래로 내려갈 마음이 전혀 없었다. 아니, 그저 이 산 위에서 취해 있고만 싶었다. 영원히 이곳에서 내려가지 않고!

그러나 그는 결국 스스로에게 냉정해야 한다고 중얼거리며, 날이 밝기 전 산에서 내려와 경매장으로 되돌아갔다. 지금 비연의 의심을 살 수는 없었다.

돌아오는 내내 그는 마치 시신이라도 된 것처럼 걷고 있었다. 그러나 경매장에 도착한 순간 그는 아무 일도 없었던 것과 같은 표정이 되었다.

그는 어린 시절부터 모든 기분을 마음속에 숨기는 습관이 들어 있었다. 그러나 이번만은 그것이 너무나도 어려웠고, 심지어 낭패한 기분마저 들었다. 그는 어쩔 수 없이 경매장 밖에 잠시 서 있다가 들어갔다.

비연은 그의 생각대로, 너무 피곤한 나머지 저녁도 먹지 않고 지금까지 잠들어 있었다.

군구신은 망중을 불러 명령했다.

"계강란을 보내 주고 오도록."

이렇게 중요한 순간에 계강란을 보내 주라고……?

망중이 이해할 수 없다는 표정으로 물었다.

"전하, 어디로 보낼까요? 계강란은…… 려금에게 다른 쓸모가 있지 않겠습니까?"

지금 그들은 려금이 무슨 이유로 계강란을 납치했는지 알지 못했다. 계강란이 구려족의 후예라지만, 려금 자신 또한 구려족의 혈통이 아닌가!

게다가 건명력은 이미 군구신과 계약을 맺었다. 그러니 려금이 구려족의 후예를 아무리 많이 손에 넣은들 아무 쓸모 없을 것 아닌가!

군구신이 말했다.

"비밀리에 이송하고, 이 일은 왕비가 알지 못하도록 하라. 내일 왕비가 일어나면 계강란이 납치되었다고 말하면 되겠군!"

망중이 깜짝 놀라 저도 모르게 외쳤다.

"뭐라고요?"

군구신이 즉시 차가운 눈초리로 그를 바라보았다. 망중은 바로 입을 다문 채 미동도 하지 못했다.

군구신이 물었다.

"알겠나?"

망중으로서는 아무것도 알 수 없었다! 그러나 그는 그 이상 입을 열 엄두를 내지 못했다. 진하가 왕비마마와 함께하기 시작한 후, 이렇게 차가운 눈빛은 본 적이 없었다.

망중이 겁에 질린 목소리로 대답했다.

"전하, 이곳은 경매장입니다. 어떻게 왕비마마를 속일 수 있겠습니까?"

그가 모든 사람을 속일 수 있다 해도, 진묵이나 신농곡의 사람을 속이기는 어려울 듯했다!

게다가 왕비마마는 정말 대단한 분 아닌가. 내일 아무렇지도 않게 물어보기만 해도 왕비마마는 분명 이상한 점을 눈치챌 테고, 그렇게 되면 일이 더 커질 것이다.

군구신이 말했다.

"노집사에게 가서 인사하고, 본 왕이 요구한 바라고 말해라. 도와줄 것이다."

이 말을 들은 망중은 더욱 경악했다. 대체 무슨 일이 벌어진 건지는 알 수 없었지만, 전하가 노집사와 함께 왕비마마를 속이려 한다는 것만은 확실했다!

노집사의 배후에는 고운원이 있다.

그러니 전하는 고운원과…….

여기까지 생각한 망중의 심장이 더더욱 빠르게 뛰기 시작했다. 감히 더 이상 생각을 이을 수가 없었다.

군구신은 기분이 엉망진창이었고, 인내심 역시 바닥나고 있었다. 그가 물었다.

"알겠나?"

망중이 무심결에 고개를 젓다가 다시 고개를 끄덕였습니다.

"예, 명을 받들겠습니다. 그렇게 하겠습니다……."

망중이 떠난 후 군구신은 눈을 감았다. 잠시 후 그는 건명보검을 뽑아 검술 연습을 시작했다.

예전에 부친과 대화했던 내용이 전부 옳았다. 그는 건명검술의 두 번째 경지인 '무아유검'의 깊은 뜻을 잘못 이해하고 있었다. 그러나 '주화입마'의 연습법은 옳았다.

오늘 밤 그는 고운원에게서 확실한 답을 들었고, 세 번째 경지인 무아무검의 깊은 뜻을 깨달을 수 있었다. 남은 것은 그 무엇도 돌아보지 않고 그 경지에 도달하는 것뿐이었다.

군구신의 동작이 점점 더 빨라졌다. 그의 몸도 검도 그림자처럼 흔들리고 있었다.

그는 미친 듯이 온 힘을 다해 연습하고 있었다. 그러나 사실 그는 집중하고 있지 않았다. 아니, 집중할 필요가 없었다. 그는 그저 쏟아 내고만 싶었다. 그의 머릿속에는 그날 밤 부친이 떠나기 전 나누었던 대화가 메아리쳤다.

'무엇이건 걱정할 필요 없다. 그저 네가 옳다고 믿는다면, 그대로 행하면 되는 거다.'

평소처럼, 군구신은 삼경이 될 때까지 검술을 연습했다.

그는 조용히 옷을 벗고 목욕을 한 다음, 깨끗한 옷으로 갈아입고 비연 곁에 누웠다. 그의 미간에는 피로한 기색이 뚜렷했지만, 여전히 잠은 오지 않았다.

그는 제 머리를 받친 채 옆으로 누워 멍하니 비연의 잠든 얼굴을 바라보았다. 그 평온한 얼굴을 보고 또 보고 있노라니 자신도 모르는 사이에 웃음이 새어 나왔다. 그리고 그와 동시에 눈시울이 붉어졌다.

그는 도저히 참을 수 없어 속삭였다.

"연아……."

비연은 깊이 잠들어 있어 전혀 반응을 보이지 않았다.

군구신의 입매가 더욱 크게 곡선을 그렸다. 그의 눈에 비친 것은 사랑스러워 견딜 수 없다는 감정이었다.

그가 다시 그녀를 불렀다.

"나의 연 공주님……."

그때 비연이 갑자기 움직이더니 그에게로 몸을 굴렸다.

군구신은 놀라지 않았다. 그는 이미 그녀의 잠버릇을 잘 알고 있었기에 미동도 없이 그녀를 바라보았다.

비연이 손을 뻗어 더듬더니 그의 허리를 끌어안고 그의 품에 얼굴을 묻었다. 그는 그녀에게 이불을 잘 덮어 준 다음 머리카락에 가볍게 입을 맞췄다. 그녀를 안은 그의 팔에 점차 힘이 들어가기 시작했다.

삼경이 넘은 시간이었지만 이 밤은 천천히 흘러가고 있었다. 마치 끝이 없는 것처럼. 그는 잠들지 못하고 그대로 그녀를 끌어안은 채 날이 밝기를 기다렸다.

그들의 옆방에 바로 얼음관이 놓여 있었다. 넓은 방은 이미 얼음으로 뒤덮여 있었고, 방 바깥도 한기가 심했다. 진묵과 시위들이 관을 지키고 있었고, 하소만은 잠을 이루지 못하고 망중을 찾으러 다니고 있었다.

하소만이 물었다.

"진 시위, 망 형을 보지 못했어?"

진묵은 문밖 계단에 앉아, 달빛에 의지해 축운궁주의 《운현수경》 모사본을 연구하던 중이었다. 그는 대답조차 하지 않고 고개를 저었다.

하소만이 중얼거렸다.

"이상하네. 찾아볼 만한 곳은 다 찾아봤는데. 남은 건 주인님의 방뿐이야. 이렇게 늦은 시간에 대체 파수는 보지 않고 어디로 간 거지?"

진묵이 그제야 눈을 들어 하소만을 바라보았다.

"다른 사람이 파수를 보고 있나?"

하소만이 대답했다.

"시위가 둘이나 있으니 안심해도 돼. 게다가 전하께서 계시는데, 걱정할 일이 뭐가 있어!"

진묵은 하소만을 한 번 더 흘깃거리더니 다시 《운현수경》을 보기 시작했다.

하소만이 잠시 망설이다가 진묵 곁에 앉아 나지막한 목소리로 말했다.

"잠은 안 자는 거야? 그럼 나랑 이야기 좀 하면 안 돼?"

진묵은 아무 반응도 보이지 않았다.

하소만이 코를 훌쩍이더니 소곤거리기 시작했다.

"황상께서 얼굴에 문신을 당하셨다고 생각하니 잠이 오지 않아. 그때 그 자리에 있었다며? 엄진 소사부는 대제 무슨 병이래? 왜 그리 다급하게 구해야 했던 거야? 잠시라도…… 그대로 두어서는 안 되었던 거야? 아주 잠시만…… 고 태부의 그 솜씨로 먼저 황상을 구했으면 안 되는 거였어?"

하소만은 정말로 상황을 이해할 수 없었다. 신농곡으로 오는 동안 모두 너무 바빴기에 그에게 상황을 설명해 줄 수 없었다.

하소만이 말을 이으려는 순간, 진묵이 대답했다.

"그럴 수 없었다!"

하소만이 다시 물었다.

"무슨 병인데? 그렇게 심해?"

"네 주인에게 가서 물어봐."

하소만이 계속 물으려 했지만, 진묵이 몸을 일으키더니 지붕 위로 가볍게 뛰어올랐다. 그리고 자리를 찾아 앉은 다음 계속 《운현수경》을 보기 시작했다.

하소만은 항의했지만 아무 반응도 돌아오지 않았다. 결국 그는 씩씩거리며 그 자리를 떠날 수밖에 없었다.

사방이 고요해졌다.

고운원이 소리 없이 방 안에 나타났다. 그는 방 안에서 지키고 있던 시위들을 피해 안쪽으로 들어갔다.

백리명천, 누명을 쓰다

한기가 밀려왔다. 거대한 방 안은 온통 얼음으로 뒤덮여 있었다. 얼음관은 방 안 중앙에 놓여 있었는데, 몹시도 처량해 보였다.

고운원은 방 안으로 들어간 후 세 걸음도 채 걷지 않아 발걸음을 멈췄다. 그의 길고 마른 뒷모습은 세상에 홀로 남은 듯한, 저 하늘의 신선이 인간세계에 떨어져 외로이 헤매는 듯한 느낌이 있었다. 그의 넓은 소매 아래로는 단단히 쥔 주먹이 보일 듯 말 듯 했다.

꾹 참으며 인내하고 있는 걸까? 아니면 다른 무엇 때문일까? 이것은 그 자신만이 알 것이다.

그는 한참을 서 있다가 한 걸음 내디뎠으나 결국 다시 원래의 자리로 돌아왔다.

"부인, 마지막으로 함께하기 위해 왔소. 내세가 있다면, 춘사일에 만나 함께 술잔을 들고 봄을 붙잡아 봅시다."

고운원은 결국 얼음관 가까이 다가가지 않았다. 아니, 심지어 그녀를 마지막으로 한번 바라보지도 않았다. 그저 기억하고 기억하면…… 그리고 보지 않으면…… 그리워하지 않을 수 있을지도 모른다.

그는 닭 우는 소리가 들릴 때까지 계속 그 자리에 서 있었다.

마침내 희미한 빛이 방에 스며들었을 때, 그의 몸이 점차 투명해지더니 이윽고 사라져 보이지 않게 되었다.

날이 밝았다. 춘사일이었다.

일찍 잠들었던 비연은 날이 밝은 후 얼마 되지 않아 깨어났다. 그녀가 눈을 뜨자마자 발견한 것은 군구신의 잘생긴 얼굴이었다.

그녀는 습관적으로 그의 턱에 까슬하게 난 수염을 쓰다듬고, 그의 품에 잠시 얼굴을 묻으며 게으름을 부렸다. 그다음, 자리에서 일어나 침상에서 내려갔다.

그녀는 재빨리 몸단장을 끝낸 후 밖으로 나가, 아침 식사도 하지 않고 대전을 향해 달려갔다. 진묵이 문가에서 쉬고 있다가 그녀의 기척을 느끼고 바로 눈을 떴다.

비연이 물었다.

"어제 무슨 일이라도 있었어?"

"아무것도 보지 못했어."

두 사람 모두 고운원이 정말 나타나려 한다면 그들로서는 막을 방법이 없다는 것을 알고 있었다. 그러나 그의 능력이 아무리 대단하다 해도, 모든 이의 눈을 속이고 저리 큰 얼음관을 가져갈 수는 없을 것이다.

진묵의 대답을 들은 비연은 어쩔 줄 몰라 하며 그저 웃었다. 그녀는 자신이 조급한 마음에 쓸데없는 소리를 했다고 생각했다. 일단 밥을 먹고 양 장주가 나타나기를 기다려야 했는데…….

어쨌든 패를 쥐고 있는 것은 그녀였고, 조급해해야 하는 것은 그쪽이었다!

비연이 진묵에게 말했다.

"하룻밤 내내 고생했지. 교대한 다음 식사를 하고 쉬도록 해."

그때 망중이 다급하게 달려오더니 말했다.

"왕비마마, 큰일 났습니다! 계강란이 보이지 않습니다!"

비연이 깜짝 놀라 물었다.

"뭐라고?"

계강란과 얼음관 쪽의 감시는 군구신이 직접 안배했고, 심복이라 부를 수 있는 시위들만을 배치했다. 그러니 문제가 생길 리 없었다.

이곳은 신농곡의 경매장이니 본래 경비가 삼엄한 곳이었다. 어젯밤부터 지금까지 아무 인기척도 없었는데, 계강란이 어떻게 없어졌단 말인가?

망중이 서둘러 말했다.

"제가 방금 시위들을 교대시키려 했는데, 우리 시위 모두와 경매장의 시위 세 명까지 중독되어 죽은 상태였고, 감옥이 텅 비어 있었습니다!"

비연이 가장 먼저 의심한 사람은 양 장주였다. 그러나 계강란을 감시하던 이들은 군구신의 수하였고, 그 수도 적지 않았다. 양 장주가 저지른 짓이라 해도, 아무 흔적도 없이 해치울 수는 없는 일이었다.

그녀는 곧 의심을 접고, 망중에게 어서 군구신에게 보고하라고 일렀다. 그리고 자신은 감옥 쪽으로 향했다.

망중의 뒷모습을 보는 진묵의 냉막한 눈동자에 의혹이 어리고 있었다. 그러나 그 의심의 빛은 곧 사라졌다. 그는 피로한 미간을 찌푸린 채 빠른 걸음으로 비연을 쫓아갔다.

비연이 감옥에 도착했을 때, 망중이 배치했던 사람이 이미 현장을 보존하고 있었다. 양 장주도 곧 달려왔다. 비연은 양 장주에게 별말 건네지 않고 직접 시신을 조사하기 시작했다.

얼마 지나지 않아 군구신이 달려왔다. 비연이 몸을 일으키며 말했다.

"확실히 독살이야. 그것도 코로 들이마시는 독을 사용했어. 아마 빠르게 중독되었을 거야!"

양 장주가 군구신을 흘깃 보더니 곧 시선을 회피하며 말했다.

"불가능합니다. 우리 경매장의 경비가 얼마나 삼엄한데…… 사람은 말할 것 없고, 새 한 마리도 도망치지 못할 겁니다!"

비연이 대답하려 했을 때 양 장주가 다급하게 외쳤다.

"여봐라, 어서 골짜기를 수색해라! 신농곡의 문은 아직 열지 말고, 드나드는 자들은 모두 보고하게 하고! 범인은 아직 신농곡에 숨어 있을 가능성이 있다!"

비연이 말했다.

"그럴 필요 없어요. 아마 어젯밤 도망쳤을 테니까."

양 장주가 반박하려 했을 때 비연이 덧붙였다.

"수로를 이용했을 테니까요. 아무도 막을 수 없었겠지!"

양 장주는 의심스러운 표정을 지었다. 그는 연기하고 있는 것이 아니었다. 그는 정말로 비연이 누구를 이야기하는 것인지 이해하지 못하고 있었다.

그때 계속 침묵하고 있던 군구신이 물었다.

"백리명천?"

비연이 고개를 끄덕였다.

"백리명천을 제외하면 누가 계강란에게 관심을 두겠어? 장파 고묘에서 그렇게 많은 이야기를 엿듣기도 했으니…… 만약 려금을 제어할 생각이라면, 계강란도 꽤 큰 패가 되겠지."

군구신은 별말 없이 고개를 끄덕였다.

비연이 다시 말했다.

"이 교활한 녀석, 고묘에서 그렇게 좋은 기회를 마다하는 척하더니 신농곡으로 쫓아와? 보아하니 신농곡에 세작을 두고 있는 것이 분명해!"

예전에 백리명천이 세작을 이용해 신농곡에서 약재를 훔쳐냈던 일은 현공대륙 사람들이라면 모두 아는 일이었다. 때문에 신농곡은 지금까지도 백리명천에 대한 수배령을 철회하지 않고 있었다.

그때 양 장주가 의분 강개한 목소리로 말했다.

"하! 백리명천, 그 자식이 기고만장한 모양입니다. 신농곡을 만만하게 생각하는 모양인데…… 당장 노집사님께 말씀드리러 가겠습니다!"

양 장주가 물러가려는 순간 비연이 그를 불러 세웠다.

"우리가 백리명천과 맺은 은원은 우리가 알아서 처리할 거예요. 신농곡이 그와 맺은 은원은 신농곡이 알아서 처리하면 그만이고요. 다만, 지금 양 장주께 한 가지 여쭤볼 것이 있어요. 이 얼음관, 경매장에서 받아 주실 건가요? 아니면……?"

양 장주는 난처한 낯빛으로 우물쭈물, 아무 말도 하지 못했다. 비연은 마음속이 살짝 서늘해 오는 것을 느꼈다.

"어떻게 하실 건가요?"

양 장주가 웃으며 말했다.

"왕비마마, 노집사님께서 말씀하셨습니다. 신농곡의 경매장을 암시장으로 전락시킬 수는 없습니다. 이 거래는…… 저도 도와 드리고 싶은 마음이 굴뚝같습니다만! 왕비마마와 정왕 전하께서는 부디 양해하시기 바랍니다. 후에 다른 약재 거래가 있다면 제가 어떻게든 두 분께 큰 이익을 드릴 수 있도록 해 보겠습니다."

비연이 눈썹을 치켜세웠다.

그녀는 이 일을 아주 쉽게 생각하고 있었다. 고운원이 이 이상 숨어 있지 못하고 얼굴을 드러낼 거라고!

그녀는 고운원이 정말로 이렇게 냉정하게 정을 끊어 버릴 수 있는 사람이라고는 생각지 않았다. 사랑하는 이의 시신이 이렇게 모욕을 당하는데 미동도 하지 않겠다고? 그는…… 그가 어떻게 이런 사람일 수 있지? 그녀는 도저히 믿을 수 없었다!

비연은 군구신을 흘깃 본 다음, 그의 의견을 묻지 않고 냉랭하게 말했다.

"좋아요! 신농곡에서 받아 주지 않겠다면, 본 왕비가 신농곡 입구로 가지요! 본 왕비는 한번 봐야겠습니다. 천하에 이 얼음관을 원하는 이가 얼마나 많을지!"

양 장주가 군구신을 몰래 훔쳐본 다음 비연을 바라보며 물었다.

"그렇다면, 왕비마마께서는 언제 가시렵니까?"

비연은 겉보기에는 냉정해 보였지만, 실제로는 이미 극도로 흥분한 상태였다.

"지금 당장 가겠어요!"

그리고 바로 진묵과 망중에게 명령했다.

"어서 가서 하산할 준비를 하도록!"

진묵과 망중이 명을 듣고 자리를 떠난 후, 비연은 군구신을 바라보았다. 그녀는 그가 무슨 말이건 해 주기를 기다리고 있는 듯 보였다. 그러나 군구신은 그저 담담하게 한마디만을 했다.

"가자."

양 장주는 그들 두 사람이 멀어져 가는 것을 보고는 다급하게 노집사를 찾아갔다.

노집사는 사실 군구신 일행의 동태에 신경을 곤두세우고 있던 참이었다. 그는 양 장주를 보자마자 물었다.

"어찌 되었나? 어찌 되었어? 정왕 전하께서 설득하셨는가? 얼음관은 지켜 냈나?"

양 장주는 진상을 다 알지는 못했지만, 어젯밤 노집사에게서 꽤 많은 분부를 들은 다음이었다.

양 장주가 말했다.

"정왕 전하께서는 한마디도 설득하지 않으셨습니다! 노집사님, 이 일은 대체……."

　노집사가 경악하여 외쳤다.

　"설득하지 않으셨다고? 약속하신 것이 아니었나? 대체……."

　양 장주가 영문을 모르고 있는 사이에, 노집사는 총총히 경매장을 향해 달려가기 시작했다…….

정말로 마음을 단단히 먹고

　노집사가 경매장에 도착했을 때는 비연 일행이 이미 준비를 끝낸 다음이었다.

　얼음관은 여전히 커다란 검은 천으로 가려진 채 경매장 대문 밖으로 나오고 있었다. 그러자 경매장 대문 안팎의 바닥이 온통 얼음으로 뒤덮였고, 한기도 극심했다.

　군구신이 먼저 나오는 것을 보고 노집사는 대체 어찌 된 연유인지 물으려 했다. 그러나 비연이 따라 나오는 것을 보고는 결국 몸을 피했다.

　군구신과 비연이 경매장 대문을 나와 산 아래로 걸어가기 시작했다. 그들이 지나는 곳마다 얼어붙었다가 그들이 멀리 간 다음에야 겨우 녹기 시작했다.

　지금은 오전이었고, 경매장은 약재 시장 다음으로 시끌벅적한 곳이라 산에 오르는 이들이 적지 않았다. 곧 그들은 비연 일행을 구경하기 시작했다. 군구신과 비연을 모르는 사람도 다가와, 경매장에서 무슨 보물이라도 얻었는지 물었다.

　군구신은 아무도 상대하지 않았고 비연 역시 마찬가지였다. 그 모습을 본 진묵이 스스로 앞에서 길을 열고, 다가오는 사람들을 막았다.

　비연 일행이 산 아래로 내려갔을 때쯤에는 약재 시장에 있던 사람들까지 잇달아 소식을 듣고 달려왔다. 그야말로 인산인해였다.

비연은 시종일관 얼굴을 굳힌 채 앞만 바라보고 있었다. 그녀는 발걸음을 늦추는 일 없이 계속 걸어갔다.

군구신도 그녀 곁에서 얼굴을 굳히고 있었는데, 그 누구도 침범할 수 없는 느낌이 들었다. 이렇게 그들은 계속 골짜기 밖으로 걸어갔고, 뒤로는 수많은 이들이 쫓아왔다.

노집사는 최대한 빠른 속도로 북산으로 올라갔다. 그는 한 바퀴 둘러본 후 마침내 절벽 가에서 고운원을 찾아냈다.

고운원은 술잔을 든 채 바위 위에 앉아 고독한 표정으로 하늘 위 외로운 구름을 바라보고 있었다. 그의 곁에는 이미 텅 빈 술 항아리가 한 무더기 놓여 있었다.

노집사가 숨을 헐떡이며 보고했다.

"곡주 어르신, 정왕 전하가 왕비마마를 설득하지 않았습니다. 곧 골짜기 밖에 도착할 겁니다! 어서 가 보셔야 합니다!"

고운원의 손이 허공에서 살짝 굳는 듯했으나, 그는 곧 손을 거둬들였다. 그는 술잔을 비운 후 노집사의 말에는 대답하지 않고 제 옆자리를 두드렸다.

"오너라. 나와 함께 한잔하자."

노집사가 황공한 마음에 거절했다.

"감히 그럴 수 없습니다."

고운원은 그제야 그를 돌아보며 다시 옆자리를 두드렸다. 노집사는 황공한 나머지 안색마저 창백해졌다.

그의 주인은 언제나 산뜻한 사람이었고, 노집사는 그의 심복 중에서 그와 가장 가까운 이라 할 수 있었다. 동시에 그를 가장 잘 이해하는 사람이었다. 그러나 그렇다 해도 노집사는 언제나 제 주인을 결코 닿을 수 없는 존재로 생각하며 경외하고 있었다.

첫 번째가 초대였다면 두 번째는 명령이었다. 최소한 노집사에게는 그런 느낌이 들었다. 노집사는 황공했지만, 어쩔 수 없이 다가가 조심스럽게 앉았다.

고운원이 노집사에게 직접 아름다운 술잔과 술 주전자를 건넸다. 그리고 그 이상 노집사에게 눈길을 주지 않았다.

어쩌면 고운원은 노집사와 함께 술을 마시고 싶은 것이 아니라, 그저 곁에 누군가가 있기를 바라고 있는 것인지도 모른다. 사람이 곁에 있으면 고운원은 최소한 자제력을 잃고…… 충동적으로 행동하지 않을 수 있을 테니까.

고운원은 여전히 술잔을 든 채 멀리 구름을 바라보고 있었다.

이 순간 비연 일행은 이미 신농곡의 대문을 나왔다. 비연과 군구신이 함께 발걸음을 멈췄다. 시위들도 그들을 따라 멈춰섰고, 얼음관도 그대로 멈췄다. 주변의 풀숲이 모두 얼음으로 뒤덮이기 시작했다.

신농곡의 손님 대부분이 그들을 따라 나온 상태였고, 그들을 세 겹으로 둘러싼 채 이런저런 이야기를 주고받고 있었다. 대체 저 검은 천 아래에 숨겨진 물건이 무엇일까?

그리고 백리명천은 얼굴에 구레나룻을 붙이고 변장한 채 사람들 사이에 섞여 있었다. 그는 군자택과 려금을 근처에 가둬 둔 후, 즉시 신농곡으로 달려왔다. 비연 일행이 이곳으로 오리라 생각했고, 상황을 보며 계강란을 납치할 생각이었다.

비연이 추측했던 그대로, 그는 려금에게 계강란이 어떤 의미인지 모르고 있었다. 그러나 패를 하나 더 갖는다면 려금을 상대할 승산이 높아진다!

그러나 안타깝게도, 그는 아직 아무 일도 하지 않았건만 이미 범인이 되어 있었다.

"이건 뭐지? 고묘에서 뭐라도 가져온 건가?"

백리명천이 중얼거리며 사람들을 비집고 앞으로 나가 보려 했다. 그러나 사람들이 너무 많아 가까이 다가갈 수 없었다.

그는 주변 사람들의 불만을 사거나 해서 시선을 모으게 될까 두려워 그 이상 앞으로 나가지 못하고, 대신 비연을 바라보기 시작했다. 바라보고, 바라보고…… 그리고 무슨 생각이 들었는지 갑자기 시선을 돌렸다.

비연 일행이 더 이상 움직이지 않자 사람들의 목소리가 점점 더 커졌다. 마침내 누군가가 물었다.

"정왕 전하, 신농곡 대문을 막아서신 것은 무엇 때문입니까?"

"정왕 전하, 왕비마마, 이건 무슨 보물입니까? 모두 궁금해 죽을 지경입니다! 어서 모두의 안목을 높여 주시지요!"

"어제 경매장에 좋은 물건이 나왔다는 이야기는 듣지 못했는데……. 설마 정왕 전하와 왕비마마께서 경매에 부치기 위해 가져오신 물건입니까? 경매장이 거절한 건가요?"

군구신은 아무 반응도 보이지 않았다. 그 차가운 얼굴이 천성적으로 냉담해 보이는 진묵보다도 싸늘해 보였다!

그리고 비연 역시 얼굴을 굳힌 채 초조한 마음을 숨기고 있었지만…… 주변이 시끄러워질수록 그녀는 점점 더 초조해졌다.

갑자기 그녀가 한 손을 얼음관 위 검은 천에 얹었다. 그녀의 손에는 적령석이 숨겨져 있었다.

적령석은 성에로 뒤덮여 있던 검은 천을 녹이기 시작했다. 이 순간 모두 경악한 눈빛으로 이 장면을 바라보고 있었다. 대체 저 검은 천 아래 숨겨진 것이 무엇일지 궁금해하면서.

비연이 조금씩 검은 천을 잡았다. 이제 언제라도 검은 천을 벗겨 버릴 수 있었다!

모두의 시선이 비연의 손으로 향하고 있었다. 그녀가 검은 천을 조금씩 잡아 가자 모두 점점 더 긴장하고 있었다.

사방은 유난히도 고요했고, 백리명천도 비연에게서 눈을 떼지 못하고 있었다. 그는 자신이 변장하고 있다는 것도 잊고 무의식적으로 제 턱을 쓰다듬다가, 수염을 만지게 되자 재빨리 손을 내렸다.

이 수많은 이들 중에서 비연의 손을 보고 있지 않은 사람은 단 하나, 군구신뿐이었다.

고개를 살짝 숙인 그는 몹시도 고요해 보였고, 심지어 쓸쓸해 보이기도 했다.

갑자기 비연이 빠르게 손을 들어 올렸다!

모든 이들이 긴장의 극에 달한 상태였다. 그러나 비연은 그저 손을 들었을 뿐 검은 천을 벗기지는 않았다. 그녀의 손에 들려 있던 적령석이 검은 천을 떠나는 순간, 검은 천은 다시 빠른 속도로 얼어붙기 시작했다.

모두 의아한 표정으로 서로의 얼굴만 바라볼 뿐이었다. 마침내 사람들이 다시 웅성거리기 시작했을 때, 백리명천이 불쾌한 듯 중얼거렸다.

"여자, 재미없게!"

군구신만이 평온을 지키고 있었다.

그는 그녀를 너무나 잘 알고 있었다. 고운원도 그만큼 그녀를 이해하지는 못할 것이다. 그는 자신이 권하지 않아도 비연이 무고한 시신을 경매에 부칠 정도로 악랄해지지는 못하리라는 걸 잘 알고 있었다.

죽은 자는 존중받아야 하고, 산 자 역시 중요하다. 그리고 그들은 모두 무고한 이들이다!

비연이 숨을 깊이 들이마셨다. 그녀의 눈에 절망한 듯한 빛이 어리고 있었다. 그녀는 방금까지도 계속 고운원이 나타나기를 기다리고 있었다. 그러나 그는 오지 않았다.

그녀는 군구신을 바라보며 속삭였다.

"정말 잔인한 사람이야! 그래, 아마 내가 이 얼음관을 너무 높이 평가했거나…… 아니면 내가 그를 너무 얕본 거겠지."

군구신이 그녀의 손을 잡았다. 그는 별다른 말 없이 시위들에게 명령했다.

"가자!"

주변의 구경꾼들은 영문을 모르고 있었다. 그러나 비연과 군구신은 그들 중 누구에게도 상황을 설명할 필요성을 느끼지 못했다.

그들은 얼음관을 가지고 신농곡을 떠났다. 그들이 멀어진 다음에도 사람들은 계속 의견을 주고받고 있었다. 백리명천은 멀어져 가는 그들을 바라보며 속으로 중얼거렸다.

'계강란은? 설마 어젯밤에 다른 곳으로 보낸 건가? 그게 아니면……'

백리명천이 어찌 신농곡의 비밀을 알겠는가. 그는 계강란이 신농곡에 갇혀 있으리라고 생각하고는 혼란한 틈을 타서 재빨리 신농곡 안으로 들어갔다.

군구신이 신농곡에서 멀어진 후에야 물었다.

"연아, 이 얼음관을 어떻게 할 생각이지?"

이것이야말로 영생

얼음관을 어떻게 할 생각이냐고?

비연이 말했다.

"적당한 장소를 찾아 묻어야지. 고인이 평안을 찾을 수 있도록."

군구신은 고개를 끄덕였다.

이런 결과를 예상해 그는 고운원에게 약속했던 것을 단 한마디도 꺼내지 않았다. 비연은 고운원이 무고한 이들을 상처 입혔다고 분노했다. 그런 그녀가 어찌 정말로 무고한 이를 상처 입힐 수 있겠는가?

비연 일행은 신농곡에서 멀리 떠나지 않고, 밤을 틈타 비밀리에 얼음관을 장파 고묘에 되돌려 놓았다.

장파 고묘는 무너져 이미 폐허가 되어 있었다. 그들은 며칠에 걸쳐 얼음관을 폐허 아래 깊은 곳에 묻었다.

얼음관 속, 자신과 닮은 여자를 보며 비연이 중얼거렸다.

"그는…… 그녀를 버려 가면서까지…… 대체 왜 그랬을까?"

이 여자를 처음 본 순간 비연은 생각했다. 고운원이 천 년 동안 집착한 사람이 바로 이 여자라면…… 그가 비연 그녀를 10년 동안 키워 준 것도 바로 이 여자 때문일 거라고. 그러나 그녀의 생각은 다시 빗나갔다.

군구신은 그녀의 질문에는 대답하지 않고 말했다.

"가자."

비연은 심호흡을 한 후 다시 정신을 차렸다. 고운원을 끌어낼 수는 없었지만, 최소한 려금 쪽의 실마리는 계속 찾아볼 수 있었다. 풍화도 쪽에서도 곧 소식이 올 것이다.

비연이 고개를 끄덕였다.

"응, 가자!"

군구신은 묘실의 문을 한번 돌아본 다음 말했다.

"연아, 먼저 나가도록 해. 내가 적령석으로 묘실 문을 봉할 테니까."

그들이 묘실을 철저히 봉한다면 누가 현빙을 깨트린다 해도 들어올 수 없을 것이다. 그리고 군구신은 이런 상황에서도 비연을 걱정하고 있었다.

"조심해. 밖에서 기다릴 테니까."

비연은 아무 의심 없이 진묵과 함께 먼저 나갔다.

군구신은 비연이 나간 후에도 바로 적령석을 거두지 않았다. 그는 고운원에게서 들은 대로, 얼음관 옆에서 기관을 찾아내 얼음관을 열었다.

얼음관이 열리자 그 안에 누워 있는 여자를 더욱 명확하게 볼 수 있었다. 그녀가 그의 연아가 아니라는 것을 알면서도, 군구신은 저도 모르게 슬픈 마음이 들었다. 그는 재빨리 시선을 돌리고 과감하게, 여자가 꽉 쥐고 있던 손안의 물건을 꺼냈다!

그 물건은 바로 맑고 투명한 마름모꼴의 빙정으로, 손가락

마디만 한 크기였다. 이 빙정이 바로 얼음관의 비밀이었고, 빙해의 보물이었으며, 전설로 내려오는 빙해 속 불로불사의 비밀이기도 했다. 10여 년 전 현공대륙의 세 가문이 얻으려던 것이 바로 이것이었다!

그러나 이 물건은 천 년 전에 이미 고운원의 손에 떨어진 상태였다. 세 가문은 이 빙정이 빙해의 빙핵에 숨겨져 있다고 오인해 지살의 힘을 끌어낸 것이다!

소위 불로불사라는 것은 사실 몽족의 영생결계와 같은 것이었다. 몽족의 영생결계에 갇힌다면 영생을 누릴 수 있지만, 결계에서 나오는 순간 바로 노쇠하여 죽게 된다. 이 빙정 역시 마찬가지로, 빙정이 만들어 내는 얼음 속에 갇혀 있으면 불로불사를 누릴 수 있지만, 얼음이 녹는 순간 노쇠하여 죽을 수밖에 없었다!

이 얼음관 속 여자는 예전에 이미 죽었다. 고운원은 빙정의 힘을 사용해 그녀의 시신을 보존했던 것에 불과했다.

군구신은 빙정을 한번 살펴본 후 꽉 쥐었다. 그 순간 빙정이 극한의 기운으로 변해 그의 손바닥을 뚫고 들어왔다. 그리고 그와 동시에 얼음관에서 뿜어져 나오던 한기가 순식간에 사라졌다. 여자는 순식간에 재가 되어 사라졌다.

군구신은 그 모습을 보고 싶지 않았지만, 결국은 보고 말았다. 어쩌면 고운원을 대신해 마지막 모습을 봐야겠다는 생각 때문이었는지도 모른다.

군구신은 얼음관을 닫고, 과감하게 적령석을 취해 묘실 문을 봉쇄했다. 그는 통로를 따라 걸어가며, 문을 지날 때마다 그 전의 통로를 무너뜨렸다. 그는 묘지를 그렇게 전부 봉쇄한 후 지상으로 돌아왔다.

비연과 진묵 일행이 밖에서 기다리고 있었다. 군구신이 비연에게 적령석을 건네며 망중에게, 가장 바깥쪽 문을 봉쇄하고 감추라고 명령했다.

마침내 모든 일이 끝났고, 이제 그들도 이곳이 묘지라는 것을 알아볼 수 없는 상황이 되었다.

군구신이 말했다.

"진양성으로 돌아가자."

비연은 신농곡 쪽을 한번 바라본 후 말없이 고개를 끄덕였다.

두 사람은 바로 마차 위에 올라탔다. 하소만이 잠시 망설이더니 재빨리 다가와 물었다.

"전하, 황상께서 근처에 계실지도 모릅니다. 그러니 출발을 조금 미루시는 것이 어떨까요? 제가 다시 근처를 찾아보겠습니다……. 혹시 찾을 수 있을지도 모르니까요!"

군구신은 이미 수하들을 시켜 주변을 수색한 다음이었다. 백리명천이 멀리 가지 않았다 해도 그리 쉽게 찾을 수는 없을 것이다.

지금 군구신만큼 초조한 사람은 없었다. 그러나 지금 그에게 가장 급한 것은 풍화도의 소식을 듣는 것이었다.

군구신은 이러한 것을 설명하지 않고 그저 담담히 말했다.

"돌아가자."

하소만이 재빨리 비연에게 눈짓했다. 그러나 비연이 가장 원하는 것도 바로 풍화도의 소식이었다.

그녀는 대답할 기분이 아닌지라 창밖만 바라보았다. 하소만은 물러 나오는 수밖에 없었다.

일행은 곧 출발했다. 고운원은 지금도 신농곡 북산에서 술을 마시고 있었다. 그는 이미 며칠째 술만 마시고 있었다. 그의 두 눈동자는 붉어져 있었고, 그 누구도 그가 취한 것인지 아니면 맑은 정신인지 분간할 수 없을 정도였다.

날이 어두워지기 전, 비연 일행은 작은 마을에 도착해 객잔에 짐을 풀었다. 군구신은 항상 그랬듯이, 깊은 밤이 되자 검을 연습하러 나갔다. 비연은 그가 나간 후 침상 위에 가부좌를 틀고 앉아 제 의식을 약왕정 안으로 들여보냈다.

예전에는 군구신이 검을 수련할 때 그녀는 마음을 수련했다. 그러나 봉황력이 약왕정 안 어둠 속에 갇혀 있는 한, 그녀는 아무것도 할 수 없었다.

그녀는 약왕정으로 들어간 후 다시 어둠 앞으로 걸어갔다. 그녀는 헛수고인 것을 알기에 그 안으로 들어가려 하지 않고, 그저 어둠 앞에 멈춰 섰다.

한참 동안 침묵하던 비연이 갑자기 입을 열었다.

"사부……. 아니, 고운원이라 불러야 할까요? 나를 구해 주고, 또 나를 10년 동안이나 길러 주고, 나를 현공대륙의 고씨 가문으로 돌려보냈지. 그렇게 우리가 한 걸음 한 걸음 구려족의 비밀을 발견하게 했잖아요……. 대체 뭘 하고 싶은 거야?

당신 자신을 위해 그러는 건가요? 아니면 다른 사람을 위해? 그도 아니면 이 천하를 위해? 나와요! 대체 뭘 하려는 거야! 당신이 무엇을 바라건, 나는 당신을 무조건 도울 거야. 그래도 안 돼? 당신이 내 목숨을 구하고 10년이나 키워 주었으니 나는 당신에게 은혜를 갚을 거라고! 대체 나에게 하지 못할 이야기가 뭐야! 대체 뭘 원하는 거예요? 그게 내 것이라면…… 나는 뭐든지 줄 수 있다고요! 나와요!"

비연은 그가 그녀의 말을 듣고 있으리라는 것을 알고 있었다.

그녀는 원래 평화롭게 대화를 나눠 볼 작정이었다. 그러나 말을 하다 보니 분노가 폭발해 눈앞의 어둠을 사납게 주먹으로 내려쳤다. 물론 그 순간, 그녀는 강력한 힘에 튕겨 나오고 말았다!

그리고 바로 그 순간, 비연은 적령석을 떠올렸다. 진양성에 보관해 둔 그 적령석!

그녀는 몸을 일으키고 주먹을 꽉 쥔 다음 중얼거렸다.

"나랑 이야기할 생각이 없단 말이지? 좋아요, 나중에 후회하지나 말라고요!"

비연은 약왕정의 공간을 떠나 눈을 떴다.

약왕정 안 공간에 들어가는 것은 기력을 매우 많이 소모하는 일이었지만, 그녀는 자고 싶은 마음이 전혀 없었다. 잠시 기다려도 군구신이 돌아오지 않자 그녀는 직접 그를 찾으러 가기로 했다.

막 아래층으로 내려가려 했을 때, 하소만과 망중이 대화를 나누며 올라오는 것이 보였다. 비연은 재빨리 몸을 숨겼다. 하소만이 원망을 늘어놓고 있었다.

"믿을 수 없어! 염진 사부가 정말 그리 심한 병에 걸려 있었다면, 평소에는 왜 발작이 일어나지 않았지? 망 형, 내가 그렇게 오래 떠나 있었는데, 그동안 염진 사부가 발작을 일으키는 것을 본 적 있어?"

망중이 어쩔 수 없다는 듯 말했다.

"아이고, 만 공공! 소인이 제발 부탁드리는데, 이상한 생각은 하지 마시라고요, 응? 네가 방금 한 말을 전하와 왕비마마께서 들으시면 어찌 생각하시겠어? 게다가 그때 진 시위도 그 자리에 있었다고. 진 시위가 거짓말을 할 사람이야?"

하소만이 재빨리 반박했다.

"그날 저녁 내가 진 시위에게 물어보았는데, 한마디도 대답해 주지 않던데."

하소만은 잠시 말을 멈추더니 다시 말했다.

"게다가 그는…… 진 시위는 왕비마마의 사람이야. 전하의 사람이 아니라고! 만약 그날……."

군구신의 거절

하소만의 말이 끝나기도 전에 망중이 그의 입을 막았다.

"만약은 없어! 더 이상 허튼소리는 그만해라! 아니라면 내가 직접 전하께 말씀드리겠다! 염진 사부의 병은 전하께서 가장 잘 아시는 일이다. 왕비마마보다 훨씬 잘 아신다고!"

비연은 하소만의 성격을 잘 알고 있었고, 택에 대한 감정이 깊다는 것도 알고 있었다. 그녀는 소리 없이 길을 에둘러 가며 이 일을 마음에 담아 두지 않기로 했다.

그녀가 후원에 도착해 보니 군구신은 검을 연습하고 있는 것이 아니라 멍하니 앉아 있었다. 비연이 그 앞으로 가자 군구신이 겨우 그녀를 발견하고 고개를 들었다.

그의 눈에 핏줄이 가득한 것을 발견한 비연은 마음이 아파 그의 손을 잡아끌었다.

"가자. 당신, 쉬어야만 해!"

군구신은 슬그머니 그녀의 손을 밀어내며 담담하게 말했다.

"먼저 들어가 쉬어. 나는 잠시 앉아 있다가 들어갈 테니까."

비연의 손이 허공에서 그대로 굳어 버렸다. 그러나 그녀는 곧 손을 내려놓았다.

그녀가 그의 손을 잡을 때면 군구신은 습관처럼 그녀의 손을 다시 감싸 쥐곤 했다. 그가 그녀의 손을 밀어낸 것은…… 이번이 처음이었다.

비연은 그 자리를 떠나지 않고 군구신 곁에 앉아 말하기 시작했다.

"건명검법의 깊은 뜻은 단숨에 알 수 있는 게 아니잖아. 일단 쉬는 게 좋을 것 같아. 몸을 피로하게 하지 말고."

그러나 군구신은 더 말하지 않고 계속 비연을 방으로 돌려보내려 했다.

비연은 움직이지 않고 말했다.

"그럼 나에게 말해 보는 건 어때? 내가 함께 고민해 보면?"

이 수개월 동안, 군구신은 밤마다 검을 연습하거나 자리에 앉아 건명검법의 깊은 뜻을 고민했다. 그녀는 그런 그의 모습을 여러 번 보았고, 그와 함께 이야기를 나누기도 했다. 그녀는 그가 한번 고민하기 시작하면 날이 밝을 때까지 앉아 있을 수도 있다는 것을 알고 있었다.

비연은 군구신이 대답하기를 기다렸다. 그러나 이게 어찌 된 일인가.

군구신은 담담하게 대답했다.

"택아가 그리워서 그래. 연아, 먼저 방으로 돌아가. 나는 여기 좀 더 앉아 있다가 갈 테니."

비연은 살짝 당황스러웠지만, 곧 군구신의 팔을 잡고 말했다.

"같이 있을래."

그러나 군구신은 다시 한번 그녀의 손을 밀어내며 진지한 표정으로 말했다.

"먼저 가서 자도록 해. 나는 혼자 생각 좀 하고 싶어."

비연은 당혹스러워 대체 어찌해야 할지 알 수 없었다. 어린 시절이건 아니면 다 자라 만난 후건, 그녀는 그가 이런 말을 하는 것을 들어 본 적이 없었다. 그는 언제나 '연아, 내 곁에 있어'라거나, '연아, 여기 앉아 봐', 혹은 '연아, 아무 말도 하지 말고 잠시만 안고 있게 해 줘' 같은 말만 했으니까.

비연은 자신도 모르게 방금 엿들은 대화를 떠올렸다. 일말의 불안한 감정이 마음에 떠올랐다. 그러나 그녀는 이성적으로 생각을 고쳐먹었다.

하소만의 그 말은 깊이 생각할 가치도 없는 말이다. 그녀는 그 무엇도 의심할 필요 없는 것이다! 망중이 말했던 대로, 염진의 병에 대해서라면 군구신이 가장 잘 알고 있으니까. 그래, 그녀보다 더 잘 알고 있으니까!

그러니까…… 군구신은 너무 괴로운 것뿐이다.

비연이 달래듯 말했다.

"너무 조급해하지 마. 풍화도에서 소식이 온 후에 다시 대책을 의논해 보면 되지. 의부께서도 가셨으니 우리가 실망할 일은 없을 거야."

군구신은 고개를 끄덕이면서도 계속 재촉했다.

"연아, 일단 가서 자도록 해."

이 짧은 시간 동안 비연은 다섯 번이나 거설당한 셈이었다. 그녀는 대체 무어라 말해야 할지 알 수 없어 그저 고개만 끄덕였다.

천천히 발을 옮기다 모퉁이를 도는 순간 걸음을 멈췄다. 그리고 벽에 등을 기댄 채 때때로 그를 몰래 훔쳐보았다.

그녀는 지금 허무맹랑한 생각을 하면 안 된다는 것을 잘 알고 있었지만…… 자꾸만 이상한 생각이 떠오르는 것을 멈출 수 없었다.

얼마 지나지 않아 진묵이 다가오다가 비연을 보고 두 손 모아 읍했다.

"주인님!"

비연은 그가 자신을 부르는 것을 막으려 했지만 이미 늦었다. 그녀는 다급하게 정원 쪽을 바라보았지만 군구신의 모습은 이미 보이지 않았다.

비연은 재빨리 달려 나가며 외쳤다.

"군구신!"

대답은 돌아오지 않았다.

비연이 다시 외쳤다.

"고남신!"

그러나 여전히 아무도 대답하지 않았다.

진묵이 다가오더니 물었다.

"주인님, 왜 그래?"

비연은 겨우 정신을 차리고 군구신이 방금 했던 말을 떠올렸다. 그는 혼자 생각하고 싶다고 했다. 그저 혼자 조용히 생각하고 싶다고 했을 뿐인데…… 그를 방해해 무엇 한단 말인가. 작은 일에 호들갑을 떨 필요가 있을까?

비연은 진묵에게 대체 어떻게 대답해야 할지 알 수 없어 그저 이렇게만 말했다.

"아무 일도 아니야."

진묵은 비연이 뭔가 이상하다는 것을 눈치챘다. 그는 확실히 다른 이들보다는 제 주인인 비연에게 좀 더 신경을 쓰고 있었다.

"전하 때문에 힘들어?"

비연이 고개를 저었다.

"아니야. 그가 나보다 더 힘든걸."

진묵이 다시 말했다.

"주인님, 전하를 찾아올까? 내가……."

비연이 다시 고개를 저었다.

"그럴 필요 없어. 너도 가서 쉬도록 해."

비연이 방으로 돌아오는 길, 진묵이 계속 쫓아오더니 문 앞에서 지키기 시작했다.

그러나 잠이 올 리 만무했다.

비연은 창가에 앉아 기다리기 시작했다. 그녀는 쓸데없는 생각을 하지 않기 위해 약왕정에서 약을 잔뜩 꺼낸 후, 문신을 치료할 방법을 고민하기 시작했다.

문신은 사실 병이라고 할 수 없으니 약왕정이 답을 내줄 수는 없는 문제였다.

그러나 그녀는 포기할 수 없었다.

밤이 깊어 고요해졌다.

백리명천 일행 역시 객잔에서 쉬고 있었다. 다만 비연 일행이 진양성 쪽으로 가고 있다면, 백리명천은 빙해를 향해 가고 있었다.

이 순간 백리명천은 침상 가장자리에 앉아 깊이 잠든 택을 지켜보고 있었다.

그는 택에게 가면을 하나 주었다. 또 새로운 옷을 입히고 머리 형태도 바꿔 주었다. 덕분에 택을 아주 잘 아는 사람이라도 그를 한눈에 알아보기 어려울 정도였다. 택의 가면에는 귀여운 원숭이가 그려져 있어 무척이나 아이다운 느낌이었다.

백리명천은 신농곡에서 며칠을 보냈지만 계강란을 찾지 못하자 결국은 포기했다. 그리고 택과 려금을 데리고 빙해로 향했는데, 그 이유는 바로 수희에게서 받은 서신 때문이었다.

그는 원래 수희를 신경 쓰지 않을 작정으로, 대충 입에서 나오는 대로 수하에게 가서 찾아보라고 했었다. 그런데 이게 웬일일까. 수하가 정말로 수희와 연락이 닿은 것이다.

수희와 한가보의 삼소저 한우아는 혁소해와 기욱의 손에 떨어진 상태였다. 그들은 빙해 가의 작은 성에 숨어 있다고 했다.

수희는 혁소해가 뭔가 계략을 펼쳐 비연 일행을 함정에 빠트리려 하고 있다고 보고했다. 하지만 정확히 무슨 음모를 꾸미고 있는지 자세히는 알지 못했다.

백리명천은 침상에 기대어 계속 고민하고 있었다.

그때 택이 갑자기 이불을 차더니 몸을 획 돌려 그를 등지고 누웠다.

백리명천이 피식 웃으며 중얼거렸다.

"무슨 잠버릇이 저래?"

그는 투덜거리면서도 택에게 조심스럽게 이불을 덮어 주었다. 그리고 택을 잠시 더 지켜보고 있다가, 택이 그 이상 이불을 차 내지 않자 그 자리를 떠났다.

려금은 바로 옆방에 갇혀 있었다. 온몸이 꽁꽁 묶여 있는 것은 물론이고 입도 틀어막힌 상태였다. 그녀는 구석에 웅크린 채 앉아 있었지만, 여전히 담담한 표정으로 단잠에 빠져 있었다.

그것을 본 백리명천은 인상을 썼다. 그리고 소리 없이 다가가 발로 걷어찼다.

려금은 두 어깨가 빠져 있어 지금도 두 손에 힘이 들어가지 않는 상태였다. 게다가 묶여 있는 상태였으니, 사지를 하늘로 향한 채 나뒹굴면서 몸을 제대로 일으키지도 못했다.

백리명천이 그녀를 내려다보며 냉소했다.

"보아하니 본 황자가 너를 너무 잘 대해 준 모양이군. 이렇게 편안히 잠을 자는 것을 보면 말이야!"

려금은 희미한 미소를 지으며 말없이 눈을 감았다.

백리명천이 계속 말했다.

"본 황자는 축운궁주의 얼굴을 본 적이 있지. 너희처럼 천 년을 살아온 늙은 요괴들의 얼굴에는 아무 관심이 없다는 이야기다. 하지만 본 황자는 지금 네 얼굴이 대체 어떤 모습인지 꼭 보고 싶군. 네 얼굴과 축운궁주, 두 요괴의 얼굴 중 어느 얼굴이 더 구역질이 나는지 비교해 보고 싶으니!"

만약 축운궁주가 이 말을 들었다면 분명 황망해했을 것이다. 그러나 려금은 아무 반응도 보이지 않았다.

백리명천이 두 눈을 가늘게 뜨고 외쳤다.

"여봐라, 물을 가져와라!"

원래 모두 그녀였다

백리명천이 직접 려금의 화장을 지우기 시작했다.

그러나 예상외의 결과가 나타났다. 려금의 얼굴은 축운궁주처럼 늙어 있지 않았다. 그녀의 얼굴은 스물 남짓의 젊은 여자와 별 차이가 없을뿐더러, 매우 균형이 잡힌, 어떤 의미에서는 이국적인 매력까지 풍겼다.

"너는……."

백리명천은 자신의 눈을 믿을 수 없어 다시 한번 려금의 얼굴을 닦아 보았다. 그러나 그녀의 얼굴에는 이미 화장기라고는 없었다. 그녀의 진짜 얼굴이 바로 이런 모습이었다!

백리명천의 경악한 얼굴을 본 려금이 냉소하기 시작했다.

"이유를 알고 싶어? 이 늙은이가 너에게 알려 줄 수도 있지. 있고말고! 나는 혈루의 부작용에서 어떻게 벗어나는지도 알려 줄 수 있단다. 그리되면 너도 목숨을 건질 수 있겠지!"

백리명천은 말없이 눈을 가늘게 뜨고 그녀를 바라보았다.

려금은 여전히 웃고 있었다.

"그래, 됐다. 나도 너에게 충성까지는 바라지 않으마. 대신 우리 협력 관계가 되는 거다. 같이 대업을 이루자는 이야기야. 어때?"

백리명천이 려금을 한참 바라보다가 그녀 앞에 가부좌를 틀고 앉았다.

"대업? 네가 지금 무슨 대업을 꿈꿀 수 있다는 거지?"

려금이 반문했다.

"흥미가 돋는 모양이군. 그렇지?"

그게 아니라면 백리명천이 앉을 이유가 있겠는가? 려금이 젊게 보인다 해도 실제로는 세상 물정을 모두 아는 나이였다. 백리명천의 일거수일투족을 그녀는 모두 꿰뚫어 보고 있었다.

백리명천이 불쾌한 듯 말했다.

"허튼소리는 그만하지!"

려금이 한 단어 한 단어 또렷하게 말했다.

"구려를 재건하고, 구려를 장악하는 거다!"

백리명천이 멈칫하는가 싶더니 곧 큰 소리로 웃기 시작했다.

"이 노망난 요괴 할망구, 본 황자가 그리도 속이기 쉬워 보이나? 네 목표는 고운원이 아닌가? 쯧쯧, 사람을 사랑해도 얻지 못하는 것은…… 확실히 견디기 쉬운 일은 아니겠지?"

담담하던 려금의 얼굴이 마침내 어두워졌다. 그러나 그녀는 인내심을 발휘해, 백리명천이 웃음을 멈출 때까지 기다렸다.

"너는 구려를 장악한 후 인어족의 굴욕을 씻도록 해. 나는 고운원을 만나 내 천 년의 염원을 이룰 테니. 각자 원하는 것을 얻으면 되는 거 아닐까?"

백리명천의 눈가에 일말의 복잡한 빛이 스쳐 갔다.

"고운원을 끌어낼 수 있다고 확신하는 이유가 뭐지?"

려금이 웃으며 말했다.

"예전에 그가 말한 적이 있지. 구려가 멸족하고 건명력이 봉인되었으니, 봉황력과 서정력의 비밀만 지킨다면 천하는 태평하리라고! 나는 어떻게든 구려를 재건하고, 이 비밀들을 대대로 전할 것이다!"

여기까지 들은 백리명천이 몸서리를 쳤다.

"그렇다면 20여 년 전······ 기씨, 혁씨, 소씨, 세 가문이 빙해를 노리고, 어렸던 연아와 연아의 모후가 봉황력을 사용하게 만든 것 모두······ 네가 흘린 비밀 때문인가?"

려금은 살짝 멈칫하는가 싶었지만 곧 호쾌하게 인정했다.

"백리명천, 너는 정말 영리해. 그러니 너 한 사람의 힘으로는 그들을 상대할 수 없다는 것을 분명 잘 알고 있겠지? 나와 협력하는 것만이 너에게 남은 유일한 방법이다!"

백리명천이 려금을 바라보며, 문득 깨달은 듯 말했다.

"네가 기씨, 혁씨, 소씨, 세 가문으로 하여금 빙해의 전투를 일으키게 한 것도 고운원을 끌어내기 위해서였나?"

려금은 여전히 웃고 있었다. 그것은 백리명천의 말을 인정하는 것이나 마찬가지였다.

백리명천이 다급하게 물었다.

"연아는 어떻게 고씨 가문의 딸이 된 거지? 고운원이 이 천하의 태평함을 위해 비밀을 지키기로 했다면, 어째서 그들과 적이 된 것이고?"

백리명천의 질문은 려금으로서는 도무지 알 수 없는 것이었다. 그녀의 눈에 달갑지 않은 빛이 스쳐 갔다.

"빙해의 이변 후 그는 이미 뭔가를 꾸미기 시작했어. 내가 좀 더 일찍 그를 보았어야 했는데…… 좀 더 일찍 그라는 것을 알았어야 했는데. 하지만……."

그녀는 전 어멈의 신분으로 고씨 가문에 숨어 있을 때부터 이미 구려족을 재건할 계획을 세우고 있었다. 그녀는 인어족을 찾는 한편, 노예상인 낙정을 통해 군씨 가문의 적장자인 군구신, 흑삼림 능씨 가문의 적장자 능과, 옥씨 가문의 쌍둥이 자매, 그리고 남부 상관 가문의 어린 딸 상관정아를 납치했다.

그녀는 본래 배후에 숨은 채 여러 세력을 조종하여 자신에게 충성을 다하게 할 작정이었다. 그러나 이게 웬일일까, 낙정이 그녀를 배반하고 말았다. 낙정은 아이들을 납치한 후 바로 흔적도 없이 사라져 버린 것이다.

려금은 10여 년 전 상관정아가 상관 가문으로 되돌아오고 나서야 낙정이 빙해 남안의 운공대륙에도 연이 있었고, 아이들을 전부 팔아 버렸다는 사실을 알게 되었다.

후에 기씨, 혁씨, 소씨, 세 가문은 영생의 힘을 얻기 위해 암중에서 빙해의 비밀을 추적했다. 그녀는 몰래 그들을 돕는 척하면서 봉황력이 빙해의 신비한 힘을 끌어낼 수 있다는 비밀을 흘렸다.

기씨, 혁씨, 소씨, 세 가문은 그녀의 기대를 배반하지 않고 빙해의 이변을 일으켰다. 다만 그녀가 생각지 못했던 것은, 한 번 밖으로 나온 지살이 되돌아가고, 빙해 전체의 수면이 독에 감염되어 두 대륙이 철저히 단절되었다는 것이었다.

빙해에서 이변이 일어난 그날, 그녀는 고씨 가문에서 지살이 일으킬 재난을, 그리고 결국은 나타날 고운원을 기다리고 있었다. 그러나 그녀가 마주한 결과는 진기의 소실이었다.

그리고 그녀가 꿈에도 예상하지 못했던 결과가 하나 더 나타났으니, 바로 봉황허영이 고씨 저택에 나타난 것이었다!

고씨 가문의 적녀 고비연이 물에 빠진 직후, 봉황허영이 고씨 저택 상공에 나타났다.

봉황허영은 봉황력의 상징.

려금은 의혹에 가득 찬 눈으로 상황을 살피다가, 연못에서 구출된 고비연이 진짜 고씨 가문의 적녀가 아니라는 사실을 깨닫게 되었다. 고씨 가문의 적녀는 물에 빠질 때 붉은 옷을 입고 있었는데, 구출된 아이는 보랏빛 옷을 입고 있었던 것이다.

려금은 보랏빛 옷을 감추고 이 비밀을 남에게 알리지 않았다.

그날 고비연은 진기를 잃었다는 진단을 받고 폐물로 전락했다. 그 후 고씨 가문의 모든 이들, 그리고 진양성 안의 사람들 모두, 나아가 현공대륙에서 기를 수련하던 모든 이들이 잇달아 진기를 잃었다.

려금도 대체 무슨 일이 발생한 것인지는 알 수 없었다. 그저 고씨 저택 연못에서 나온 소녀에게 분명 비밀이 있으리라 생각할 뿐이었다.

또 하나 그녀가 이해할 수 없었던 것은, 이리도 큰일이 벌어졌는데 고운원이 어째서 수수방관하고 있는가였다.

그리고 마침내 2년 전 비연이 궁에서 고씨 저택으로 돌아왔을 때, 려금은 비연이 작은 약왕정 하나를 허리에 매달고 있는 것을 발견했다.

그 후로 비연이 약학에 능력을 발휘하는 것을 보면서 려금은, 고운원이 사실 한참 전부터 이 일에 개입하고 있었다는 사실을 깨달을 수 있었다.

그녀는 비연과 친밀한 관계였던 척하며 비연의 신뢰를 얻었고, 심지어 비연을 따라 정왕부로 옮기기도 했다.

려금은 본래 군구신이, 군씨 가문이 잃어버린 적장자를 대신하기 위해 찾아낸 대역에 지나지 않으리라 생각했다. 그러나 정왕부에 들어간 후, 군구신이 바로 예전에 그녀가 낙정에게 납치하도록 했던 그 아이, 진정한 군씨의 적장자라는 사실을 알게 되었다. 바로 구려족의 피가 흐르는!

그 이후 그녀는 더욱 침착하게 어부지리를 얻을 때를 기다리고 있었다. 심지어 비연 일행이 고씨 가문의 초상화를 가져갔는데도 그녀는 반응하지 않았다. 비연이 고운원을 찾아 주기만 한다면……. 려금으로서는 바라는 바였으니까!

후에 비연과 군구신이 정역비를 구하기 위해 은거 의원인 고顧운원을 데려왔다. 려금은 당시 그 이름을 듣고도 별달리 의심하지 않았다. 고孤운원은 약사지 의원이 아니었고, 침술에 대해서는 전혀 알지 못했으니까.

지금 생각하면 정말 후회막급한 일이었다. 고운원이 정왕부에 머무는 동안 려금은 그에게 옷을 가져다준 적도 있었다. 그러나 그때 그녀는 고운원을 보지는 못하고, 그저 방에 옷을 가져다 놓기만 했었다.

그녀의 밀정이 북해에서 정보를 보내, 당시의 의원 고顧운원이 바로 그녀가 찾던 고孤운원임을 확신하게 되었을 때에서야 그녀는 비로소 깨달았다. 그는 계속 곁에 있었다!

려금의 이야기를 들은 백리명천은 그녀를 다시 볼 수밖에 없었다. 그는 자신이 이 늙은 여인을 너무 얕잡아 보았음을, 그리고 고운원을 너무 낮춰 보고 있었다는 사실을 발견했다.

그러나 백리명천은 지금 놀라기보다는 화가 나 있었다.

"그를 끌어내기 위해 현공대륙을 무너뜨릴 생각이었다고? 미치기라도 한 건가?"

려금이 말했다.

"천살과 지살이 동시에 나와, 남북의 두 힘이 모여야만 현공대륙을 무너뜨릴 수 있지. 그리고 하하, 현공대륙의 만 리 강산이라 해도 그 사람 하나만 못한걸!"

눈앞의 이 여자가 미쳤다는 생각이 깊어져 갔다. 축운궁주보다 더 미쳐 있다는 생각이 들었다!

백리명천이 다시 물었다.

"계강란, 그래, 계강란을 납치한 이유는 대체 무엇이지?"

아마 아무도 믿지 않겠지만

계강란?

려금이 눈을 가늘게 뜨고 말했다.

"예전에 나는 상관 가문이 구려족의 피를 이었다고 생각했지. 하지만 내가 실수했던 거야. 나는 계속 계강란을 찾아 헤맸지만…… 계강란이 흑삼림에 숨어 있을 줄은 몰랐지. 백리지란, 그 망할 계집이 대체 무슨 낯짝으로 '축운'이라는 이름을 쓴건지. 아무래도 내가 예전에 그 계집에게 내려 준 교훈으로는 부족했던 모양이야!"

백리명천은 마음이 급해진 상태였다. 어떻게든 빨리 모든 비밀을 듣고 싶어 견딜 수 없었다. 그러나 그는 인내심을 발휘해, 일부러 경멸하는 듯한 표정으로 말했다.

"건명력은 이미 군구신의 것 아닌가. 계강란이 구려족의 후예라 해도 건명력을 얻을 수는 없는데, 무엇 때문에 그런 짓을한 거지?"

려금이 눈썹을 치켜세우더니, 뭔가 깨달은 듯 한참 동안 아무 말도 하지 않았다.

백리명천은 속으로 불안해하면서도 여전히 경멸하는 듯한 목소리로 물었다.

"그때 계강란을 납치하려는 생각만 하지 않았어도, 이렇게 쉽게 정체가 드러나지는 않았을 텐데?"

려금이 냉소했다.

"보아하니 아는 것이 꽤 많은 모양이군."

백리명천 역시 웃기 시작했다.

"아는 것이 충분하지 않아, 너처럼 천 년 묵은 여우의 올가미라도 쓰게 될까 걱정이지!"

려금이 멈칫하더니 곧 큰 소리로 웃기 시작했다.

"보아하니 내 성의가 아직 부족했나 보군! 좋아, 이리 오라고. 내가 무엇을 하고 싶은지 말해 줄 테니까!"

백리명천은 마음속으로 경계하면서도, 려금이 두 손을 움직일 수 없다는 것을 알고 있기에 바로 가까이 다가갔다.

려금의 목소리는 아주 작았지만, 단어 하나하나가 또렷하게 들려왔다.

"나는 그들을 속이지 않았어. 건명검법에는 소위 '인검합일'이라는 경지가 없어. '무아유검'을 수련하고 나면 죽게 되지! 군구신은 반드시 죽게 될 거야!"

백리명천의 마음이 서늘해졌다. 그러나 겉으로 보기에는 여전히 침착한 표정이었다.

려금이 계속 말했다.

"우리 도박을 해 보는 게 어때? 군구신이 제 동생을 원할지, 아니면 비연을 원할지 도박을 해 보자고! 구려의 영광을 다시 얻고 싶어 할지, 아니면 계속 헌원 황족의 개로 살 것인지! 나는 전자에 걸겠어……."

려금은 그 이상 이야기하지 않았지만, 영리한 백리명천은 그녀의 뜻을 이해할 수 있었다.

려금은 군자택을 이용해 군구신으로 하여금 비연을 배반하게 하고 자신의 편에 서게 하려는 것이다. 동시에 그녀는 건명검법을 통해 군구신을 죽음에 밀어 넣을 생각이다!

계강란을 납치한 이유도, 바로 계강란이 그녀를 대신해 건명검법을 장악할 수 있는 유일한 허수아비기 때문이었다.

백리명천은 경악했다.

려금이 계속 말했다.

"군구신을 죽이고, 구려를 재건하면…… 네가 구려의 주인이 되는 거야. 그리고 나는 그저 고운원을 다시 만나고 싶을 뿐이지! 어때?"

백리명천의 입꼬리가 슬며시 올라가는가 싶더니 곧 큰 소리로 웃기 시작했다. 그는 려금의 얼굴 가까이에서 속삭이기 시작했다.

"아주 아름다운 꿈이군! 그런데 네가 고운원과 다투는 데 내가 무엇 때문에 어울려 주어야 하지? 설사 네 도박이 성공해 군구신이 너를 선택한다 해도, 네가 고운원을 이긴다고 확신할 무엇이 있나? 그때가 되어 그가 다시 한번 이 일에 끼어든다면, 네가 한 일은 모두 헛수고가 될 것 같은데?"

려금의 안색이 갑자기 변했다.

백리명천은 전혀 두려워하는 빛 없이 계속 말했다.

"잊지 말라고. 네 신분은 이미 드러났어! 아마 고운원이 이 일에 끼어들려 하지 않을 수도 있겠지. 물론 재빠르게 먼저 덫을 설치하고 있을 수도 있고 말이야! 본 황자가 권하는데, 너는 그냥 얌전히 말썽이나 부리지 않고 있는 것이 좋을 것 같군!"

그러자 려금이 냉랭하게 말했다.

"나는 아무것도 확신할 수 없지. 하지만 한 가지만은 확실해. 다섯 달이 지나기 전, 너는 온몸이 얼음으로 뒤덮인 채 죽게 될 것이다. 혈루의 부작용은 나만이 해결해 줄 수 있어!"

백리명천이 코웃음을 치며 말했다.

"본 황자가 네 말을 믿기를 기대한 건가? 차라리 고운원을 믿겠다!"

려금이 조소하는 표정으로 말했다.

"너는 나를 납치했는데 군구신에게는 대항할 수 없으니……. 혈루를 해결할 생각이 없다면, 목숨을 건질 생각이 있기는 한 건가?"

백리명천이 큰 소리로 웃기 시작했다.

"본 황자가 죽음을 무서워한다고 생각하나?"

려금은 백리명천이 자신을 구한 것은 혈루의 부작용을 해결하기 위해서라고 굳게 믿고 있었다. 그녀가 말했다.

"내가 왜 늙지 않았는지 알고 싶지 않아? 말해 줄게. 10여 년 동안 나는 절반의 시간은 운공대륙에서 보냈어. 기를 수련한 자가 현공대륙을 떠나 빙해를 건너면 진기를 회복할 수 있지."

백리명천이 미간을 찌푸리며 말했다.

"빙해를 어떻게 건넌 거지?"

려금이 웃으며 대답했다.

"《운현수경》이 내 손에 있으니까. 천하의 물길은 모두 나의 것이나 마찬가지야! 인어족이 수천 년에 걸쳐 쌓아 온 모든 비밀, 혈제, 혈루, 그 모든 것을 나는 손바닥 들여다보듯 알고 있어! 내 말을 믿지 못하겠다고? 그렇다면 나의 이 얼굴을 믿어 보는 건 어때?"

백리명천은 이 점까지는 생각하지 못한 듯 의아한 눈빛으로 려금을 바라보며 한참 동안 아무 말도 하지 않았다.

려금은 점차 웃음기를 거두더니 엄숙한 표정으로 말했다.

"백리명천, 잘 생각해 보도록 해! 내가 바라는 것은 고운원 한 사람이야. 그 외에는 전부 너에게 줄 수 있다!《운현수경》까지 포함해서 말이야! 장래 너희 옥인어 일족은 구려족의 노비라는 신분에서 벗어날 뿐 아니라, 금인어족보다 높은 지위가 되어 인어족의 우두머리가 될 수도 있다!"

백리명천은 생각에 잠긴 얼굴로 한참 동안 아무 말도 하지 않았다. 려금도 그 이상 말하지 않고 백리명천을 바라보며 그의 대답을 기다렸다.

시간이 점차 흘러갔다. 마침내 백리명천이 몸을 일으켰다.

려금은 상당히 자신만만한 상태였지만, 아무 말도 하지 않았을 뿐 아니라 평온한 얼굴로 눈까지 감고 있었다.

그러나 이게 웬일일까. 백리명천이 뜻밖에도 그녀를 걷어찼다.

워낙 창졸간에 일어난 일이라, 려금은 그대로 걷어채어 벽에 세게 부딪혔다!

마침내 려금은 담담함을 잃고 분노하고 말았다. 그녀는 몸을 돌리지도 못하고 그저 그를 흘깃 노려보며 외쳤다.

"백리명천, 뭐 하려는 거야?"

백리명천이 혀끝으로 입가를 살짝 핥더니, 세상 그 무엇과도 타협하지 않을 듯한 태도로 말했다.

"본 황자는 원래 네가 본 황자의 수하가 되겠다면 받아 줄 생각도 있었지! 하지만 지금은 너에게 아무 흥미도 느끼지 못하겠군. 하하! 어서 얌전히 《운현수경》을 내놓도록. 그럼 본 황자가 너를 좀 잘 대해 줄 테니까. 내놓지 않겠다면……."

백리명천은 잠시 멈추었다가 다시 말했다.

"본 황자는 최근 얼굴에 문신을 새기는 것에 꽤 흥미가 생겨서 말이야. 네 그 천 년 동안 늙지 않은 얼굴에 연습해 보는 것도 재미있을 것 같군!"

이 말을 들은 려금이 경악한 나머지 안색이 변했다.

백리명천은 그 이상 그녀를 상대하지 않고 몸을 돌렸다. 그러자 려금이 다급한 목소리로 외쳤다.

"백리명천, 잘 생각해 봐! 너 혼자서는 그들을 상대할 수 없으니까!"

백리명천이 발걸음을 멈췄다. 그러나 려금을 돌아보지 않고 그대로 잠시 서 있더니 다시 물었다.

"누가 너에게 말해 주기라도 했나? 본 황자가 그들을 상대하고 싶어 한다고?"

"넌……."

려금이 이해할 수 없다는 표정으로 외쳤다.

"그럼 그렇게 힘들어서…… 대체 뭘 하려는 거야?"

백리명천이 소리 내어 웃더니 대답하지 않고 그대로 문밖으로 나갔다.

대체 뭘 하려는 거냐고? 백리명천이 대답한들 믿어 줄 사람이 있을까?

동쪽이 희끗희끗 밝아 오고 있었다. 곧 날이 밝을 터였다. 백리명천은 방으로 돌아왔다. 군자택이 다시 이불을 차 낸 것이 보였다. 그는 불쾌한 얼굴로 빠르게 다가가 다시 군자택에게 이불을 덮어 주었다.

백리명천은 다시 침상 가장자리에 앉아, 늘 지니고 다니던 호두를 꺼내 놀기 시작했다.

이월 말에서 삼월 초는 초목이 자라고 꾀꼬리가 우는 봄, 만물이 생장하는 시기다. 백리명천은 남쪽으로 향했고, 비연과 군구신은 북쪽으로 가고 있었다. 남쪽이건 북쪽이건 그들이 가는 길에는 봄기운이 완연했다.

백리명천은 수희의 정보를 기다리기 위해 자주 발걸음을 멈췄다. 그러나 군구신과 비연은 밤낮을 쉬지 않고 달려 진양성에 도착했다.

비연과 군구신이 정왕부에 돌아왔을 때 풍화도에서 소식이 도착했다. 아주 좋은 소식이었다!

그는 려금의 적수가 아니다

비연과 군구신은 축운궁주 일행이 순조롭게 풍화도에 상륙했다는 소식을 기다리고 있었다. 그러나 놀랍게도 축운궁주 일행은 그뿐만이 아니라, 운공대륙 백리 일족의 가주인 백리율제와 백리명향을 찾아냈다!

물론 고칠소가 가져간 집루의 공이었다.

려금의 수하였던 그 금인어족 병사들의 말은 거짓이 아니었다. 풍화도에는 인어족을 가두기 위한 거대한 감옥이 있었고, 그 안에 갇혀 있는 것은 운공대륙의 백리 일족만이 아니었다. 려금이 바다의 섬을 돌며 찾아낸 은인어족의 후예며, 셀 수 없이 많은 흑인어족의 후예들도 있었다.

은인어족과 흑인어족은 운공대륙 백리 일족보다도 더 오랜 시간 갇혀 있었다고 했다.

과거 운공대륙의 백리 일족은 어주도에서 지하 물길을 발견했다. 백리율제와 백리명향이 직접 지하 물길을 탐색하고 있었을 때, 백리율제의 수하였던 백리운봉이라는 자가 백리율제를 배반하고 려금과 결탁해 인어족 전체를 풍화도로 데려왔다.

백리율제와 백리명향은 일족을 찾아왔다가 그들의 함정에 빠졌고, 지금까지도 감금당해 있던 신세였다. 그리고 운공대륙 백리 일족의 수만 인어족 병사 중 절반에 달하는 이들이 백리운봉을 따라 려금에게 투신했었다고도 했다.

비연은 고칠소 일행이 백리명향, 백리율제와 연락이 닿았다는 이야기를 읽고 무척 기뻐했으나, 서신을 읽어 내려가며 안색이 점차 변하기 시작했다.

려금은 풍화도에 인어족을 가두었을 뿐 아니라, 인어족의 후손을 전부 노비 취급했다. 백리명향과 백리율제는 려금의 의도를 정확히 알지는 못했으나, 그녀가 구려족을 재건할 마음을 가지고 있다는 것은 깨닫고 있었다.

"구려족을 재건한다고?"

비연은 눈을 가늘게 뜬 채 서신을 뚫어지게 바라보았다.

"내 생각에 려금의 야심은 그저 구려족을 재건하는 정도가 아닐 것 같아! 그렇다고 또 단순히 고운원을 얻고 싶은 마음만도 아닌 것 같고!"

그 말에 군구신은 비연을 바라보며 말없이 미간을 찌푸렸다.

그때 하소만이 참지 못하고 물었다.

"그럼 려금은 대체 무엇을 하고 싶은 걸까요?"

비연이 말했다.

"《운현수경》이 그녀의 손에 있지. 려금이 무엇을 하고 싶어 하는 것 같니?"

하소만이 반응하기도 전에 망중이 놀란 소리로 외쳤다.

"천하의 물길! 온 천하의 물길을 다 장악하고 싶어 하는 것 아닙니까?"

이때 군구신이 말했다.

"천하의 물길을 얻는다는 것은 결국 천하를 얻는다는 것과 무슨 차이가 있지?"

천하라면 당연히 운공대륙도 포함된다.

비연이 다시 눈을 가늘게 뜨고 말했다.

"인어족을 얻어 천하의 물길을 장악하고, 건명력, 봉황력, 그리고 서정력을 얻어 천살과 지살을 제어하고……. 그러면서 마음에 그리던 사람을 핍박해 나오게 하려는 거겠지. 아주 대단한 계획이야!"

군구신이 말했다.

"아마 고묘를 포기했을 때부터 그런 야심을 품었겠지!"

"려금은 빙해를 건널 수 있으니 진기를 회복할 수 있어! 그러니 그녀는 축운궁주처럼 외모나 목숨을 걱정하지 않는 거야!"

비연은 말하던 중 갑자기 한 가지 일을 생각해 내고 다급하게 말했다.

"진묵, 어서 우리 오라버니에게 연락을 보내. 오라버니도 경계해야만 해!"

려금에게 천하를 얻고자 하는 야심이 있고, 빙해를 건널 수도 있다면, 그녀가 운공대륙에도 제 수하들을 심어 놓았을 가능성이 컸다!

기를 수련했던 자가 빙해를 건너기만 하면 진기가 회복된다. 려금은 대완만을 이루었던 수련자니, 운공대륙에서는 무적이라고 할 수 있었다!

과거 비연의 모후가 독으로 빙해를 봉인한 것은 바로, 현공대륙에서 기를 수련한 자들이 운공대륙에 침입하는 것을 막기 위해서였다! 두 대륙의 무학은 같은 수준이 아니었다!

군구신이 물었다.

"지하의 물길을 봉쇄할 방법은 없을까?"

비연은 풍화도에서 온 서신을 그에게 건네며 말했다.

"중과부적이야. 우리 쪽에는 그들을 지원해 줄 인어족 병사들이 없으니까. 의부는 안팎으로 내응하여 일단 백리운봉을 사로잡을 계획이야. 성공한다면 인어족의 세력은 자연스럽게 우리 것이 되겠지! 그렇게 되면 물길을 봉쇄하는 것도 쉬워질 테고. 하지만 실패한다면……."

비연은 잠시 말을 멈추더니 다시 말했다.

"하지만 의부가 실패할 리 없어! 의부가 말하기를, 10여 년 동안 이 일을 대비해 왔다고 했으니. 절대적으로 성공할 거야!"

그때 망중이 중얼거렸다.

"백리명천 수하의 인어족도 적지 않은데! 안타깝게도……."

군구신이 얼음처럼 차가운 눈빛으로 돌아보자, 망중은 재빨리 입을 다물었다.

비연이 말했다.

"적을 잡을 때는 일단 왕을 잡아야 하는 법이니…… 지금의 왕은 백리명천이지."

군구신이 고개를 저었다.

"아니야. 백리명천은 려금의 적수가 될 수 없어. 백리명천이 려금과 협력한다면 분명 무모한 짓이 될 거야! 려금은 건명력을 얻을 수 없고, 서정력과 봉황력도 마찬가지지! 지금 려금에게 있어 가장 중요한 것은…… 고운원을 제외하면 역시 풍화도일 거야!"

비연이 군구신을 바라보았으나, 그는 그녀의 눈길을 피하며 계속 말했다.

"계속 칠 숙부의 소식을 기다리면서 상황에 따라 대처하는 것이 나을 것 같군!"

이런 때에 일단 기다리며 상황을 지켜보자니…… 비연으로서는 도저히 참을 수가 없었다. 그녀가 제 생각을 이야기하려 했을 때, 시종 하나가 총총히 다가오더니 두 손으로 서신 한 통을 바쳤다.

"전하, 왕비마마, 방금 누군가가 문가에 두고 갔습니다."

군구신이 봉투를 여는 순간, 옥패 하나가 떨어졌다. 그 자리의 모든 이들은 바로 택이 항상 지니고 다니던 것이라는 사실을 알아볼 수 있었다.

군구신이 재빨리 서신을 펼쳤다. 그것은 일종의 초청장으로, 군구신에게 다음 달 입하에 다평산 망운루에서 만나 옛일을 이야기하자는 내용이 적혀 있었다.

서신에 찍힌 낙관은 려금의 것이었으나, 글씨체나 행간에 드러나는 어조를 보면 백리명천이 쓴 서신임이 분명했다.

군구신이 생각에 잠겨 계속 시신을 들여다보고 있는데, 비연이 말했다.

"과연 둘이 결탁했군! 아주 잘됐어! 이번에는 수로를 완전히 봉쇄해야겠어. 그들에게 날개가 있다 해도 도망가지 못할 만큼 철저하게!"

군구신의 눈가에 복잡한 빛이 스쳐 가는 듯하더니, 곧 망중에게 물었다.

"다평산은 어디에 있지?"

망중이 대답하기 전에 비연이 말했다.

"다평산은 남경에 있어! 상관 부인이 언급하는 것을 들은 적 있거든. 빙해에서 아주 가까운 곳이야. 망운루에 대해서는 나도 들어 본 적이 없고!"

군구신이 말했다.

"망중, 어서 가서 조사해 보도록."

비연이 제지했다.

"그럴 필요 없어. 그쪽은 현공상회가 장악하고 있는걸. 상관 부인에게 서신을 보내면 알아서 처리해 줄 거야! 어서 출발하자!"

군구신이 고개를 끄덕였다.

"입하까지는 아직 시간이 있으니, 하룻밤 쉰 다음 출발하도록 하자. 이제 모두 시작이니까."

비연이 잔잔하게 미소 지으며 대답했다.

"응."

군구신은 서신 두 통을 갈무리한 후 몸을 돌려 안쪽으로 발걸음을 옮겼다. 비연은 그를 바라보기만 할 뿐 한참 동안 쫓아가지 않다가, 군구신이 멀어진 다음에야 큰 소리로 외쳤다.

"영자!"

영자?

그녀는 보통 그를 군구신이라 불렀고, 다급할 때면 '고남신'이라고 불렀다. 그리고 둘이 있을 때만 가끔 애교를 부리며 귓가에 대고 '부군'이라 부르기도 했다. '영자'라는 이름은 어릴 때 부르던 이름으로, 어린 비연은 화가 났을 때만 이렇게 불렀다.

군구신이 바로 발걸음을 멈췄다. 그도 '영자'라는 이름으로 불린 것에 꽤 놀란 모양이었다. 그는 잠시 멈칫한 후 그녀를 돌아보며 물었다.

"왜?"

왜냐고?

비연은 일부러 얼굴을 굳힌 채 그에게 손을 내밀었다.

그녀가 왜 이러는지, 군구신은 사실 너무나 잘 알고 있었다. 그러나 그는 모르는 척하며, 그제야 그녀에게 다가와 옅은 미소와 함께 그녀의 손을 잡았다.

비연은 더 그를 괴롭히지 않고 그와 함께 천천히 걷기 시작했다. 두 사람은 침묵 속에서 겹겹이 나타나는 정원을 지났다. 마침내 침전의 대문이 보였다······.

말다툼

침묵 속에서 겹겹이 나타나는 정원을 지나고 있노라니, 어쩐지 시간이 거꾸로 흐르고 있는 것만 같았다. 2년 전으로 돌아간 듯, 또 10여 년 전으로 돌아간 듯.

2년 전의 그녀는 기억을 찾기 전이었다. 그녀는 뿌리 없는 부평초처럼 이곳으로 흘러왔다. 자신이 어디서 왔는지, 또 어디로 가야 할지도 알 수 없는 상황이었다.

10여 년 전, 그녀는 수많은 이들의 사랑을 한몸에 받고 있었다. 아무것도 할 줄 모른다 해도, 또 아무리 큰 잘못을 저지른다 해도 그녀는 여전히 사랑받는 존재였다. 그때 그녀는 어디서 와서 어디로 가는가 하는 문제를 생각해 본 적이 없었다.

10여 년 전과 2년 전의 차이는 그리도 컸지만, 그녀에게는 모두 어제의 일처럼 느껴졌다. 그 이유는 다름이 아니라, 10여 년 전과 2년 전 모두 그가 그녀와 함께 있었기 때문이었다.

그러나 그날 밤, 그가 그녀의 손을 밀어낸 그 순간부터 그는 마치 그녀의 세계를 떠난 것 같았다. 분명 곁에서 함께하고 있는데도, 그녀는 그의 존재를 느낄 수 없었다.

그녀는 차마…… 그의 마음이 떠난 것인지 생각해 볼 엄두조차 내지 못하고 있었다.

진양성으로 돌아오는 내내 그녀는 한밤중에 몇 번이나 잠에서 깼고, 그를 찾을 수 없었다.

그녀는 그가 검을 연습하러 갔으리라는 사실을 알고 있었지만, 그는 어디에도 보이지 않았다.

그녀는 망중을 찾았고, 또 하소만을 찾았다. 그리고 그들 역시 그가 어디에 있는지 알지 못했다. 그녀는 이제 그와 함께하는 것을 거절당할 기회조차 얻을 수 없었다.

군구신이 계속 앞으로 걸어가려는 순간, 비연이 갑자기 그의 손을 놓았다. 군구신이 의아한 눈빛으로 그녀를 돌아보았다.

비연이 장난스럽게 말했다.

"그래, 영자! 본 공주에게 숨기고 있는 일이 있지! 아주 대담해졌어!"

군구신이 살짝 멈칫하는가 싶었지만 곧 정신을 차렸다. 그는 대답하지 않고 눈썹을 치켜세웠다.

비연이 해맑게 웃으며 말했다.

"나에게 뭘 숨기고 있는 거야? 말해 줘!"

군구신은 그제야 말했다.

"아무것도 숨기고 있지 않아."

비연이 웃으며 다가가 그를 물끄러미 바라보기 시작했다. 그러나 군구신은 그녀의 시선을 피하며 담담하게 말했다.

"시간이 늦었어. 어서 들어가자."

비연은 비록 농담처럼 말을 건넸지만, 마음속으로는 그 어떤 때보다도 진지했다. 일단 마음먹은 이상, 그녀는 끝까지 물어볼 작정이었다.

그녀는 한 걸음 앞서, 군구신이 열려던 대문을 가로막았다. 그리고 웃음기를 거두고 엄숙한 표정으로 말했다.

"영자, 본 공주가 마지막으로 기회를 주겠다. 솔직하게 고백하면 관대하게 처리하겠지만, 계속 속인다면 엄하게 벌하겠다! 어서 말해 줘!"

군구신의 목소리는 여전히 평온했다.

"그런 것 없어."

그가 손을 뻗어 문을 열려 했다. 비연이 제지하며 그의 손을 잡았다.

"있잖아!"

군구신의 목소리가 조금 커졌다.

"없다니까!"

비연은 단호했다.

"있어!"

군구신이 여전히 부인했다.

"없어!"

그는 비연의 손에서 제 손을 빼냈다. 비연이 재빨리 다시 잡으려 했지만, 군구신이 갑자기 한 걸음 뒤로 물러섰기에 그녀는 허공을 잡을 수밖에 없었다.

비연의 손이 그대로 공중에서 멈췄고, 그녀는 그대로 굳어버리고 말았다.

군구신은 그녀의 손을 흘깃 보더니 다급하게 시선을 거뒀다. 그리고 그녀를 돌아 그대로 문을 열고 안으로 들어갔다.

비연은 그대로 서 있었다. 그러다 점차 미간을 찡그리기 시작했다. 곧 그녀가 몸을 돌리더니, 성큼성큼 안으로 들어가 노한 목소리로 외쳤다.

"고남신! 대체 왜 그러는 거야?"

군구신은 이미 방 안에 앉아 있었다. 그는 속으로 한숨을 쉰 다음 겨우 고개를 들어 비연을 바라보며 말했다.

"이미 시간이 꽤 됐잖아. 시끄럽게 굴지 말자. 응?"

"싫어!"

비연은 정말로 분노하고 있었다.

"대체 왜 이러는 거야? 오늘 밤 솔직하게 말해 주지 않을 거면…… 잠자리에 들 생각은 꿈도 꾸지 않는 게 좋을 거야! 요즘 대체 왜 이러는 거야? 일부러 나를 피하고 있는 거 맞지? 내가 뭐 잘못하기라도 한 거야?"

군구신은 미간을 찌푸린 채 그녀를 바라보며 아무 말도 하지 않았다.

비연은 그가 침묵하고 있는 모습을 견딜 수 없어, 그의 앞으로 달려가 차가운 목소리로 외쳤다.

"고남신! 대답해!"

군구신은 미간을 더욱 찌푸리더니 몸을 일으켰다.

"자도록 해. 나는 나가서 검을 연습하고 올 테니."

그가 돌아서는 순간 비연이 손바닥으로 탁자를 소리 나도록 내리쳤다.

"고남신, 본 공주가 명령하겠어! 본 공주의 말에 대답해!"

이 말이 끝나는 순간 거대한 침실이 조용해졌다.

비연은 분노한 눈으로 군구신의 옆얼굴을 바라보았다. 군구신은 한참 동안 침묵하다가 결국은 고개를 돌렸다. 그는 여전히 미간을 찌푸리고 있었고, 얼굴에는 약간이지만 노기가 서려 있었다.

"아무것도 속이고 있지 않아. 그저 택아가 너무 걱정되어 마음이 번잡해서 그런 거야. 혼자서 조용히 생각하고 싶어서."

비연은 그의 말을 믿을 수 없었지만, 달리 이의를 제기할 수도 없었다. 그날 밤도 그는 분명하게 말했었다. 그녀가 곁에 있어 줄 필요 없다고, 그 혼자서 조용히 생각하고 싶노라고.

"하지만, 하지만……."

비연은 계속 묻고 싶었지만, 군구신이 먼저 말했다.

"이곳은 진양성 정왕부야. 앞으로는 나를 영자라 부르지 말도록 해. 적합하지 않은 행동이야."

"하지만…… 나는……."

비연은 군구신이 이리 대답하리라고는 생각지 못했다.

그녀는 그저 장난을 치고 싶었을 뿐이었다!

그녀는 대체 어떻게 해야 그와 소통할 수 있을지 아주 오랫동안 고민했고, 결국 농담을 건네듯 말을 걸어 보기로 했었다.

하지만…… 그가…… 이 호칭에 이런 반응을 보이다니!

비연이 변명하려 했을 때 군구신이 다시 말했다.

"그리고 내 앞에서 탁자를 내려치지 마. 역시 적합하지 않은 행동이니까."

비연은 자신의 귀를 믿을 수 없어 주먹을 쥔 다음 다시 사납게 탁자를 내리쳤다.

"군구신, 대체 무슨 생각을 하는 거야?"

그가 비연의 손을 바라보았다. 그녀의 손이 살짝 떨리고 있었다. 아프기 때문일까, 아니면 화가 났기 때문일까…….

그는 다시 시선을 거두고 말했다.

"나는 이미 네 영위가 아니고, 네 하인은 더더욱 아니지. 나는 그 호칭을 좋아하지 않아. 그뿐이야. 앞으로는 예전처럼 그렇게 의기양양하게 나를 부르거나 명령하는 일은 없으면 좋겠어! 헌원연, 내가 바라는 건 그저 시간을 좀 달라는 것뿐이야. 택아가 지금 이런 상황에 처해 나는 정말 너무도 괴로워! 아마도…… 내가 잘못한 것일 테니까. 내가 그 애를 황제의 자리에 앉혀서는 안 되었던 거야. 그리고 그 무엇보다도 그 애를…… 너의 일에 연루되게 해서는 안 되는 거였지!"

비연은 그대로 굳어 버렸다.

그녀는 자신이 어린 시절에 꽤 의기양양한 태도로 그를 부르고, 그에게 명령을 내렸다는 사실을 인정할 수 있었다. 그러나 그녀가 정말로 그를 하인으로 여긴 적은 한 번도 없었다!

그리고 지금 그녀를 가장 괴롭히는 것은 그 호칭을 좋아하지 않는다는 말이 아니라, 그가 마지막으로 이야기한 '너의 일'이라는 말이었다. 군구신이 언제부터 *그녀*와 자신의 일을 그리도 분명하게 구분하게 되었을까?

비연은 멍하니 군구신을 바라보았다. 가슴 어딘가가 막혀 오

는 것 같았다. 진양성으로 오는 내내 어딘가 눌려 있는 기분이
었고, 순간순간 시간이 너무나 느리게 흐르는 것 같노라 느꼈
지만…….

그러나 이 순간 그녀는 모든 것이 너무나 급작스러웠다. 마
치 자신도 모르는 사이에 악몽에 빠져 버린 것 같기도 했다.

군구신은 잠시도 지체하지 않고, 말을 마치자마자 그대로 침
전을 나갔다. 문이 닫히는 소리가 들리자 비연은 겨우 정신을
차리고, 이것이 악몽이 아니라는 사실을 깨달았다.

비연은 손을 들어 보았다. 손바닥이 새빨갛게 부어 있었다.

아파……!

분명 탁자를 내리친 것은 손인데…… 어째서 가슴까지 아픈
걸까?

그는 방금 했던 그 많은 말들은……. 그는 지금 후회하고 있
는 걸까? 자신이 그녀의 귀찮은 일에 말려들어서…… 택아마저
끌어들이게 된 것을 후회하는 걸까? 그래서 이 모든 일이 그녀
의 탓이라 생각하는 걸까?

하지만 그는 그런 사람이 아닌걸!

비연은 괴로웠지만 그래도 여전히 이성을 유지하고 있었다.
이 세상에서 그녀보다 더 군구신을 잘 알고 있는 사람은 없었
다. 그녀는 그가 이렇게 변했다는 것을 믿을 수 없었다!

그리고 더욱 믿을 수 없는 것은 그가 '영위'라는 신분에 신경
쓰고 있다는 사실이었다!

예전에 그가 말하지 않았던가. 그는 결코 자신을 제외한 그

누구도 그녀의 영위가 되게 하지 않겠다고!

비연이 그를 쫓아 나갔다. 그러나 안타깝게도 지난밤들처럼, 아무리 찾아도 그를 찾을 수 없었다.

날이 희미하게 밝아 오고 있었다. 그녀는 피로한 몸을 이끌고 침실로 향하던 중, 하소만이 하인 하나와 담벼락에 숨어 이야기하는 것을 보게 되었다. 그녀는 잠시 발걸음을 멈추었다가 곧 소리 없이 그들에게 다가갔다…….

주인님, 너무 오래 괴로워 보여

비연은 소리 없이 담벼락으로 다가갔고, 하소만이 원망을 품은 목소리로 택에 대한 이야기를 하는 것을 들을 수 있었다.

"데려다 키운 건 데려다 키운 거고, 결국은 직접 낳은 자식만은 못한 거잖아요. 게다가 황상께서는 그들 부부와 직접적인 관계도 없잖아요? 민 부인이 정말로 전하를 사랑하고 자신이 낳은 것처럼 여겼다면, 어떻게 전하를 연 공주님의 시위로 내줄 수 있었겠어요? 그때 고 태부는 이미 대진국에서 지위가 꽤 높으셨다면서요. 그때 염진 사부의 상황이 급하고 어쩌고…… 뭐, 좋아요. 정말 염진 사부의 병세가 그렇게 위급했다고 치더라도, 그럼 그때 황상의 상황은 급하지 않았냐고요. 솔직히 말해, 결국은 직접 낳은 아이를 택한 거잖아요. 전하께서 예전에 북강에서 그렇게 고통을 당하시고, 또 최근 몇 년 동안 연 공주님을 받든 것만으로도 보답해야 할 은혜는 다 보답한 것 아니냐는 말입니다. 이제 빚 같은 건 없는……."

비연은 차마 더 듣고 있을 수 없었다. 그녀는 이런 의미 없는 화제에 끼어들어 다투고 싶지 않아, 그저 주먹을 꽉 쥐고 분노를 가라앉히며 몸을 돌렸다.

비연이 떠나고 얼마 되지 않아 하소만은 겨우 탁한 숨을 토해 내며, 제 앞에 서 있는 하인에게 물었다.

"이렇게?"

하인의 이름은 여회로, 하소만보다 몇 살 많아 보였다. 눈빛은 밝았지만, 얼굴은 교활해 보였다.

여회는 바로 려금이 정왕부에 남겨 놓은 마지막 끄나풀이었다. 려금은 택을 납치할 때부터 군구신의 마음을 어지럽히기 위해 여회를 남겨 두었다.

여회는 원래 망중을 통해 려금이 협력할 뜻이 있다는 것을 군구신에게 전달하려 했지만, 하소만이 돌아오자 그를 이용하기로 했다. 어쨌든 하소만은 과거 비연과 안 좋은 일이 있었고, 또한 어린 황제와도 사이가 아주 좋으니 망중보다 설득하기 쉬워 보였다.

하소만은 이미 군구신을 설득할 말을 세 번이나 반복했지만, 여회는 여전히 불만스러워하고 있었다.

여회가 퉁명스럽게 말했다.

"너는 네 주인을 잘 알고 있겠지. 네 생각에 네 주인이 이 말을 받아들일 수 있을 것 같을 때, 그때 바로 이 이야기를 하면 된다! 다만 실패해서 네 주인이 경계심이라도 품는다면, 이 일은 매우 어려워질 거라는 걸 잊지 마라! 정말 네 친부모를 만나고 싶으면 순순히 말을 듣는 게 좋을 거야. 전심전력으로 임하라고. 대충 하면서 나를 속일 생각은 말고. 아니면……. 하하! 그렇게 되면 너는 평생 네 부모가 어떤 자들인지 구경도 못 해볼 것이다!"

하소만은 분노로 이가 갈릴 지경이었다.

"말해 두겠는데, 나를 위협할 생각은 마라! 너희 그 노망난 요괴가 감히 우리 주인님께 무슨 짓이라도 한다면…… 내가 죽는 한이 있어도 너희들을 그대로 놔두지 않을 테니까!"

여회가 웃기 시작했다.

"네가 그럴 수 있다고? 하하, 한번 잘 생각해 보지 그래!"

하소만은 분노로 주먹을 쥐었지만 여회는 느긋하게 그의 손목을 잡으며 말했다.

"내가 방금 세대로 말해 줬잖아. 네 주인이 우리 주인님과 협력하겠다고만 하면, 이 현공대륙을 넘겨 드릴 뿐 아니라 운공대륙도 다스릴 수 있을 거라고! 만약 네 주인이 아내에게 푹 빠져서 달갑게 헌원 황족의 개가 되겠다고 하면…… 그 능력이라고는 하나도 없는 연 공주나 지키며 영원히 개로 살게 되겠지!"

하소만은 화가 나서 여회를 걷어찼다.

"됐으니, 그 주둥이 좀 깨끗하게 놀리시지!"

여회가 하소만의 발길질을 피하며 웃기 시작했다.

"네가 여기서 나랑 시간을 보내면서 내 신분을 폭로하지 않는 건, 사실 속으로 내 말이 옳다고 생각하기 때문이잖아. 맞지?"

여회는 하소만의 손목을 놓아준 후 그의 가슴을 툭툭 치며 말했다.

"아, 네가 모르는 일이 하나 더 있는 것 같은데. 운한각 그쪽 사람들 말이야, 그 사람들은 10년이나 준비해 왔다고. 그들은 원래 현공대륙을 점령할 작정이었어. 그런데 그들의 연 공주가 돌아왔다는 것을 알게 되자 그대로 현공대륙을 넘겨주기로 한 거라고. 그들이 현공대륙을 주려고 한 사람은 연 공주야. 네 주인이 아니라고!"

하소만은 아무 말도 하지 않았다.

여회가 그의 귓가에 대고 속삭였다.

"다시 잘 생각해 봐. 네 주인은 무엇 때문에 황위를 군자택에게 넘기고 자신이 제위를 잇지 않았을까? 설마…… 정말로 황위를 다투고 싶지 않아서?"

하소만은 더더욱 대답할 말이 없었다.

여회가 웃으며 말했다.

"조급해할 것 없어. 네 주인에게 어떻게 권하면 좋을지는 혼자서 다시 잘 생각해 봐. 물론 너는 나에 대해 이야기할 수도 있어. 하지만 그렇게 되면 너도 대가를 치르게 되겠지! 아, 맞아! 하마터면 가장 중요한 이야기를 잊을 뻔했네. 건명검법에는 사실, 소위 '인검합일'이라는 경지가 없어. 그 검법을 끝까지 연습하면 주화입마에 빠져 죽게 되지! 건명력이야말로 진정한 신력이고, 그 누구도 진정으로 건명력을 장악할 수는 없어. 이점도 잘 생각해 보라고!"

말을 마친 여회가 떠나고, 홀로 남은 하소만은 그 자리에 그대로 서 있었다. 그는 려금이 고묘에서 전하에게 했던 말을 떠올렸다.

건명력은 평범한 이가 장악할 수 있는 것이 아니라고 했었다. 전하가 비연의 부황과 모후를 구출하려 한다면 반드시 주화입마에 빠져 죽게 된다!

정말…… 려금의 말이 거짓말이 아니란 말인가?

하소만은 생각하면 생각할수록 당황스러울 뿐이었다.

그는 얼마 지나지 않아 도망치듯 그 자리를 떠났다.

비연은 이미 방문 앞에 도착해 있었다. 그러나 생각할수록 뭔가 이상했다. 그녀는 그 하인의 얼굴을 떠올려 보았지만, 아무리 생각해도 낯선 얼굴이었다.

비연은 재빨리 돌아가 보았지만 이미 하소만과 여회는 보이지 않았다. 그녀는 생각에 잠긴 채 다시 돌아와 재빨리 진묵을 찾았다.

"내일 출발 시간을 연기하고, 부에 있는 시위를 전부 조사해 보도록 해."

진묵이 고개를 끄덕였다.

"응."

비연은 미간을 찌푸린 채 문을 열고 들어가려 했다. 그때 진묵이 평온한 목소리로 말했다.

"주인님, 전하는 궁으로 들어갔어. 무슨 일이라도 있는 거야?"

비연은 잠시 침묵한 후 물었다.

"왜……? 뭔가 이상해 보여?"

"주인님이 너무 오래 괴로워 보여."

비연은 진묵을 돌아보지도 않고 담담하게 말했다.

"택아가 얼굴에 문신을 당했는데 어떻게 괴롭지 않을 수 있겠어? 겨우 봉황력을 장악했다 싶었는데 봉황력은 갇혀 버렸고. 나는 그대로 폐물이 되어 버린 것처럼 아무것도 할 수 없는

데…… 내가 어떻게 괴롭지 않을 수 있겠어……. 나도 나 스스로 부황과 모후를 구하고 싶어. 다른 누구도 끌어들이지 않고. 하지만 그분들을 구할 힘은 구려족이어야만 얻을 수 있는 힘이고, 나는 영원히 가질 수 없지. 그들은…… 그들은 나를 그렇게 오래 찾아다녔는데, 나는 결국 아무것도 할 수 없어. 아무것도 도울 수 없고…… 아무 쓸모도 없다고! 그러니 내가 어떻게 괴롭지 않을 수 있겠어?"

비연은 더 말하지 않았다. 그녀는 심호흡하며, 어떻게든 기분을 가라앉히기 위해 노력했다. 자제력을 잃을까 봐 두려웠던 것이다.

진묵이 그런 비연의 등 뒤에서 손을 뻗는가 싶더니 결국은 다시 거둬들이고 말았다. 그는 여전히 평온한 목소리로, 그러나 그 누구도 눈치채지 못할 한 오라기 온기를 담은 목소리로 말하기 시작했다.

"그들이 주인님을 찾은 것은 주인님에게 뭔가를 해 달라고 찾은 게 아니야. 그냥 주인님이니까 찾은 거야. 주인님은 아무것도 못 하는 사람도 아니야. 그리고 정말 아무것도 못 한다 해도, 누군가는 무조건 주인님에게 잘 대해 줄 거야. 주인님은 대진국의 공주고, 고귀한 신분으로 태어났는데…… 왜 그렇게 자기를 비하하는 거야? 오늘 주인님의 부황이나 모후께서 곁에 계셨다면 주인님은 또……."

비연은 재빨리 고개를 돌려 진묵의 말을 막았다. 그리고 말없이 손을 내저어 진묵을 물러가게 한 후 침전 안으로 들어갔다.

그녀는 등 뒤로 문을 닫고는 그대로 그곳에 기댔다. 눈에서는 눈물이 차오르고 있었다. 그러나 비연은 바로 그 눈물을 닦아 냈다!

진묵이 잘못 본 것이 아니었다. 그녀는 오래…… 너무나 오래 괴로워하고 있었다.

정말 너무 괴로웠다!

그러나 울 수는 없었다! 지금 그녀에게는 괴로워할 자격도 없으니, 눈물을 흘릴 자격은 더더욱 없었다!

비연은 붓을 들어 상관 부인에게 길고 긴 서신을 썼다. 다평산 부근에 천라지망을 펼쳐 달라고, 또한 다평산 부근 백 리에 걸친 지도를 보내 달라고 부탁했다.

서신을 다 쓴 그녀는 찬물로 세수를 한 뒤 직접 짐을 챙겼다. 그리고 정왕부에 남겨 두었던 적령석을 모두 꺼내, 심복을 시켜 밤을 새워 현공상회로 옮기게 했다. 당분간 적령석을 상관 부인에게 맡겨 둘 생각이었다.

비연은 이 적령석이 아마 그녀의 마지막 수단이 될 거라는 사실을 잘 알고 있었다. 그녀는 택을 구할 때 적령석을 쓰기로 계획을 세워 두었다. 지금 그 계획에는 변화가 없었다.

일을 마치고 나니 동이 트고 있었다. 그러나 휴식을 취하지 않고, 진묵에게 자신을 호위하라고 한 후 모든 시위의 눈을 피해 감옥에 다녀왔다.

비연이 돌아왔을 때는 이미 오전 무렵이었다. 그녀의 두 눈은 붉어져 있었고, 안색은 조금 창백해 보였으며, 표정은 유난히도 고요해 보였다.

진묵이 눈썹을 치켜세우며 물었다.

"주인님, 감옥에는 왜 갔던 거야?"

고남신, 결과는 스스로 책임져야 해

비연은 대답 대신 질문을 던졌다.

"전하는 돌아오셨어?"

진묵은 미간을 찌푸린 채 그녀를 훑어보기만 할 뿐 대답하지 않았다. 비연의 목소리가 조금 차가워졌다.

"내가 묻고 있잖아. 전하께서 돌아오셨냐고?"

진묵이 그제야 대답했다.

"아직."

비연은 하늘을 바라보고는 별다른 말 없이 방으로 들어가 문을 잠갔다. 그리고 조심스럽게 옷을 반쯤 벗고 팔을 드러냈다.

눈처럼 새하얀 피부 위에 사람의 얼굴 반 형태의 문신이 새겨져 있었다. 추할 뿐 아니라 공포스럽고 기이해 보이는 문신이었다.

문신은 본래 형벌 중 하나로, 묵형이라고 불렀다. 비연이 감옥에 간 것은 바로 이 형을 받기 위해서였다. 다만 그녀는 일반적인 먹을 사용하지 않고, 장파 고묘에서 챙겨 온 각종 광석으로 만든 안료를 사용했다.

그녀는 택의 얼굴을 치료할 방법을 생각해 냈다. 그러나 먼저 한번 실험해 보아야만 안전한 약방을 만들어 낼 수 있었다.

비연은 흰 천으로 조심스럽게 팔을 감싸 문신을 가리고는 다시 옷을 입었다. 그리고 넓은 침상에 누워 긴 한숨을 토해 냈다. 너무 아팠다.

잠시 쉴 생각이었지만, 저도 모르는 사이에 잠이 들고 말았다. 깨어났을 때는 이미 저녁 무렵이었다. 그녀는 재빨리 몸을 일으키다가 그만 팔을 부딪치고 말았다. 너무도 아픈 나머지 헉, 숨을 들이마셨지만 재빨리 침상에서 내려왔다.

그녀가 나가자 군구신이 홀로 문밖 계단에 앉아 있는 것이 보였다.

군구신이 그녀를 흘깃 보더니 몸을 일으켰다.

"깼어?"

비연은 그를 본 순간 하마터면 어젯밤의 모든 일이 꿈이 아니었을까 생각할 뻔했다.

"응."

그녀는 답하며 미소 지었다. 마치 어젯밤의 모든 일이 정말로 꿈이었던 것처럼.

"너무 오래 자 버렸네. 왜 깨우지 않은 거야? 준비는 끝났어? 이제 출발할까?"

군구신이 담담하게 말했다.

"조정에 처리할 일이 많아서 나도 방금 돌아왔어. 배가 고프니 일단 저녁을 먹고 출발하자."

비연이 여전히 웃으며 답했다.

"좋아. 뭘 먹고 싶어? 하소만에게 준비하라고 할게!"

"이미 이야기해 뒀어."

비연이 고개를 끄덕이자 군구신도 그 이상 아무 말도 하지 않았다.

잠시 침묵이 흐른 후, 비연이 겨우 입을 열었다.

"그럼 조금 자 두는 게 어때? 나…… 나는 방해하지 않을게."

군구신은 마음이 살짝 아려 왔지만 평온하게 대답했다.

"좋아."

비연은 그 자리를 떠나려다가 갑자기 발걸음을 멈췄다. 그녀는 그를 돌아보지 않았지만 목소리는 의기양양하게, 심지어는 얼음처럼 차갑게 변해 있었다.

"고남신, 본 공주는 너를 방해하지 않을 수 있어. 하지만 본 공주는 네가 어젯밤에 했던 그 말들을 절대로 믿지 않아. 본 공주가 시간을 주겠다. 입하 전까지 모든 것을 솔직하게 털어놓지 않는다면, 그 결과는 스스로 감당해야 할 것이다!"

말을 마친 비연은 고개를 돌려, 어린 시절처럼 도전적인 눈으로 그를 바라보았다. 그런 다음 다시 몸을 돌리고 성큼성큼 걸어 나갔다.

어린 시절, 그녀는 이런 식으로 그를 위협했었다.

사실 그녀는 단 한 번도 '결과'가 무엇인지 생각해 본 적 없다. 그러니 그 역시 '결과'가 무엇인지 알지 못할 것이다. 그녀의 경고는 언제나 그에게 효력을 발휘했기 때문이다.

군구신은 그 자리에서 움직이지 않고, 멀어져 가는 비연을 바라보았다. 어둠이 깔리기 시작하는 황혼의 시간, 그는 문득 황홀한 감정을 느꼈다. 점점 멀어져 가는 비연의 뒷모습에 10여 년 전의 어린 공주가 겹쳐 보였다.

'고남신, 명령한다! 나를 궁에서 데리고 나가! 지금 당장! 우리 부황과 모후에게 알려서는 안 돼! 태부에게도! 네 어머니에게도! 안 그러면 그 결과는 스스로 감당해야 해!'

'고남신, 검종 그 늙은이가 나는 폐물이래! 진기를 수련할 수 없을 거라고, 내가 아무리 좋은 걸 많이 먹어도 소용이 없을 거랬어. 어서 이 단약을 먹어. 이건 우리 부황이 갖고 있던 건데, 우리 오라버니도 먹지 못한 거야! 네가 이걸 안 먹으면, 그 결과는 스스로 감당해야 해!'

'고남신, 본 공주가 명령한다! 여기 남아 있어! 고남신, 다시 한 걸음이라도 앞으로 가면…… 그 결과는 스스로 감당해야 해!'

'고남신, 본 공주는 네가 좋아. 만약 네가 본 공주를 아내로 맞이하지 않겠다면, 그 결과는 스스로 감당해야 해!'

'고남신……'

'고남신……'

그 여릿한 목소리가 그의 귓가에 들려오는 것만 같았다. 입술을 비죽이며 그에게 명령을 내리던 그 모습이 눈앞에 보이는 것 같았다.

그러나 그녀는 이미 저 멀리 사라진 후였다. 군구신은 고개를 돌리고 눈을 감았다.

하소만은 저녁 식사를 유난히도 풍성하게 준비했다. 그는 한 옆에 서서 계속 군구신의 건명보검을 흘깃거리고 있었다. 계속 여회의 그 말을 떠올리고 있는 게 분명했다.

진묵이 문 앞을 지키고 있었고, 망중은 출발과 관련한 일을 하러 갔다. 방 안에는 비연과 군구신뿐이었다.

군구신은 본래 식사할 때 말이 없는 편이었지만 지금은 더더욱 침묵을 지키고 있었다. 게다가 밥만 먹을 뿐 반찬에는 젓가락을 가져가지 않았다.

비연은 침묵하고 있었지만 때때로 군구신이 좋아하는 음식을 집어 그의 그릇에 올려놓았다. 군구신은 거절하지 않고 조용히 먹었다.

식사 후 얼마 지나지 않아 비연과 군구신은 출발했다. 수행하는 이들은 진묵, 망중, 그리고 하소만을 제외하면 군구신이 직접 선발한 시위들이었다. 여회을 포함한 하인들은 계속 문가에서 배웅하고 있었다.

진묵은 말에 올라타는 순간 고개를 돌리더니 여회를 눈여겨보았다. 하소만 역시 돌아보았으나, 흘깃 보기만 했을 뿐 감히 오래 보지는 못했다.

시간이 넉넉한 편이었기에 비연 일행은 곧장 다평산으로 가지 않고 일단 현공상회로 가서 상관 부인을 만날 생각이었다.

이 시각, 백리명천 역시 군자택과 려금을 데리고 길을 가고 있었다.

그 초청장은 물론 백리명천이 쓴 것이었고, '려금'이라는 낙관은 그가 일부러 찍은 것이었다. 다평산은 바로 수희가 그에게 알려 준 장소로, 혁소해와 기욱이 몸을 숨기고 있는 곳이었다!

밤이 되었다. 백리명천 일행이 객잔에 도착했다. 그는 평소

대로 거액을 써서 객잔 전체를 빌렸다. 그리고 손님을 전부 내보낸 후 인어족 병사들로 하여금 주변을 지키게 했다. 또한 려금은 그의 옆방에 가두고 삼엄하게 경비하게 했다.

려금은 부상을 입은 데다 두 어깨가 빠진 상태였고, 또 온몸이 꽁꽁 묶여 있으니 도망갈 걱정은 없었다. 그러나 혹시 누군가가 구하러 올 수도 있으니 경계를 게을리할 수는 없었다.

객잔의 직원이 음식을 방으로 가져왔다. 백리명천은 군자택을 안아 탁자 앞에 앉힌 다음 두 손을 풀어 주었다.

길을 오는 내내 군자택은 백리명천과 한마디도 주고받지 않았다. 백리명천 역시 쓸데없는 말을 건네지 않았다. 그러다 보니 두 사람 사이에 기묘하나마 평화가 계속되고 있었다.

식사 후 백리명천은 바로 군자택의 두 손을 묶지 않고, 금침을 하나 꺼낸 다음 웃으며 물었다.

"애야, 복수하고 싶지 않니?"

군자택은 그 금침을 너무나 잘 알고 있었다. 바로 문신용의 금침이었으니까!

며칠 내내 평온하던 군자택의 얼굴에 마침내 분노한 표정이 떠올랐다. 비록 가면이 얼굴의 반을 가리고 있었지만, 그의 분노가 타오르고 있다는 건 그 누구라도 알아볼 수 있을 정도였다.

택이 물었다.

"무슨 뜻이야?"

백리명천이 두 눈을 가늘게 뜨고 웃기 시작했다.

"본 황자는 요즘 얼굴에 문신을 새기는 일에 관심이 생겼지.

그래서 려금, 그 고수의 얼굴에 연습해 볼 생각이야. 본 황자가 너에게 기회를 줄까 하는데, 어때?"

군자택이 대답하기도 전에 백리명천이 어디선가 안료를 잔뜩 가져왔다.

"광석 안료들이다. 네 얼굴에 쓴 것과 같은 것들이지!"

자신의 얼굴을 언급하는 것을 듣자 군자택은 비할 데 없이 치욕스러워 두 손을 꽉 쥐었다. 그러나 그는 여전히 냉정함을 유지하며 물었다.

"여우 놈, 대체 무슨 생각인 거지?"

폐물이 되었다

군자택의 경계하는 듯한 모습을 본 백리명천이 일부러 두 손으로 눈가를 밀어 올려 여우 눈매를 만들며 간사하게 웃기 시작했다.

"네가 말해 보는 건 어때? 본 여우가 대체 무슨 생각일까?"

군자택은 백리명천에 대해, 속을 알 수 없을 뿐 아니라 사실은 려금 그 요괴 할망구보다 더 문제 있는 녀석이라고 생각하고 있었다. 게다가 조금은 두려워하고 있었기에, 살짝 뒤로 물러나며 말했다.

"나는 네 간사한 계략에 빠지지 않는다. 그러니 쓸데없이 혀를 놀릴 필요는 없어."

백리명천이 다시 말했다.

"눈에는 눈, 이에는 이. 이런 천재일우의 기회를 정말 그대로 놓치겠다고?"

군자택은 대답하지 않았을 뿐 아니라 스스로 두 손을 내밀고 백리명천에게 묶으라고 눈짓했다.

백리명천은 그 두 손을 내리고 군자택의 이마를 찌르며 가르치는 듯한 말투로 말했다.

"왜 그리 생각이 많은 거야? 원한이 있으면 복수를 한 다음에 다시 말하자고. 응? 가자!"

그는 군자택의 손을 잡아끌었지만 군자택이 바로 피하더니, 그 기회를 틈타 재빨리 문 쪽을 향해 도망치기 시작했다.

백리명천은 다급해지지 않고 우아하게 입가를 닦은 후 침착하게 금침과 안료를 하나하나 챙긴 다음 몸을 돌렸다.

군자택은 이미 문가에서 지키던 인어족 병사들에게 잡혀 두 손을 뒤로 묶인 채 꼼짝 못 하고 있었다. 그는 분노한 눈으로 백리명천을 노려보고 있었는데, 마치 분노한 어린 사자 같은 모습이었다.

백리명천은 한가롭게 걸어 나가더니, 단숨에 군자택을 들어 올려 제 어깨에 떠멨다. 그리고 성큼성큼 옆방으로 걸어갔다.

군자택은 전혀 예의를 차리지 않고 백리명천의 등을 사납게 물어뜯었다. 하지만 안타깝게도 그 정도 통증은 백리명천에게 있어 모기가 무는 것과 차이가 없는지라, 별 반응을 보이지 않았다.

방 안에서는 려금이 바닥에 앉아 있었다. 머리는 봉두난발에 더러워진 옷이 여기저기 헤쳐져 있고, 두 손은 힘없이 늘어져 있었다. 곁에는 아직 가져가지 않은 식판이 놓여 있었다. 모르는 사람이 보았다면 가련한 늙은 거지라 생각했을 것이다.

군자택은 원래 백리명천에게 열심히 대항하는 중이었지만 려금을 보자 차가운 눈빛으로 침묵하기 시작했다.

백리명천은 차가운 눈빛으로 금침과 안료를 탁자 위에 내려놓고 려금에게 걸어갔다.

"어때? 생각은 끝냈나?《운현수경》을 내놓을 건가, 아니면 그 얼굴을 본 황자에게 연습하도록 내줄 생각인가?"

이 말을 들은 군자택은 마침내 백리명천의 진정한 목적을 깨달았다. 그는 주먹을 쥔 채 아무 말도 하지 않았다.

려금이 천천히 고개를 들더니 백리명천을 바라보고, 다시 그 곁의 군자택을 바라보았다. 군자택이 얼굴에 쓰고 있는 가면을 본 그녀가 바로 큰 소리로 웃기 시작했다.

"저 애를 데려온 저의는 뭐지? 하하, 《운현수경》을 저 애에게 주란 건가, 아니면 너에게 달란 건가?"

축운궁주와 비교해도, 려금이야말로 진정 도통한 늙은 요괴라고 할 만했다. 이 지경에 떨어져서도 그녀는 당황하지 않았을 뿐 아니라 아주 영리하게 굴었다. 이 한마디로 그녀는 백리명천과 군자택의 관계를 탐색할 뿐 아니라 그들을 이간질하고 있었다.

군자택은 결국 아직 어린아이였다. 그가 바로 차갑게 코웃음을 치며 말했다.

"여우 놈과 요괴 할망구가 같이 있네! 나는 너희 중 아무도 믿지 않아!"

이 말을 들은 려금은 속으로 두 사람의 관계를 짐작해 냈다.

백리명천은 군자택에게는 신경 쓰지 않고 입 끝을 들어 올리며 말했다.

"요괴 할망구, 보아하니 얼굴에 직접 문신을 당하는 맛이 궁금한 모양이군! 본 황자가 도와주지!"

백리명천은 바로 수하에게 명령해 려금을 침상에 눕히고 얼

굴을 누르게 했다. 그리고 직접 금침에 안료를 묻혀 려금의 볼
을 찔렀다.

려금은 눈을 감았다. 그녀는 뜻밖에도 태연자약한 얼굴로 반
항조차 하지 않았다. 백리명천은 계속 침을 찔렀고, 안료가 피
부 안으로 스며들어 갔다. 그 말로 표현할 수 없는 고통에 려금
은 결국 눈가를 찌푸렸다. 그러나 그 외에는 어떤 타협도 하지
않았다.

군자택은 다른 곳을 바라보며 아무 말도 하지 않았다. 백리
명천은 그런 그를 흘깃 본 후 왼손에도 침을 들었다. 그러나 그
가 침을 꽂으려는 순간, 뼈를 찌르는 듯한 한기가 갑자기 몰려
오더니 굳어 있던 어깨에서부터 팔을 타고 다섯 손가락까지 퍼
져 갔다.

"제기랄!"

백리명천은 속으로 욕설을 퍼부었다. 장파 고묘를 떠난 후
지금까지 혈루의 부작용은 한 번도 발작하지 않았다. 그런데
이 중요한 순간에 시작되다니! 정말이지, 홍 떨어지게!

매우 난처한 상황이었지만 백리명천은 강하게 버텼다. 그는
제 이상한 점을 드러내지 않고 어떻게든 침을 몇 번이라도 더 찌
르려 했다! 그러나 이게 웬일일까. 한기가 퍼져 나가며 그의 팔
전체가 굳어 버리더니 이제 다섯 손가락마저 움직이지 않았다.

금침이 갑자기 백리명천의 손가락 사이에서 떨어져 려금의
얼굴 위를 구르더니, 다시 바닥으로 떨어졌다.

장파 고묘에 있을 때부터 백리명천의 팔은 조금씩 굳어 가고

있었고, 움직일 때마다 상당히 공을 들여야 했다. 그는 희미하게나마 이것이 혈루의 진정한 부작용임을 느끼고 있었다. 그러나 이렇게 빨리 찾아올 줄이야!

려금은 순식간에 이상함을 느끼고 눈을 떴다. 백리명천은 당황하여 공중에 떠 있는 손을 재빨리 거둬들이려 했으나 쉽지 않았다. 이렇게 간단한 동작조차도 다른 손으로 도와야 했다. 의심할 바 없이 그의 왼팔은 완전히 굳어 버린 것이다. 마치 얼음에 봉인된 것처럼! 그야말로 폐물이 되어 버렸다!

백리명천은 당혹스러웠지만 얼굴에는 그런 기색을 전혀 드러내지 않았다. 그는 왼팔을 문지르며 아무 일 없었던 것처럼 말했다.

"됐다. 본 황자는 이런 일에는 재능이 없군. 하하, 기다려라. 본 황자가 고수를 찾아내 네 시중을 들게 해 줄 테니까."

려금이 코웃음을 치더니 의기양양한 표정으로 말했다.

"애야, 손을 쓰려거든 빨리 쓰려무나. 아마 며칠 더 지나면 넌 영원히 직접 손을 쓸 수 없는 신세가 될 테니까! 하하!"

"너!"

백리명천이 오른손으로 려금의 목을 조르기 시작했다.

"말해! 혈루의 부작용은 대체 어떻게 된 거지?"

그녀가 혈루에 대해 잘 알지 못한다면, 그의 이상한 점을 보고 바로 이런 말을 내뱉지는 못했을 것이다.

려금이 대답했다.

"결국 이 늙은이를 믿고 싶은 마음이 생긴 모양이지?"

백리명천이 탁자 위의 모든 금침을 집어 들더니, 그녀의 얼굴 앞에 들이밀며 말했다.

"말해!"

그러나 려금은 전혀 굴복하지 않고 오히려 백리명천을 위협하기 시작했다.

"너는 나를 죽일 수 없을 테니, 마음껏 괴롭혀 보려무나. 내 얼굴을 망쳐 놓는다 해도 나는 무섭지 않으니까! 천 년 세월도 버텨 온 나인데, 이런 고통 정도야 못 견딜까? 하지만 마지막으로 일깨워 주마. 네가 당장이라도 혈루의 부작용을 해결하지 않으면, 곧 네 두 손과 두 발 모두 얼음에 봉인될 거고, 그때는 그 누구도 영원히 너를 구해 줄 수 없을 거다. 너는 죽을 날만 기다리게 되겠지! 그래, 죽기 전에 너는 폐물로 전락해, 살아도 죽느니만 못한 삶을 살게 될 거다!"

백리명천은 금침으로 사납게 그녀의 얼굴을 찔렀다. 려금은 미간을 찌푸렸지만, 그녀의 시선은 더더욱 차갑고 오만해졌다. 그녀는 뜻밖에도 백리명천이 아니라 곁에 있는 군자택을 바라보고 있었다.

군자택 역시 백리명천이 이상하다는 것을 눈치채고 경악하고 있던 참이었다. 그러나 려금의 시선을 느끼고는 겨우 정신을 차렸다.

려금이 말했다.

"꼬마야, 마침 잘 왔다! 이 늙은이는 너를 속이지 않았단다. 네 황형이 계속 건명검술을 수련한다면 결국은 주화입마에 빠지게 될 거고, 건명력의 부작용으로 인해 죽게 될 거다! 그는 대진국의 황제와 황후를 구할 수 없을 뿐 아니라 비연도 도울 수 없을 거야! 그는 헛수고만 하다가 죽게 될 텐데, 그보다는 구려를 재건하는 것이 좋지 않겠니? 구려의 혈통은 헌원 황족보다 훨씬 존귀하단다! 그런데 너희 형제들은 왜 노예처럼 다른 이들 아래 엎드려 신하를 자처하고 있는 게냐? 이 늙은이가 마지막으로 권하건대, 생사니 존비니 혹은 주인과 노비니 하는 문제는 모두 다 네가 생각하기 나름이란다. 한번 잘 생각해 보려무나!"

군자택은 죽어라고 려금을 노려보며 한참 동안 아무 말도 하지 않았다.

예전에 직접적으로 거절했던 것에 비하면, 지금 군자택의 반응은 려금에게 있어 희망적이라 할 수 있었다…….

파렴치한

군자택이 침묵하는 것을 보고 백리명천이 화가 나서 외쳤다.

"여봐라, 군자택을 끌고 나가라!"

그때 군자택이 다급하게 말했다.

"잠깐만!"

백리명천이 갑자기 미간을 찌푸리며 분노해 외쳤다.

"끌고 나가!"

그러자 군자택이 사납게 백리명천을 노려보며 말했다.

"할 말이 있어. 말을 다 하면 나갈게!"

그러고는 백리명천의 반응을 기다리지도 않고 려금 앞으로 걸어가 진지하게 말하기 시작했다.

"요괴 할망구 같으니라고. 대진국과 우리 천염국 사이에는 존귀하고 비천한 것이 없고, 우리 형수와 황형 역시 주인과 노비가 아니라 가족이다! 안심해도 좋아. 나는 네 얼굴에 문신을 새기지 않을 테니까! 내가 너에게 할 수 있는 복수는, 바로 영원히 너의 말을 믿지 않는 것이다!"

말을 마친 군자택은 위엄 있게 몸을 돌려 성큼성큼 밖으로 걸어 나갔다.

백리명천은 그의 뒷모습을 보며 잠시 멍한 표정을 지었다가 겨우 정신을 차렸다. 조금 전까지만 해도 매우 초조했지만 지금은 기분이 꽤 좋아졌다. 그는 려금을 흘깃 본 다음 조소하듯 말했다.

"정말 통쾌하군! 아이조차도 이기지 못하다니. 너도 이제 쉴 때가 되었다!"

백리명천은 시위들에게 려금을 감시하게 하고 재빨리 군자택을 쫓아갔다.

군자택은 이 기회를 틈타 도망치고 싶었지만, 그를 지키는 시위들이 조금도 빈틈을 보이지 않았다. 그가 옆방 문으로 가려 해도 가로막혔다. 택은 차라리 문을 열고 들어가 침상에 편히 앉아 있기로 했다.

백리명천이 들어오더니 그의 곁에 앉았다. 군자택이 혐오의 눈길을 보내며 한옆으로 비켜 앉았다.

백리명천이 그를 흘깃 보더니 감탄한 듯 말했다.

"꼬마야, 본 황자가 정말 너를 낮춰 보았다."

군자택은 계속 옆으로 움직이다 결국 제일 구석진 곳까지 가게 되었다. 그는 백리명천을 흘깃 보고는 아무 말도 하지 않았다.

백리명천이 무슨 말인가 하고 싶은 듯 그를 바라보다가, 결국은 그저 입꼬리를 들어 올리며 몸을 일으켜 나가려 했다.

군자택은 그제야 물었다.

"여우 놈, 대체 뭘 하고 싶은 거야?"

택은 이 여우가 려금과 결탁하여 자신을 옭아매려는 것은 아닐까 생각했다. 그럼 황형, 형수에게 대항할 때 승산이 높아

질 테니 말이다. 그러나 오늘 백리명천의 반응을 보니, 특히 그의 손이 부작용 때문에 그렇게 변하는 것을 보니 아무래도 자신의 의심이 틀렸던 것 같다는 생각이 들었다.

백리명천은 군자택이 갑자기 이런 질문을 하리라고는 생각지 못하던 차였다. 그는 잠시 발걸음을 멈추더니, 대답 없이 다시 걷기 시작했다.

그때 군자택이 다시 물었다.

"우리 형수가 대체 너에게 무슨 빚을 졌지?"

백리명천이 살짝 안색이 변하며 발걸음을 멈췄다.

군자택이 계속 물었다.

"이긴 자는 왕이 되고 진 자는 도적이 되는 법! 네가 내 형수를 이기지 못했다면 방법을 생각해 만회하면 그만이잖아! 너 스스로 그랬잖아. 먼저 복수하고 나중에 이야기하라고! 지금 복수할 기회가 있는데, 어째서 복수하지 않는 거야?"

백리명천의 안색이 어두워졌다.

군자택이 다시 물었다.

"원한과 빚은 다른 거야! 원한은 원한이고 빚은 빚이지. 원한은 빌리는 것이 아니고 빚은 빌리는 거니까! 그걸 뒤섞어서 이야기하면 안 돼! 세 살짜리 아이도 아는 일인데, 어째서 그걸 모르는 거지?"

백리명천이 사나운 기세로 돌아보며 외쳤다.

"닥쳐!"

군자택은 입을 다물지 않을 뿐 아니라 계속 말했다.

"너는 이해하지 못하는 게 아니라 억지를 부리고 있는 거잖아! 우리 형수에게 억지를 부리는 거야!"

"닥치라고 했지!"

백리명천이 마침내 참지 못하고 군자택의 입을 막으려 했다. 그러나 그 전에 군자택이 먼저 다급하게 외쳤다.

"아무 이유도 없이 여자에게 억지를 부리는 건, 그 여자를 좋아하는 거랬어! 너 우리 형수를 좋아하는 것 맞지!"

말이 끝나는 순간 입이 막혔다.

백리명천의 얼굴은 창백해져 있었다. 그리고 그 표정은 분노와 당혹, 수치와 황망함, 초조함…… 등으로 무어라 형용하기 어려울 정도였다. 굳이 말로 표현하려 한다면, 거짓말을 하다 들킨 어린아이가 수치스러워 어쩔 줄 모르는 모습이라고 하는 것이 가장 적당할 것이다!

군자택은 그 이상 말을 할 수 없었지만 계속 눈빛으로 백리명천에게 '질문'하고 있었다!

백리명천은 얼마간 반응을 보이기는 했다. 그 역시 군자택을 노려보며 열심히 부인했다.

군자택이 다시 노려보자, 백리명천은 차라리 손을 놓아 버렸다. 그러나 백리명천이 입을 열려는 순간, 군자택이 먼저 외쳤다.

"파렴치한 자식! 우리 형수는 우리 황형이랑 이미 혼사를 치렀다고!"

백리명천이 주먹을 들었으나 군자택은 여전히 의분 강개한 표정이었다.

백리명천은 더 말을 잇지 못하고 그대로 몸을 돌려 나왔다. 문밖으로 나온 그는 시위들에게 분노한 목소리로 명령했다.

"저 녀석을 묶고 입을 막아 버려! 저 녀석이 떠드는 소리가 본 황자의 귀에 한마디라도 들려오면, 그때는 본 황자가 너희들에게 책임을 물을 테니까!"

백리명천은 노기등등하여 자신의 방으로 돌아갔다. 그러나 문이 닫히는 순간 그는 마음을 가라앉히기 위해 노력했다.

그는 지금 분노했다기보다는 수치심에 어쩔 줄 몰라 하고 있었다. 북해에서의 전투 때 그는 이미 '빚'과 '원한'을 구분했다. 다만 이렇게 폭로당한 것이 생애 처음인지라, 그는 정말 어쩔 줄 몰라 하고 있었다.

한참을 서 있다가 그는 침상에 앉아 상의를 벗었다. 넓은 어깨며 근육이 잡힌 가슴과 단단한 배, 그야말로 강한 남성 특유의 유혹적인 몸이었다. 그의 사악한 매력이나 나른한 느낌과는 완전히 다른 몸이었지만, 동시에 한번 만져 보고 싶은 유혹을 느끼게 하는 신비로운 매력을 풍기고 있었다.

그의 두 팔, 특히 떡 벌어진 어깨는 몹시도 매력적이었다. 그가 만약 움직이지 않는다면 그 누구도 이상한 점을 눈치채지 못할 것이다. 그러나 안타깝게도 그의 왼팔은 이제 완전히 폐물이 되었다.

몇 번이나 시도해 보았지만, 손을 드는 동작조차도 실패하고 말았다. 심지어 다섯 손가락을 꽉 쥐는 것조차 불가능했다.

한 번 또 한 번 시도하고, 한 번 또 한 번 실패했다. 계속 실패함에 따라 백리명천의 안색도 침울해졌다. 마지막으로 그는 오른손으로 왼팔을 꽉 잡았다. 점점 더 꽉 잡는 그의 손에, 모든 분노와 치욕이 전부 쏟아지고 있는 것 같았다.

"앞으로 얼마나 남았을까?"

그는 중얼거리다가 다급하게 옷을 입고 문밖으로 나가 외쳤다.

"준비해라! 출발한다!"

시위가 영문을 모르겠다는 표정으로 말했다.

"주인님, 곧 날이 밝을 겁니다. 아침을 드시지 않고 떠나실 생각입니까?"

백리명천이 차가운 목소리로 말했다.

"가자!"

백리명천은 계속 남하했고, 비연과 군구신도 길을 가는 중이었다. 이때, 멀리 풍화도에서는 큰 전투를 앞두고 있었다!

당정 일행은 원래 소 부인을 우두머리로 하고 있었다. 소 부인은 성격이 강하고 과감했기에, 축운궁주조차 말을 붙일 엄두를 내지 못했다.

그러나 고칠소가 합류한 후로는 모두 그의 명령을 듣게 되었다. 성격이 좋지 않은 소 부인도 그 앞에서는 꽤 수그리는 편이었다.

고칠소의 안배하에 그들 일행은 병사를 셋으로 나누어 각자 준비한 후, 반나절 동안 안팎으로 내응하여 공격할 작정이었다.

고칠소와 축운궁주가 가장 먼저 풍화도에 상륙했다. 그들은 백리명향과 백리율제가 알려 주는 정보에 따라 배신자 백리운봉을 찾아내 잡고, 엄중하게 감시당하고 있는 운공대륙의 백리인어군을 구할 생각이었다.

당정은 물론 정역비와 함께였다.

그들은 흑인어족 병사들, 그리고 투항한 두 금인어족 병사의 협조 아래 어젯밤 몰래 풍화도 남쪽에 올랐다. 그러고는 암기를 준비했는데, 그들의 목표는 갇혀 있는 은인어족을 찾아 구해 내는 것이었다. 그리고 그들과 함께 암기를 이용하여, 그들을 감시하던 인어족 병사들을 물리치는 것이었다.

전다다와 목연은 섬에 오르지 않았다. 그들은 주력인 흑인어족 병사들과 함께 섬이 아니라 바다에서 할 일을 부여받았다. 바로 백리운봉과 수하의 인어족들이 도망치는 것을 막는 것이었다.

백리운봉과 수하들은 모두 금인어족이었고, 또 그들에게 귀순한 은인어족도 있으니, 물속에서의 능력을 따지자면 전다다와 목연은 완전히 열세였다.

그러나 고칠소는 그들에게 기상천외한 방법을 알려 주었다. 그들 두 사람이 능력을 발휘할 수 있는지는 이제부터 지켜봐야 했다.

흑인어족들의 보호를 받으며, 목연과 전다다는 풍화도에서 어느 정도 떨어진 깊은 물속에 숨어 있었다. 목연은 칠률목적을 꽉 쥐고 있었는데, 분명 긴장한 것 같았다. 전다다는 입에 황금 이파리를 문 채, 목연보다 더욱 긴장하고 있었다.

목연이 마침내 참지 못하고 말했다.

"네 그 칠 숙부라는 사람의 이 방법…… 아무 문제 없을 거라고 확신해?"

두려워할 필요 없어, 내가 있으니까

흑인어족 병사들의 도움이 없다면 전다다와 목연은 깊은 물 속에서 이리 오래 버틸 방법이 전무했다.

짐승을 길들이고 부리는 능력을 발휘하기 어려운 상황에서, 고칠소는 그들에게 한 가지 방법을 알려 주었다. 바로 특수한 미끼를 사용하여, 흑해에 잠복해 있는 식인 장어들을 끌어내는 것이었다.

두 대륙 모두 깊은 바다에서 사는 식인 장어에 관한 전설이 상당수 있었다. 전설에 따르면 이 장어들은 크기는 보통 장어 와 별 차이가 없다고 했다. 그러나 보통 장어와 달리 아주 큰 입을 가지고 있었고, 마치 뱀처럼 크게 입을 벌려 사냥감을 삼 킬 수 있다고 했다!

또한 이 장어들은 사냥감을 만나면 단숨에 삼키기보다는 씹 어 먹는 것을 즐긴다는 이야기도 있었다. 그러나 가장 공포스 러운 것은, 이런 장어들이 무리를 이루어 움직인다는 것이었 다. 아무리 많은 사냥감을 만나도 그들은 순식간에 전부 다 씹 어 삼켜 뼈만 남기는 것으로 유명했다.

고칠소는 이미 인어족들에게, 미끼를 이용해 식인 장어들을 유혹하라고 명령한 상태였다. 전다다의 임무는 짧은 시간 안에 식인 장어들을 통제하는 것이었고, 목연은 전다다가 통제하지 못하고 놓치는 부분을 수습해야 했다.

전다다와 목연은 말할 것도 없고, 그들을 지키는 흑인어족 병사들도 얘기만 들었을 뿐 식인 장어를 진짜로 본 적은 없었다.

어쨌든 모두 매우 긴장하고 있었다. 만약 전다다가 제대로 통제하지 못한다면, 그리고 목연이 그들을 위로하지 못한다면…… 그들이야말로 식인 장어 무리의 오늘 첫 끼니가 될 테니까!

고칠소가 생각한 이 방법은 확실히 이상하기는 했다. 그러나 전다다는 목연이 그녀의 칠 숙부에게 공손하지 못한 것을 그냥 보고 넘어갈 수 없었다. 비록 스스로가 목연보다 더 긴장하고 있었지만, 전다다는 매미 날개처럼 얇은 황금 이파리를 입에서 떼어 낸 다음 불쾌한 듯 말했다.

"그럼 다른 더 좋은 방법이라도 있어? 말해 두겠는데, 네가 이 바다에서 물고기들의 왕을 소환한다 해도, 식인 장어를 불러오는 것보다 별로라고!"

전다다의 이 말이 사실이기는 했다. 식인 장어 무리가 나타나 섬을 포위하면, 아무리 인어족들이 빠르게 움직인다 해도 도망칠 수 없을 테니까.

목연은 전다다를 상대하지 않고 깊은 바닷속을 들여다보며 계속 기다렸다. 전다다는 그런 그를 몰래 훔쳐보다가, 목연이 계속 대답하지 않자 다시 물었다.

"저기, 얼마나…… 자신 있어?"

목연은 그녀를 보지도 않고 반문했다.

"너는?"

"내가 먼저 물었잖아."

목연은 그제야 전다다를 바라보며 대답했다.

"네가 버틸 수 있으면 내가 좀 편해지겠지. 어떻게 자신 있고 없고를 이야기할 수 있겠어?"

전다다는 원래 수다라도 떨며 긴장한 마음을 가라앉히려 했지만, 몇 마디 주고받기도 전에 더욱 긴장하게 되었다. 그녀는 입을 비죽이며 말없이 다른 곳을 바라보았다.

목연이 슬쩍 보고는, 전다다가 긴장하고 있다는 사실을 알아차렸다. 그는 한참 그녀를 바라보다가 저도 모르게 잔잔한 미소를 띠고 말았다. 그는 결국 참지 못하고 말했다.

"무서워할 필요 없어. 네가 견디지 못해도, 내가 있으니까."

전다다가 다급하게 돌아보더니 진지하게 말했다.

"내가 뭘 무서워한다고? 허튼소리 하지 말라고!"

목연은 그녀와 다툴 마음이 없었다.

전다다가 다시 한마디 덧붙였다.

"내가 무서웠다면, 칠 숙부의 이런 이상한 방법은 받아들이지 않았을 거라고!"

이상한 방법?

목연은 자신도 모르게 웃음이 새어 나오는 것을 참을 수 없었다. 전다다는 난처한 얼굴로 차라리 다른 곳을 바라보았다.

바로 이때였다. 곁에 있던 인어족이 다가오더니 긴장한 채 말했다.

"두 분, 조심하십시오! 한 무리가 오고 있습니다! 저쪽입니다!"

전다다와 목연은 바로 경계하며 인어족이 말한 방향을 바라보았다. 흑인어 몇 명이 빠른 속도로 그들을 향해 오는 것이 보였다.

얼마 지나지 않아 검은 그림자가 그들을 따라 빠른 속도로 이동해 오는 것이 보였다. 마치 물속에서 검은 안개가 움직이는 것 같았다. 목연의 눈에 날카로운 빛이 어렸다.

"결국에는 왔군!"

전다다는 황금 잎을 가볍게 입에 물었다. 물기를 머금은 커다란 눈에 예리한 빛이 스쳐 갔다. 그녀는 긴장하고 있었지만, 눈앞의 이 상황에서 물러날 생각은 없었다.

검은 그림자가 다가옴에 따라 그들은 점차 물고기 떼의 진정한 모습을 볼 수 있었다. 빽빽하게 늘어선 식인 장어들이 모두 커다란 입을 벌린 채, 물속의 먹이를 다투며 앞으로 헤엄쳐 오고 있었다.

얼마 지나지 않아 먹이가 전부 없어지자 식인 장어들이 물러가려 했다. 전다다는 재빨리 양쪽에 있던 인어족들에게 손짓했다.

인어족들은 즉시 식인 장어들을 이끌고 물속 깊은 곳으로 잠수했고, 전다다는 기회를 놓치지 않고 황금 잎을 불기 시작했다.

이 황금 잎은 그녀 비장의 보물로, 매미 날개처럼 얇은 데다 특수한 무늬가 있었다. 이 황금 잎의 소리는 침투력이 매우 강했고 뭐라 표현하기 어려운 마력을 가지고 있어, 짐승은 물론 사람의 혼도 빼앗을 수 있었다.

황금 잎의 기이한 음색에 전다다가 직접 작곡한 기묘한 곡조가 더해지니 신비롭기 그지없었다. 마치 바다 깊은 곳에서 흘러나오는, 바다의 신이 부르는 노래 같은 느낌이었다.

식인 장어들은 이 소리를 듣자 잇달아 헤엄을 멈추고 사방을 둘러보았다. 이 소리가 대체 어디서 나는지 알고 싶은 모양이었다.

전다다는 몹시 기뻤다. 식인 장어들이 이 소리에 신경을 쓰는 것만으로도 반은 성공한 것이나 마찬가지였기 때문이다. 그녀는 계속 평온하게 곡조를 유지하며 연주했다. 일단 식인 장어를 통제하고, 그들을 부릴 수 있는지 시험해 봐야 했다.

그녀는 식인 장어들의 기척을 유심히 살피면서 연주했다. 점차 두리번거리던 식인 장어들이 조용해지더니 움직임을 멈췄다.

전다다는 더욱 기뻐하면서도 여전히 같은 곡조를 유지했다. 그녀의 그 진지한 모습은 평소의 제멋대로인 모습과는 완전히 달라 마치 딴사람 같았다.

목연은 그런 전다다를 바라보며 저도 모르게 넋을 잃었다. 어린 시절부터 지금까지 그는 짐승을 부리는 음률을 들으며 살아왔다. 그러니 이런 곡조를 듣는다고 해서 혼을 빼앗길 일은 없었다. 그는 지금…… 전다다의 진지한 모습에 빨려 들어가고 있었다.

식인 장어 무리가 움직임을 멈춘 순간, 전다다의 두 눈이 갑자기 가늘어지더니 평온하던 곡조가 갑자기 격렬하게 변화했다. 한 번 또 한 번, 파도가 밀려오듯 곡조는 점점 더 격렬해지다가 갑자기 하강했다.

순식간에 음률의 파도가 아래로 떨어지더니, 황금 잎이 내는 소리가 눌리듯 작아져 마침내 조용해졌다.

그러나 침묵은 단 한순간일 뿐, 전다다는 다시 황금 잎을 불기 시작했다.

이번에는 새로운 곡조였다. 전다다의 황금 잎에서 흘러나오는 음률은 방금의 곡보다 더더욱 사람의 혼을 빼앗을 듯 유혹적이었고, 인어족들은 참지 못하고 귀를 틀어막았다.

목연은 여전히 전다다를 보고 있었다.

그는 자신이 움직일 필요 없다는 것을, 전다다가 성공했다는 것을 알고 있었다!

그렇다. 전다다가 성공했다.

그녀가 천천히 음률을 늘어뜨리며 황금 잎을 내려놓았다. 이때 식인 장어 떼는 모두 그들을 바라보며 얌전해진 상태였다.

전다다는 안도의 한숨을 내쉬며 재빨리 휘파람을 불었다. 식인 장어 떼는 명령을 받자 사방으로 흩어져, 물속에서 풍화도 전체를 포위하기 시작했다. 그 모습을 본 인어족들이 기뻐하며 전다다에게 엄지손가락을 세워 보였다.

"과연, 능 소저는 정말 대단하십니다!"

"흑삼림의 대소저는 과연 명불허전이군요!"

"능 소저께서 오늘 소인의 식견을 넓혀 주셨습니다!"

전다다도 몹시 기뻤다. 그녀는 재빨리 목연을 보며 말했다.

"어때, 봤어? 내가 무서워할 필요가 있었냐고?"

"요즘 실력이 부쩍 는 것 같아."

목연의 말에 전다다가 코웃음을 치며 말했다.

"본 소저는 원래 아주 대단했다고. 그저 드러낼 기회가 없었을 뿐이지!"

그녀는 얼마 전 영양을 길들일 때 목연이 도와주었다는 사실을 완전히 잊은 듯했다. 그러나 목연은 이번에도 역시 전다다와 다툴 뜻이 없었다.

"우리 임무는 끝난 셈이군. 이제 저들을 지켜보기만 하면 되겠어!"

전다다가 조심스럽게 자신의 보물인 황금 잎을 품에 넣으며 손뼉을 쳤다.

"순조롭게 임무를 완성했으니, 칠 숙부에게 무슨 상을 달라고 할지 생각해 봐야지!"

"황금 외에 다른 좋아하는 물건이라도 있어?"

목연의 말에 전다다가 웃기 시작했다.

"맞아. 생각할 필요도 없지."

비록 임무를 완성했지만, 그들은 여전히 그 자리에서 상황을 지켜보며 만일에 대비해야 했다.

목연은 과묵한 성격이니, 오늘 전다다와 나눈 대화만으로도 충분히 말을 많이 했다고 볼 수 있었다. 전다다는 한가로이 그를 몰래 훔쳐보며 다시 마음을 꼬기 시작했다.

그녀가 들으라는 듯 중얼거렸다.

"돌아갈 때 식인 장어 한 마리를 잡아가서 진묵에게 보여 줘야겠어! 진묵은 분명 본 적이 없을 테니까!"

말해 봐, 응?

현공대륙에서 풍화도까지 오는 내내 전다다는 목연과 둘이서만 있을 기회를 피하거나, 일부러 진묵에 대해 언급하곤 했다. 그녀가 진묵을 그리워한다고 모든 이들이 생각할 정도였다.

목연은 그녀가 오늘은 진묵 이야기를 하지 않으리라 생각했지만, 결국 또 이야기했다.

그가 말없이 그녀에게서 등을 돌렸다. 전다다는 장난기가 솟아나 다시 중얼거렸다.

"아, 진묵은 지금 뭘 하고 있을까? 날 보고 싶어 하는 거나 아닌지 모르겠네."

전다다는 비록 늘 진묵을 언급했지만 이런 식으로 직접적으로 말한 적은 없었다. 목연은 저도 모르게 미간을 찌푸렸다.

그때 전다다가 다시 말했다.

"아, 나도 보고 싶다!"

목연은 자신도 모르게 심호흡을 했다. 바로 그때, 현공대륙에 있던 진묵은 이유 없이 잇따라 재채기를 한 후 코를 비비며 계속 앞으로 나아가고 있었다.

목연이 별다른 반응을 보이지 않으니 조금 짜증이 났다. 난 전다다가 다시 한번 외쳤다.

"아, 보고 싶다!"

목연은 그 자리를 떠나고 싶었지만, 지금은 자리를 피할 수 없는 상황이었다. 그는 남몰래 깊이 숨을 들이마셨다.

이 순간 전다다는 완전히 흥미를 잃었다. 그녀의 작은 얼굴이 점차 어두워지는가 싶더니, 목연의 등을 노려보며 속으로 중얼거렸다.

'목연, 너는 눈 마비가 아니라 마음 마비야! 기다려, 본 소저가 꼭 네가 후회하게 해 줄 테니까!'

그 순간 목연이 갑자기 몸을 돌렸다. 전다다는 당황하여 재빨리 분노한 표정을 감추고, 그의 시선을 피했다.

"전다다."

목연의 목소리는 평온했다.

전다다는 그가 자신에게 말을 걸어 주기를 기대하고 있었지만, 그가 정말로 말을 걸어 오니 어쩐지 당황스러운 기분이 들었다. 그녀는 긴장한 모습을 숨기며 일부러 침착하게 대답했다.

"응?"

"능령."

목연이 다시 한번 그녀를 불렀다.

능령, 전다다의 진짜 이름이었다. 그리고 그녀의 어머니만이 장난을 칠 때 그녀를 이 이름으로 불렀다. 목연이 지금…… 장난을 치려고 하는 건가?

전다다는 긴장되기도 하고 기쁘기도 했다. 심장이 그야말로 허공에 걸린 기분이었다.

"왜…… 무슨 일이야?"

목연이 잠시 침묵을 지키더니 곧 물었다.

"너희…… 너희……."

그의 목소리가 점차 작아지고 있었지만 전다다는 귀를 쫑긋 세우고 있었기에 아주 잘 들을 수 있었다. 전다다는 '너희'라는 말을 들은 순간 흥분하기 시작했다. 그러나 목연은 한참 동안 말을 잇지 않았다.

전다다는 계속 기다리다가, 마침내 참을 수 없는 지경이 되어 그에게 물었다.

"뭐라고?"

목연이 그녀의 시선을 피하더니 갑자기 입을 다물었다.

"아냐."

몰래 흥분하고 있던 전다다는 갑자기 냉수라도 뒤집어쓴 기분으로 실망했다. 그녀는 작은 얼굴을 순식간에 일그러뜨리고 입술을 비죽거렸다. 그녀는 그와 결판을 내고 싶어 견딜 수 없었다.

그러나 이 순간, 목연이 갑자기 그녀에게 물었다.

"그가 너에게 잘 대해 줘?"

뭐라고?

전다다는 한순간 어떻게 반응해야 할지 알 수 없었다.

목연이 그녀를 돌아보며 매우 진지하게 물었다.

"진묵이 너에게 잘 대해 줘?"

전다다는 그제야 그의 뜻을 이해하고, 흥분한 나머지 큰 소리로 웃을 뻔했다!

다행히도 그녀는 웃음을 참을 수 있었다. 그녀는 가볍게 두어 번 기침하며 제 흥분을 가라앉히고, 목연의 시선을 피하며 대답했다.

"뭐…… 그럭저럭!"

그녀가 시선을 피한 것은 제 감정을 드러낼까 봐 두려워서였다. 그러나 이 순간 전다다의 모습은 몹시도 수줍어하는 소녀로만 보였다. 최소한 목연이 보기에는 그랬다.

목연은 그녀를 한참 바라보다가 겨우 말했다.

"그렇군."

전다다는 계속 기다렸지만 그는 그 이상 묻지 않았다. 전다다는 점점 더 다급해졌고, 심지어 조금 화가 나기도 했다. 그녀가 다시 몸을 돌려 그를 바라보았을 때, 목연이 또다시 갑자기 입을 열었다.

"너희, 언제부터…… 언제부터 함께 가기로 한 거야?"

전다다는 정말로 화가 나기도 하고 우습기도 했다. 화가 나서 당장이라도 그에게 바보라고 욕설을 퍼붓고 싶었고, 또 그의 실망한 듯한 눈빛에 기뻐 죽을 것 같기도 했다.

전다다는 눈을 영리하게 빛내며 물었다.

"함께 가다니? 그건 무슨 뜻이야?"

목연이 더욱 불편한 표정으로 속삭이듯 말했다.

"너와 진묵이 언제부터 함께하기로 한 거냐고."

전다다의 마음속은 그야말로 기뻐 미칠 지경이었다. 그러나 그녀는 그저 미소만을 띤 채 말했다.

"우리 함께하기로 한 적 없는데!"

뭐라고?

목연이 재빨리 눈을 들어 전다다를 바라보았다. 그 어두운 눈동자가 순식간에 비할 데 없이 밝게 빛나기 시작했다.

전다다는 목연을 알게 된 후, 그의 죽은 듯한 두 눈동자가 이렇게 밝게 빛나는 것을 본 적이 없었다. 그녀는 돌연, 그의 눈동자가 몹시도 매력적이라는 사실을 알게 되었다!

그녀는 계속 그의 마음을 떠볼 작정이었지만, 이 순간 도저히 참을 수 없어져 버리고 말았다. 전다다의 맑은 눈동자에 점차 웃음기가 짙어졌다.

두 사람은 서로를 바라보았고, 이 순간 모든 것이 너무나 아름답게 변한 것만 같았다.

그러나 영리한 목연은 곧 전다다가 자신을 놀리고 있었다는 사실을 깨달았다. 그의 눈빛이 점차 변했고, 그러자 전다다의 안색도 변했다. 그 순간 시간마저 그대로 멈춘 것 같았다.

목연의 눈빛이 차가워지자 전다다는 그를 바라볼 엄두가 나지 않아 무의식적으로 몸을 돌렸다. 목연이 재빨리 그녀 앞으로 위치를 옮기더니, 미간을 찌푸린 채 그녀를 물끄러미 바라보았다.

찔리는 구석이 있는 전다다는 목을 움츠렸는데, 그 모습이 꼭 겁먹은 작은 토끼 같았다.

"너!"

목연은 분명 화가 나 있었다.

"너……."

한참 동안 기다렸지만 목연은 계속 말을 잇지 않았다. 전다다는 겁이 났지만, 조심스럽게 눈을 들었다.

그녀는 본래 그를 흘깃 훔쳐볼 생각이었는데, 눈을 드는 순간 바로 목연의 차가운 눈빛과 마주치고 말았다.

목연은 전다다가 자신을 바라보자 눈빛이 더욱 차가워졌다.

그가 물었다.

"재미있어?"

마음속은 이미 환희가 넘쳐흐르고 있었지만, 전다다는 일부러 억울하다는 표정으로 말했다.

"뭐가 재미있냐는 거야? 네가 무슨 말을 하는지 모르겠어!"

목연이 매우 엄숙하게 말했다.

"아직도!"

전다다는 커다란 눈망울을 깜박이며 물었다.

"난 정말 네가 무슨 말을 하는지 모르겠는데?"

목연은 정말로 화가 난 모양이었다.

"너!"

전다다는 결국 참지 못하고 피식 웃고 말았다.

"나는 무슨 나? 내가 언제 진묵이랑 함께할 거라고 말한 적이나 있어? 함께하는 거 아니면 뭐 보고 싶어 하면 안 되는 거야? 내 일은 너랑 상관없잖아! 왜 화내는 거야?"

그 순간, 자신이 너무 충동적이었음을 느낀 목연은 대답할 말을 잊고 말았다.

전다다는 그의 표정이 변화하는 것을 보며 더욱 찬란하게 웃기 시작했다. 그녀는 일부러 그의 앞까지 다가가 고개를 들고, 애교 섞인 목소리로 물었다.

"왜 그렇게 흥분하는 거야? 질투라도 하는 거야? 신경 쓰이는 거지? 응?"

전다다는 마치 사탕 먹은 아이처럼 즐거워하며 웃다가, 결국은 본심을 드러냈다.

"목연, 나 좋아하지?"

그의 얼굴이 순식간에 뜨거워지더니 바로 그녀의 시선을 피했다. 그러나 그를 여기까지 몰아붙인 전다다가 이대로 놓아줄리 만무했다. 그녀는 목연의 얼굴 앞으로 제 얼굴을 바싹 들이밀었다.

그는 그녀보다 키가 훨씬 컸기 때문에 고개를 숙이면 그녀의 시선을 피할 방법이 없었다. 그는 고개를 들고 다른 곳을 보며 딴청을 부렸다.

전다다는 그의 두 손을 잡아끌며 고집스럽게, 답이 명확한 질문을 던졌다.

"나 좋아하는 거, 맞지? 응? 오늘 대답해 주지 않으면 나, 이 손 놔주지 않을 거야!"

목연이 손을 거둬들이려 했지만 전다다는 있는 힘을 다해 그의 손을 잡고 놔주지 않았다.

곁에 있던 인어족들이 두 사람을 구경하고 있었다. 목연이 귀까지 붉어져서 속삭였다.

"이러지 마!"

전다다는 그의 손을 놔주지 않을 뿐만 아니라 목소리마저 높였다.

"목연, 본 소저를 좋아하지? 응?"

곁에 있던 인어족 사이에서 웃음소리가 흘러나왔다. 목연이 난감한 나머지 고개를 숙이고 속삭였다.

"체통을 지켜야지! 어서 놔! 지금은 이럴 때가 아니라고!"

그의 말이 끝나자마자 갑자기 참혹한 비명이 들려왔다. 모두 깜짝 놀라 돌아보니, 인어족 하나가 갑자기 나타난 식인 장어 떼에게 갈기갈기 찢겨 나가고 있었다!

이것은⋯⋯.

사고

흑인어족이 갑자기 비명을 질렀고, 목연과 전다다가 바로 돌아보았다! 그들이 고개를 돌리는 순간, 그 흑인어족 병사가 식인 장어 몇 마리에 의해 깨끗하게 먹히는 모습이 눈에 들어왔다!

모두 경악했다. 무리 지어 다니는 식인 장어 중에서 단독으로 행동하는 장어가 있다니!

목연이 상황을 파악하자마자 흑인어족 병사들에게 외쳤다.

"저들을 죽여, 어서!"

식인 장어 떼라면 상대할 방법이 없지만, 10여 마리라면 어떻게든 응대해 볼 수 있었다. 그와 전다다는 물방울 안에서 보호받고 있었고, 흑인어족 병사들은 물방울 밖에 있었으니, 흑인어족 병사들만이 손을 쓸 수 있었다!

게다가 속전속결로 끝내지 않으면 멀지 않은 곳의 식인 장어 떼에게도 영향을 끼칠 가능성이 있었다! 그렇게 되면 사태는 걷잡을 수 없을 것이다!

우두머리인 흑인어족이 비수를 꺼냈다. 그러나 모두를 놀라게 한 일이 다음에 일어났다. 식인 장어들이 뜻밖에도, 가까이에 있는 흑인어족 병사가 아닌 가장 멀리 있는 병사를 습격한 것이다!

어찌 된 일일까?

전다다가 곧 그 이유를 알아차리고 분노하여 외쳤다.

"누가 몰래 미끼를 갖고 있어도 좋다고 했지? 전부 써 버리라고 했잖아? 몸에 미끼를 지니고 있다는 건 바로, 식인 장어에게 제발 와 달라고 유혹하는 꼴이잖아!"

목연도 경악하여 다급하게 외쳤다.

"어서, 몸에 지닌 미끼를 전부 버려! 어서!"

식인 장어는 단독 행동을 하지 않고 반드시 떼를 지어 다닌다! 그러니 이 열 마리 남짓한 식인 장어는 단독으로 행동한 것이 아니라, 그저 좀 빠른 것에 불과했다. 이제 곧 식인 장어가 떼로 몰려올 것이다!

식인 장어 떼가 오게 되면 이미 길들인 장어 떼도 영향을 받을 수밖에 없었다. 그렇게 된다면…… 그 결과는 감히 상상조차 할 수 없을 것이다!

흑인어족 병사는 확실히 미끼를 숨기고 있었다. 그들은 식인 장어를 본 적이 없어, 일을 끝내고 몰래 몇 마리 잡아갈 생각이었다. 미끼를 지니고 있다고 이렇게 큰일이 벌어지리라고는 상상조차 할 수 없었다!

흑인어족 병사 둘이 재빨리 미끼를 꺼내 멀리 던져 버렸다. 그러사 그들 두 사람을 공격하려던 식인 장어가 고개를 돌리더니 미끼가 있는 방향으로 헤엄쳐 갔다!

그러나 안도의 숨을 쉴 틈도 없었다. 물 아래의 흔들림을 느낀 것이다. 흑인어족 병사들 모두 새파랗게 질린 얼굴로 서로의 얼굴을 바라보았다. 전다다와 목연도 그런 그들을 보고 상황이 어찌 돌아가고 있는지 감을 잡을 수 있었다!

목연이 말했다.

"위치를 바꿔야 해, 어서!"

흑인어족 병사 하나가 희생되었기에 그들이 있는 곳은 이미 피비린내가 나고 있었다. 미끼가 없다 해도 식인 장어들이 냄새를 맡고 몰려오기에 충분했다. 그들은 어서 안전한 곳으로 대피해야 했다.

흑인어족 병사가 서둘러 목연과 전다다를 데리고 멀리 피했다. 그러나 물 아래의 진동은 점점 더 커져만 갔다.

흑인어족 병사들이 조급해하기 시작했다. 결국 흑인어족 병사들의 우두머리가 참지 못하고 외쳤다.

"두 분, 도망쳐야 합니다!"

도망쳐야 한다고? 사고를 쳐 놓고 수습할 생각은 하지 않고 도망을 치겠다고?

전다다는 원래 그 시신도 지키지 못한 흑인어족을 가엾게 여기고 있었지만, 지금은 그래도 마땅하다는 생각이 들었다!

전다다가 입을 열려고 하는데 목연이 먼저 냉랭한 눈으로 바라보며 말했다.

"모두 그대로 멈춰라! 도망치는 자는 내가 물고기 밥으로 삼을 것이다!"

전다다는 그들을 상대하지 않고 미끼가 놓인 자리를 노려보며, 황금 잎을 꺼내 가볍게 입술에 물었다. 이제 다른 곡으로 다시 길들이기를 시험해 보는 수밖에 없었다. 그녀도 새로운 곡조가 이미 길들인 식인 장어 떼를 놀라게 할지 확신할 수 없었지만, 어쨌든 지금으로서는 다른 방법이 없었다.

목연이 차가운 눈으로 흑인어족 병사들을 하나하나 훑어보았다. 그들이 감히 난동을 부리지 못할 거라는 사실을 확인한 다음, 칠률목적을 꺼내 입가에 대고 언제라도 불 준비를 했다! 그리고 방금과 같이 나지막하게 속삭였다.

"무서워할 필요 없어. 내가 있잖아."

이 순간, 목연이 설명하지 않아도 전다다는 그의 마음을 알 수 있었다. 그는 그녀에게 새로 온 장어 떼를 길들이는 데 전력을 다하라고 하는 것이다. 그가 그녀를 대신해 이미 길들인 장어 떼를 지킬 테니까!

이렇게 흑인어족 병사들이 전전긍긍하는 가운데, 전다다와 목연은 엄숙한 표정으로 전방을 주시하고 있었다. 그들이 생각했던 대로, 곧 거대한 검은 그림자가 깊은 물 아래에서 천천히 떠오르기 시작했다.

식인 장어 떼가 왔다!

전다다가 황금 잎을 불기 위해 입술로 가져간 순간, 전방 풍화도에서 갑자기 금인어족 병사들 한 무리가 물속으로 뛰어들더니 바로 잠수했다.

이…… 이건 너무 공교롭잖아!

전다다는 화가 나서 욕이라도 퍼붓고 싶은 기분이었다!

금인어족 도망병들이 물에 뛰어드는 움직임이 너무 컸다.

풍화도 아래를 지키던 식인 장어 떼는 전다다의 제어를 받기 때문에, 그녀가 지령을 내리지 않는 한 움직이지 않을 것이다! 그러나 뒤에 온 식인 장어 떼는 인기척을 느끼자 분분히 헤엄을 치며, 순식간에 물 아래로 내려온 수십 명의 금인어족을 포위했다.

금인어족 병사들의 속도가 아무리 빠르다 해도, 식인 장어 떼에게 포위당한 상황에서는 탈출하는 게 불가능했다! 식인 장어 떼는 잠시도 지체하지 않고 금인어족 병사들을 향해 달려들었다!

장어들이 그리 많으니, 한 마리당 한 입씩만 먹는다고 해도 금인어족들 전부가 시신조차 남기지 못할 수밖에 없었다. 전다다와 목연은 눈을 휘둥그렇게 뜬 채 물속에 피비린내가 퍼지는 것을 지켜보았다.

이제는 막으려 한다고 막을 수 있는 일이 아니었다. 피비린내, 동족이 벌이는 살육⋯⋯ 전다다가 기껏 길들여 놓은 식인 장어 떼가 점차 본성을 회복하고 있었다. 그들은 이제 전다다의 통제를 받지 않았다.

더더욱 난감한 것은 금인어족 병사들이 계속 물속으로 뛰어들고 있다는 것이었다.

전다다 일행 주변에는 피비린내가 퍼져 있었다. 물속의 흑인어족 병사들에게도 피비린내가 묻었으니, 그들도 위험한 상황이었다.

흑인어족 병사들은 놀란 나머지 미동도 하지 못하고 있었다.

전다다는 대체 어떻게 해야 할지 알 수 없어 중얼거렸다.

"어떻게 하지?"

목연이 과감하게 외쳤다.

"도망치자! 뭍으로!"

그렇다. 그저 도망치는 정도가 아니라 뭍으로 올라가야 했다! 금인어족 병사들이 도망치고 있는 것을 보면 풍화도의 상황은 이미 결정된 것이나 마찬가지였다. 아마 곧 더 많은 인어족 병사들이 도망칠 것이다.

바꿔 말하자면, 이 바닷속 살육은 점점 더 심해질 테고, 더 많은 식인 장어 떼가 몰려올 것이다. 그렇게 되면 안전한 곳을 찾기 힘들어질 테니 뭍으로 올라가는 수밖에 없었다!

비록 식인 장어 떼에 대한 통제권을 잃어 금인어족 병사들을 포로로 잡을 수는 없었지만, 최소한 풍화도의 금인어족이 살아서 도망치지는 못하게 할 수 있었다.

목연이 이렇게 말하자 흑인어족 병사들도 정신을 차렸다. 그들은 재빨리 앞쪽의 식인 장어 떼를 피해 풍화도의 다른 한쪽으로 돌아갔다.

그러나 뭍 가까이 갔을 때, 방금과 같은 광경이 그들의 눈앞에 펼쳐졌다. 식인 장어 몇 마리가 갑자기 물 깊은 곳에서 뛰어오르더니 인어족 병사 우두머리를 포위했다. 우두머리가 깨끗하게 먹히기도 전에 다른 인어족 병사가 포위당했다.

이 구역 물 아래는 전부 식인 장어 떼로 가득했다!

이 순간, 전다다는 칠 숙부가 대체 무슨 미끼를 준 것인지 궁금해 미칠 지경이었다. 대체 뭘 썼기에 이 바다의 식인 장어 떼가 전부 몰려온다는 말인가? 설마 이 바닷속에 원래 이렇게 식인 장어가 많은 걸까?

그러나 전다다는 그 이상 생각을 이어 갈 여유가 없었다. 그녀는 목연과 함께 흑인어족들을 재촉하며, 양옆의 흑인어족이 식인 장어를 경계하는 것을 도왔다!

그러나 이게 웬일일까. 남아 있던 두 흑인어족이 뜻밖에도 약속이나 한 듯이 그녀와 목연을 버리고 도망치기 시작했다!

두 흑인어족 병사가 도망치니, 그들을 보호하던 물방울도 순식간에 사라졌다. 전다다와 목연은 동시에 숨을 쉴 수 없게 되었다.

그 순간, 목연이 전다다의 손을 잡았다…….

목연의 대답

목연이 전다다의 손을 잡고 재빨리 그녀를 끌어당기더니 허리를 감싸 안았다.

평소라면 전다다는 이 상황을 즐거워했을 것이다. 그러나 이 순간에는 그런 것을 생각할 여유도 없었다.

그녀는 목연에게 안긴 채, 물 아래에서 사용하기 편한 활 형태의 암기인 소수노를 꺼내 주변의 식인 장어들을 경계하기 시작했다.

목연이 잠시도 지체하지 않고, 그녀를 데리고 있는 힘을 다해 헤엄치기 시작했다!

식인 장어 떼를 두 번이나 상대하고 나니 전다다는 어느 정도 자신이 생겼다. 그러나 그녀는 식인 장어가 발아래에서 그들을 기습하지 않을 거라고는 확신할 수 없었다. 게다가 발아래 어두운 물속에서 얼마나 많은 식인 장어 떼들이 그들을 지켜보고 있을지는 더더욱 확신할 수 없었다!

인어족이 지켜 주지 않는 이상 그들이 숨을 참을 수 있는 시간에는 한계가 있었고, 식인 장어를 길들이려는 노력은 시도조차 할 수 없었다.

전다다는 그저 자신이 신중하게, 당정에게서 소수노를 두 개 빌려 온 것을 다행으로 여겼다.

곧 식인 장어 떼가 좌우 양쪽에서 그들을 습격해 왔다. 전다다는 빠르게 화살을 날렸다. 소수노의 화살 수가 한정되어 있었기 때문에 함부로 남용할 수 없었다. 아무리 급한 상황이어도 냉정함을 유지해야 했다.

그녀는 가장 가까운 식인 장어를 노렸다. 왼쪽에서 다가오면 왼쪽으로 쏘고, 오른쪽에서 다가오면 바로 오른쪽을 공격했다. 이렇게 좌우를 오가며 전다다는 화살로 계속 식인 장어의 머리를 맞혔다. 화살은 목표물에 꽂히는 순간 폭발했으니 치명적일 수밖에 없었다!

어린 시절부터 짐승을 부렸던 그녀는 영성이 있는 동물이라면 결단코 멍청하지 않다는 사실을 아주 잘 알고 있었다! 일단 동족이 피살되는 광경을 보면 모두 두려워하기 마련이다. 이렇게 먼저 다가오는 장어를 죽이는 방식으로, 그 뒤를 따라오는 장어 떼들을 겁에 질리게 할 수 있을 것이다!

과연, 식인 장어들은 더 이상 공격을 감행하지 못하고 그들 근처를 맴돌며 기회만 노리고 있었다.

이때 목연은 단 한순간도 쉬지 않고, 있는 힘을 다해 위를 향해 헤엄쳤다. 전다다는 신경을 곤두세운 채 주변을 경계하는 동시에 발아래에 더욱 신경을 쓰고 있었다.

바닷물을 뚫고 햇빛이 들어와 주변이 점점 더 밝아졌다. 그들을 둘러싼 물도 점차 따뜻해지고 있었다! 이것은 그들이 곧 뭍에 도착하리라는 의미였다.

그들 주위를 배회하던 식인 장어 떼의 움직임이 느려지는가 싶더니 잠시 후 흩어지기까지 했다. 전다다는 속으로 기뻐했다. 식인 장어는 깊은 바다에 사는지라 강렬한 햇빛을 견디지 못하고, 따뜻한 수온은 더욱 견디지 못한다.

과연 얼마 지나지 않아 식인 장어 떼는 잇달아 고개를 돌리더니 다른 사냥감을 찾아 떠났다. 팽팽하게 당겨져 있던 전다다의 신경이 마침내 해방되고 있었다.

그러나 이게 웬일일까. 긴장이 풀리는 순간, 그녀는 곧 숨을 쉴 수 없다는 것을 느꼈다. 방금까지는 너무 다급한 나머지 자신이 이미 오랫동안 숨도 쉬지 못하고 있다는 사실을 아예 깨닫지 못하고 있었다.

전다다는 다급하게 물 위를 바라보았고, 아직 해수면까지는 거리가 꽤 남았다는 것을 알아차렸다. 그녀는 재빨리 제 허리를 안고 있는 목연의 손을 쳐 그녀를 놓으라는 신호를 보냈다.

목연은 처음부터, 그들이 장어의 입에서 도망친다 해도 뭍에 닿을 수 있다는 보장이 없다는 것을 알고 있었다. 그래서 그는 잠시도 나태하게 굴지 않았다.

그는 전다다의 허리를 놓고 대신 바로 그녀의 손을 잡았다. 그는 결코 그녀를 물고기 밥으로 내줄 수 없었다.

이렇게 두 사람은 서로의 손을 잡은 채 위로 헤엄쳤다. 헤엄치고, 또 헤엄치고……. 마침내 전다다의 움직임이 점차 멈추기 시작했다. 그녀는 이제 더 이상 견딜 수 없었다!

목연도 당연히 그 사실을 알고 있었다. 그러나 그는 지난번 구려족 묘지에서처럼 그녀를 구할 수 없었다. 그 자신도 버틸 수 없을 지경이었기 때문이다. 그는 그저 그녀를 잡은 채 계속 위로 헤엄치는 수밖에 없었다!

'버텨야 해!'

목연의 마음속 말은 전다다에게 하는 말임과 동시에 스스로에게 하는 말이기도 했다. 그는 있는 힘을 다해 위로, 위로 헤엄쳤다! 금방이라도 질식할 것 같은 상황 속에서, 거대한 바위가 가슴을 억누르는 듯한 답답함 속에서, 금방이라도 폭발할 듯한 그 괴로움 속에서!

곧 그는 버틸 수 없게 되었다. 그는 천천히 숨을 토해 냈다. 그러면서도 계속 위로 헤엄쳤고, 마침내 해수면 위로 머리를 내밀었다. 전다다 역시 동시에 해수면 위로 고개를 내밀었다!

햇빛은 정말 아름답구나!

목연이 숨을 헐떡이며 생각했다. 지친 나머지 금방이라도 쓰러질 것 같았다. 그러나 그는 잠시도 멈추지 않고 재빨리 전다다를 안은 채 뭍으로 향했다.

뭍에 도착하는 순간 그는 바로 전다다를 땅에 눕히고 응급처치를 시작했다. 그녀는 물을 너무 많이 먹은 상태였다. 그는 전다다의 코와 입에 있는 물을 토해 내게 한 후 바로 숨을 불어넣어 주었다.

처음에는 목연도 매우 담담했다. 어쨌든 물에 빠진 후의 모든 상황을 그도 잘 알고 있었으니까. 그러나 몇 번이고 숨을 불어넣어도 전다다가 반응을 보이지 않자 그는 당황하기 시작했다.

그러나 그로서는 계속하는 것 외에는 방법이 없었다. 한 번,

또 한 번…… 얼마나 오랫동안 그녀에게 숨을 불어넣어 주었을까. 그가 다시 한번 고개를 숙이고 그녀의 입술을 덮었을 때, 전다다가 갑자기 기침을 시작했다.

목연이 재빨리 멈추고 뒤로 물러났다. 순간 전다다가 더욱 크게 기침을 시작했다. 그와 동시에 점차 정신이 드는 듯, 그 물기 어린 커다란 눈을 뜨더니 목연을 바라보았다.

목연은 너무나 기뻤다. 그의 눈이며 입가에 점차 웃음기가 떠올랐다.

이 순간, 햇빛이 참 좋았다. 그러나 그의 웃음이 더 따뜻하고 찬란해 보였다. 본래의 음울하던 모습과는 완전히 다른 사람이 된 것처럼. 지금의 그는 마치 이웃집에 사는 밝은 성격의 오라비 같아 보였다. 그리고 그 모습이 어찌나 보기 좋은지 전다다로서는 말로 표현할 수 없었다.

죽음의 문턱에서 살아 돌아온 전다다는 모든 고통을 잊고 그를 물끄러미 바라보았다. 목연이 이렇게…… 이렇게 찬란하게 웃을 수 있다니!

전다다는 자신도 모르게 중얼거렸다.

"목연, 너…… 웃으면 이렇게 보기 좋구나!"

목연의 두 팔은 전다다의 머리 양옆에 있었다. 그는 계속 전다다 위에 엎드린 자세를 유지하고 있었다.

전다다의 말을 들은 그는 겨우 정신을 차리고, 재빨리 웃음기를 거둔 다음 몸을 일으키려 했다. 그러나 전다다는 일단 시작한 이상 끝을 보겠다는 심산인지 다급하게 그의 목을 끌어안았다. 그리고 제 위에서 일어나지 못하고 있는 그에게 큰 소리로 외쳤다.

"왜 피하는 거야? 아직 내 질문에 대답하지 않았잖아!"

목연이 즉시 미간을 찌푸렸다. 전다다는 그를 더욱 꽉 끌어안으며 엄숙하게 말했다.

"내가 너에게 뭘 물어봤는지 잘 생각해 보겠어? 오늘 본 소저에게 대답을 들려주지 않는다면…… 일어날 생각은 하지 않는 게 좋을걸!"

목연은 미간을 찌푸린 채 전다다를 보며 계속 아무 말도 하지 않았다.

전다다는 조금 사나워져 있었다. 그녀는 마치 범인을 몰아세우듯 물었다.

"말하라고. 나를 좋아하는지 아닌지!"

목연이 어떻게 이 질문을 잊을 수 있을까? 그의 눈빛이 깊어져 가고 있었다.

전다다가 다시 그의 목을 힘주어 끌어안으며 노한 눈으로 그를 바라보았다! 그러나 이번에는 목연도 그녀를 너무 오래 기다리게 하지 않았다.

그의 깊은 눈빛이 갑자기 아래로 향하더니, 살짝 창백해진 그녀의 입술로 떨어졌다. 곧 그의 입술이 다시 그녀의 입술을 덮어 왔다! 이번에는 숨을 불어넣어 주기 위한 것이 아니라…… 입맞춤이었다!

그는 정열적으로 그녀의 입술을 열더니, 패기롭게 그녀의 아름다움을 점령하기 시작했다.

전다다는 순식간에 멍한 표정이 되어 버렸다.

이런 대답은…… 너무 예상 밖의 일이잖아!

목연의 목을 감고 있던 그녀의 두 손에서 힘이 풀렸다. 그러나 그녀의 손이 땅으로 떨어지기 전에 목연이 잡더니, 원래의 자리로 되돌려 놓았다.

잠시 후, 그가 입맞춤을 멈췄다. 그러나 여전히 그녀의 입술에 제 입술을 댄 채 거칠게 숨을 내쉬었다.

전다다의 심장은 방금 그대로 멈춰 버린 것 같았다. 그러나 이 순간 갑자기 회복되기라도 한 것처럼, 거칠게 뛰었다.

두 사람 모두 미동도 없이 서로를 바라보았다. 온 세상이 마치 고요해진 것만 같았다. 그러나 이런 고요함은 전다다를 두렵게 했다! 목연의 숨소리며 그녀 자신의 심장 소리가…… 더더욱 그녀를 무섭게 만들었다!

평소 당정 언니와 몰래 이야기하던 그런 것들이…… 일순간 그녀의 머릿속에 전부 떠올랐다. 그녀는 점점 더 긴장하고, 점점 더 무서워하고 있었다.

목연은 무엇을 하고 싶은 걸까?

설마 이대로 그에게 잡아먹히는 것은 아니겠지?

전다다, 넌 생각이 너무 많아

이대로 잡아먹히는 것은 아니겠지?

이 질문이 떠오른 순간 전다다는 더욱 긴장했다. 그리고 어디서 나온 힘인지, 불시에 목연을 밀어냈다!

워낙 창졸간의 일이라 목연은 옆으로 쓰러졌다. 전다다가 재빨리 몸을 일으켜 두 손으로 자신을 가리며, 경계심 어린 얼굴로 그를 바라보았다.

"꿈도 꾸지 마!"

꿈도 꾸지 말라고? 무슨 꿈?

목연은 입맞춤마저 절제하고 있었다. 그게 아니라면 갑자기 멈추는 일은 없었을 것이다.

그는 미간을 찌푸린 채 전다다를 바라보았다. 처음에는 그녀가 왜 그러는지 이해할 수 없었지만, 곧 제 가슴을 가리고 있는 전다다를 보자 바로 무슨 의미인지 알게 되었다.

목연은 정말로 그녀의 머릿속에 무슨 이상한 생각이 들어 있는지 알 수 없을 지경이었다! 지난번 구려족 묘지에서 그녀에게 숨을 불어넣어 구했을 때도 그녀는 똑같이 반응했었다.

뭐라 했더라? 사람이 위험한 틈을 타서…… 상궤에 어긋난 생각을 한다고 했던가. 무뢰한이라 욕했던 것 같기도 하고…….

지난번에 그는 그저 그녀를 구했을 뿐이었다. 그리고 이번에는…… 분명 스스로 먼저 그를 끌어들였으면서! 그에게 답을 내놓으라고 계속 핍박했으면서!

목연은 전다다가 이렇게 강하게 자신을 거부하는 듯한 모습을 보이자 저도 모르게 불만스러워졌다. 그는 불시에 제 얼굴을 전다다의 얼굴 앞에, 그것도 서로의 코가 닿을 만큼 가까운 거리에 들이밀고는 일부러 물었다.

"무슨 꿈을 꿀 수 있는데?"

전다다는 흠칫 몸을 떨더니 재빨리 뒤로 물러났다.

목연은 바로 그녀에게 다가갔다. 그리고 그녀가 그를 밀어내려 했을 때 그가 갑자기 그녀의 귓가에 대고 속삭였다.

"능령, 나는 이미 네 질문에 대답했어. 배짱이 없으면 앞으로는 그런 질문을 함부로 하지 말도록 해!"

말을 마친 목연은 바로 뒤로 물러나 몸을 일으켰다.

전다다는 그제야 자신 스스로가 그를 끌어들였음을 깨달았다. 그녀도 재빨리 몸을 일으켰다.

그녀는 목연이 자신을 좋아한다고 인정한 후 어떤 일이 벌어질지 셀 수도 없이 상상해 왔다. 그러나 지금과 같은 상황이 벌어질 줄은 꿈에도 생각하지 못했다. 그녀는 그를 바라보며 뜻밖에도 어쩔 줄 몰라 하고 있었다.

그가 그녀를 좋아한다고 인정했다.

그럼 그다음은? 이렇게…… 다음은 없는 건가? 그녀에게 배짱이 없다고 구박하는 것 말고, 뭐 다른 것은 없는 거야?

전다다는 '다음'을 기다렸지만 목연은 이미 주변 상황을 정찰

중이었다. 주변에 인기척이 없는 것을 확인한 그는 작은 대나무 통에서 화절자를 꺼냈다. 그리고 그것이 젖지 않았다는 것을 확인한 후 장작을 모아 불을 피웠다.

목연이 제 상의를 벗어 가림막을 만든 다음 뒤돌아섰다.

"옷을 말린 다음에 사람들을 만나러 가자!"

그러나 전다다가 한참 동안 아무 말도 하지 않자, 그가 입에서 나오는 대로 덧붙였다.

"안심해도 좋아. 나도 너처럼 덜 자란 애송이에게는 아무 관심도 없으니까!"

전다다는 처음에는 코웃음을 쳤지만, 곧 뭔가 이상하다는 생각이 들었다. 그녀는 화가 나서 물었다.

"그럼 너…… 방금 했던 대답은 무슨 뜻이야?"

목연은 그제야 자신이 실수했음을 깨달았다.

"나, 나는…….."

그 순간 그는 대체 어떻게 변명해야 할지 알 수 없었다! 그녀에게 흥미가 있다고 말할 수도 없고, 그렇다고 부인할 수도 없고……. 초조해진 나머지 일단 화제를 바꾸기로 하고, 불쾌한 듯 재촉했다.

"빨리 옷을 말리라고! 아니면 내가 널 기다리지 않을지도 모르니까!"

전다다도, 본래 몹시 즐거워야 할 상황이 어째서 이렇게 변해 버렸는지 알 수 없어 초조해졌다.

"옷은 말려서는 뭐 하게? 그냥 가지 뭐. 칠 숙부는 분명 우리가 돌아오지 않아서 걱정하고 계실 거야!"

말을 마친 그녀가 성큼성큼 걸어 목연의 곁을 지나가려 했다. 그러나 그가 그녀의 팔을 잡고 엄숙하게 말했다.

"어서 옷을 말리라고!"

전다다는 그의 손을 뿌리치려 했지만, 목연은 손을 놓아주기는커녕 오히려 그녀를 끌어당겨 바위 위에 앉혔다. 이제 그의 목소리는 마치 명령하는 것처럼 들렸다.

"먼저 옷부터 말려!"

전다다는 답답한 나머지 그를 노려보며 몸을 일으키려 했다. 그러나 이게 웬일일까. 목연이 더욱 화가 난 목소리로 말했다.

"네가 그런 꼴로 다른 사람을 만나는 건…… 내가 허락할 수 없다고!"

그는 다시 원래의 자리로 돌아가 그녀를 등진 채 섰다. 마치…… 그녀를 지켜 주는 시위처럼.

전다다는 잠시 멈칫했으나 곧 입꼬리가 살며시 올라가더니 흐뭇하게 웃기 시작했다. 답답했던 것이 풀리는 동시에, 마치 사탕이라도 먹은 것처럼 달콤한 기분이 들었다.

전다다는 옷을 말린 다음 바로 목연에게 달려가 외쳤다.

"이번에는 내가 보초를 설게!"

목연은 무표정한 얼굴로 불 가로 걸어간 후에야 전다다를 흘긋 돌아보았다. 그의 입매도 슬며시 올라가고 있었다. 분명 웃음이 새어 나와 참을 수 없다는 표정이었다. 그는 곧 옷차림을 정리하기 시작했다.

전다다는 조용히 서 있는 것처럼 보였으나 사실 계속 등 뒤의 기척을 신경 쓰고 있었다. 아무것도 볼 수 없었지만, 그저 그가 움직이는 소리를 몰래 듣는 것만으로도 얼굴이 발갛게 달아오르고 있었다! 세상에, 정말 그녀의 머릿속에는 무엇이 들어 있는 걸까?

목연은 옷차림을 정리한 후 불을 끄고 그녀에게로 걸어왔다.

"가자!"

전다다는 고개를 끄덕이고 그와 함께 발걸음을 옮겼다. 고칠소 일행과 약속한 장소는 풍화도 동쪽 해안이었다. 그들은 계속 동쪽을 향해 한참 동안 걸으면서도 아무 말도 하지 않았다.

전다다는 계속 무슨 말이건 하고 싶어 손가락을 배배 꼬고 있었으나, 대체 무슨 말을 해야 할지 알 수 없었다. 그녀는 생각에 잠겨 있다가 실수로 발아래 계단을 보지 못하고 그대로 허공을 밟아 버리고 말았다.

다행히도 목연이 빠르게 반응하여 한 손으로 그녀의 손을 잡고, 다른 한 손으로는 그녀의 허리를 안아 잡아 주었다.

"길을 제대로 봐야지!"

전다다는 또 고개만 끄덕일 뿐이었다.

목연은 곧 그녀의 허리를 놓아주었다. 그러나 그녀의 손은 놓아주지 않고 오히려 더욱 꽉 잡더니, 계속 앞으로 걸어갔다.

전다다는 또 흐뭇해지고 말았다. 손을 잡힌 채 걸어가니 이제는 뭔가 부족하다는 생각이 들지 않았다. 그녀는 살며시 목연을 바라보았고, 목연 역시 그녀를 바라보았다. 시선이 부딪치는 순간, 두 사람 모두 바로 눈을 돌렸다.

전다다는 처음에는 꽤 조심스럽게 행동했지만, 걷다 보니 저도 모르게 손을 흔들게 되었다. 목연도 어쩔 수 없이 그녀와 함께 손을 흔들 수밖에 없었다. 그는 결국 참지 못하고 투덜거렸다.

"어린애처럼!"

전다다는 기분이 좋다 보니 흥이 돋아 더더욱 힘차게 팔을 흔들었다. 마치 도전하듯이.

목연이 미간을 찌푸리며 그녀를 돌아보았다. 그의 표정은 살짝 불쾌한 것 같기도 했고, 경고하는 것 같기도 했다. 그러나 전다다는 팔을 계속 흔들며 피식 웃었다.

목연이 갑자기 힘을 주어 그녀가 팔을 흔들지 못하게 하더니, 다시 그녀를 끌어당겼다. 덕분에 그녀는 그대로 그의 품 안으로 쓰러져 안기게 되었다.

전다다는 이런 결과는 예상하지 못하던 차였다. 등 뒤로 그의 숨결이 느껴졌다. 그의 두 손이 등 뒤에서 그녀의 허리를 끌어안는 순간 그녀의 장난기는 깨끗하게 사라지고 말았다. 그녀는 감히 움직일 수도 없었고, 이제 그에게 뭔가를 도전할 마음은 더더욱 들지 않았다.

그러고 싶은 마음은 있으나 그럴 배짱은 없다는 표현이 바로 지금의 그녀를 가리키는 말이었다!

전다다가 온순해진 가운데, 목연이 제 턱을 가볍게 그녀의 머리에 얹고 잠시 조용히 있다가 말했다.

"계속 그럴 거야?"

전다다가 서둘러 답했다.

"아니, 안 그럴 거야!"

목연은 만족한 듯했다. 그러나 그가 그녀를 놓아주는 순간, 전다다가 겁먹은 듯 다시 한마디 덧붙였다.

"내가 또 그러면…… 어쩔 건데?"

그녀는 말을 마침 다음 한참을 기다렸으나 목연의 대답은 들려오지 않았다. 그녀가 조심스럽게 고개를 들어 보니, 목연이 그녀를 바라보며 새어 나오는 웃음을 참지 못하고 있었다.

전다다가 참지 못하고 따라 웃자 목연은 웃음을 터뜨렸다. 서로 알게 된 후 지금에 와서야 두 사람은 정식으로 화해한 기분이었다.

목연이 갑자기 그녀에게 입을 맞추었다. 아까와는 완전히 다른 입맞춤이었다. 이번에는 아주, 특별히, 유난히 따뜻하고 부드러웠으니까.

칠 숙부

전다다는 쏟아지는 따뜻한 입맞춤에 저도 모르게 눈을 감았다. 이 순간, 그녀는 햇빛마저도 달콤한 사탕과 같은 맛이라고 생각하고 있었다. 마침내 목연이 그녀를 놓아주었을 때는 아쉬운 마음마저 들었다.

목연은 그녀가 취한 듯 눈을 감고 있는 것을 보고는 또 웃음을 터뜨렸다. 그는 가볍게 그녀의 앞머리를 쓸어 주었다.

"가자. 계속 이러고 있으면 네 칠 숙부께서 정말 걱정하실 테니까."

전다다는 그제야 눈을 떴다. 살짝 분홍빛이 돌던 볼이 순식간에 새빨갛게 달아올라 있었다. 그녀는 부끄러워하면서도, 결국은 마음속의 달콤한 감정을 숨기지 않고 웃었다.

목연은 그녀의 이런 모습이 정말 익숙하지 않았다. 그는 그녀의 손을 잡고 걷기 시작했다. 그리고 마치 그녀가 그랬던 것처럼 팔을 가볍게 흔들었다.

걷다 보니 전다다도 곧 원래의 모습을 회복해, 그와 함께 팔을 흔들었다. 이렇게 두 사람은 마치 어린애들처럼 서로의 손을 잡고 계속 걸어갔다.

풍화도는 둥근 형태의 섬으로, 중앙의 구불텅한 구릉 주위로는 평지와 바닷가가 펼쳐졌다. 동쪽에만 바다에 면한 수직 절벽이 있어 매우 위험했다.

백리운봉은 이 지형을 이용해 풍화도에 세 개의 감옥을 세웠다. 바로 운공대륙의 백리 일족인 금인어들을 가둔 감옥과 은인어들을 가둔 감옥, 그리고 두 일족의 미성년 남녀들을 가둔 감옥이었다.

이 세 감옥을 지키는 주력군은 바로 백리운봉과 함께 백리 일족을 배신한 금인어 일족이었다.

고칠소 일행의 계책에 따르면 곧 모든 이들이 동쪽으로 쫓겨가게 되어 있었다.

목연과 전다다는 동쪽 절벽에 도착하기도 전, 구릉지대에 오르자마자 적지 않은 시신들을 볼 수 있었다. 풍화도에서 가장 넓은 숲으로 들어가니 피가 강을 이루고, 시신이 산처럼 쌓여 있어 참담하기 그지없었다.

전다다와 목연은 이곳에서 전투가 벌어지리라는 것을 알고는 있었지만, 이 정도로까지 격렬하리라고는 생각지 못한 상황이었다. 눈앞의 공포스러운 장면을 보다 보니 두 사람 모두, 그들이 물 아래에서 겪은 일은 아무것도 아니라는 생각이 들었다.

그들은 말없이 발걸음을 재게 놀렸다. 그들의 동료들이 안전하기만을 기원하면서.

저녁 무렵, 전다다와 목연이 마침내 숲을 빠져나왔다. 순간, 그들은 기뻐하지 않을 수 없었다. 숲의 바깥 초원 끝에 풍화도에서 가장 험하다는 절벽이 보였고, 그곳에 붉은 옷을 입은 남자가 서 있었다.

엎드린 포로의 몸을 밟고 선 그의 붉은 옷이 바닷바람에 춤을 추듯 펄럭였다. 그 붉은빛은 석양 속에서 유난히도 눈에 띄었다.

전다다가 흥분하여 소리치기 시작했다.

"칠 숙부! 숙부야. 칠 숙부!"

목연 역시 기뻤다.

본래 전다다 일행으로부터 계속 칠 숙부가 어떠니, 칠 숙부가 어떤 사람이니 하고 들을 때는 이런 어른의 모습을 상상하지 못했었다. 그러나 직접 만나고 동행하다 보니, 목연은 어째서 전다다 일행이 항상 그를 입에 올리는지 깨달을 수 있었다.

그와 함께 있으면 항상 마음을 무겁게 하는 모든 것을 쉽게 잊을 수 있었고, 그 무엇도 꺼리지 않고 소탈하게 인생을 즐길수 있을 것 같았다.

목연이 여전히 지켜보는 가운데 전다다가 그를 벗어나 총총히 달려갔다.

"칠 숙부! 우리 돌아왔어요! 칠 숙부!"

목연은 허공에 그대로 굳은 제 손을 보다가 어쩔 수 없다는 듯 웃고 말았다. 그러나 그는 질투하지는 않았다. 어쨌든 전다다는 제 친부에게도 이렇게 흥분하거나 열정적이지는 않았으니까.

고칠소가 밟고 있는 포로는 바로 백리 군부의 배반자 백리운봉이었다!

그와 축운궁주는 일단 섬에 오른 후, 백리 군부의 남매를 구한 후 병사를 둘로 나눴다. 그와 축운궁주, 그리고 백리명향은 백리운봉을 기습했고, 백리율제와 정역비 일행은 갇혀 있던 인어족을 조직하여 반격에 나섰다.

단순히 인어족을 조직하여 반격했다면 분명 실패했을 것이다. 어쨌든 적의 수가 많았으니까.

그러나 지난 10여 년 동안 백리율제와 백리명향은 일족 사람들을 조직해 계속 반항해 왔다. 그동안 백리운봉이 아이들을 인질로 잡았기 때문에 속수무책이었을 뿐이었다. 이번에 백리운봉을 먼저 사로잡은 것이 그들의 승패를 가르는 열쇠가 되었다.

정역비와 당정은 여전히 도망병을 추격 중이었고, 백리명향과 백리율제는 일족 사람들을 이끌고 노비가 되어 갇혀 있던 아이들을 구하고 있었다. 소 부인과 축운궁주만이 절벽에서 고칠소와 함께 모두가 돌아오기를 기다리고 있었다.

고칠소는 그렇게 인내심 있는 사람이 아니었다. 그는 모두 돌아오기를 기다리지 못하고 이미 백리운봉을 심문 중이었다.

고칠소는 전다다의 목소리를 듣자 바로 눈을 들었다. 차갑고 날카롭던 표정이 순식간에 변하기 시작하더니, 곧 입 끝을 들어 올리며 웃었다.

꽤 나이가 있음에도 불구하고, 그가 웃기 시작하니 여전히 요사스러울 정도로 아름다웠다. 젊은 시절에 비하면 가벼운 기운이 줄어들고 좀 더 성숙한 분위기를 풍기고 있었지만. 그 요사스러운 아름다움에 남성의 매력이 더해져, 젊은 아가씨는 물론이고 경험이 풍부한 여인이라 해도 그의 매력에서 헤어나기는 쉽지 않아 보였다.

그가 웃으며 말했다.

"우리 작은 령아가 돌아왔구나!"

고칠소는 재빨리 백리운봉의 얼굴에서 발을 떼는가 싶더니 힘차게 걸어찼다. 중상을 입은 백리운봉은 그대로 소 부인에게로 굴러갔고, 고칠소는 경공으로 절벽에서 날듯이 뛰어내려 전다다를 기다렸다.

전다다도 빠르게 달려오다 보니, 하마터면 바닥에 착지한 고칠소와 그대로 부딪칠 뻔했다. 다행히도 제때 멈춘 전다다가 몹시 흥분한 목소리로 외쳤다.

"칠 숙부, 큰 승리를 거두셨군요!"

고칠소는 전다다의 이 흥분한 모습이 뭔가 이상하다는 것을 한눈에 눈치챘다. 그는 침착하게 뒤에 있는 목연을 흘깃 보고는 웃으며 말했다.

"보아하니 너희도 임무를 순조롭게 끝낸 모양이지?"

전다다는 재빨리 자신과 목연이 물 아래에서 겪은 일을 이야기했고, 마지막에 흑인어족 병사들을 고발하는 것도 잊지 않았다. 물론 그녀와 목연 사이에 있었던 사적인 일에 대해서는 한마디도 언급하지 않았다.

그녀는 절벽 위 축운궁주를 살짝 흘겨보며 말했다.

"우리 둘 다 명이 길어 다행이지! 하마터면 돌아오지 못할 뻔했지 뭐예요!"

축운궁주는 전다다가, 자신이 흑인어족 병사들에게 사주한 것이 아닌가 의심한다는 것을 깨닫고 다급하게 말했다.

"목숨이 달린 문제인데, 삶을 탐하는 무리는 도망치는 게 당연하지!"

이때 목연도 도착했다. 그는 축운궁주를 제대로 보지도 않고 냉랭하게 말했다.

"수하들이 모두 배반자라니, 정말 슬픈 일이군!"

이 말은 마치 바늘처럼 축운궁주의 심장을 쿡쿡 찔러 댔다! 그녀는 주먹을 꽉 쥔 채 목연에게 일깨워 주었다.

"잊지 말렴. 너도 배반자라는 걸!"

목연은 희미하게 웃기만 할 뿐 그녀의 말을 귀담아듣지 않았다. 그와 축운궁주 사이의 빚은 조만간 청산할 날이 올 것이다!

고칠소는 목연과 축운궁주 사이의 은원에 대해서는 아무 흥미가 없었다. 그는 전다다를 살펴본 후, 그녀에게 별 부상이 없다는 것을 알자 마음을 놓았다.

"작은 령아, 칠 숙부가 네 공을 꼭 기억했다가 돌아가면 상을 주마!"

전다다가 재빨리 말했다.

"목연도 공이 있어요! 기억하셔야 해요!"

고칠소는 이미 두 사람 사이를 눈치챈 다음이었다.

"목연의 것이 다 네 것 아니냐. 기억했다가 너에게 상을 두 배로 주마. 그럼 됐지?"

전다다가 눈을 가늘게 뜨고 웃기 시작했다.

목연은 그제야 고칠소가 이미 그들 사이를 눈치챘다는 것을 깨닫고 난감해하기 시작했다.

　바로 그때 당정과 정역비도 돌아왔다. 물론 도망병을 잔뜩 이끈 채였다!

　당정이 재빨리 목연과 전다다에게 달려오더니 다정하게 물었다.

　"너희 둘 다 괜찮은 거야? 그 식인 장어 떼 정말 무섭던데! 남쪽 바다와 서쪽 바다는 지금 다 피바다가 되어 버렸어. 식인 장어 떼는 도망병뿐만 아니라 근처의 물고기며 새우며, 전부 다 잡아먹고 있던데?"

　"식인 장어?"

　그때 백리운봉이 중얼거렸다.

　그는 자신이 이 상황에서 도망칠 수 없다는 것을 알고 있었지만, 도망친 인어족 병사들이 빙해로 돌아가 수로를 봉쇄하는 동시에, 려금에게 소식을 전할 거라 기대하고 있었다. 그러나 당정의 말이 그의 모든 바람을 그대로 잘라 버린 것이다!

나는 승복할 수 없다

　백리운봉의 목소리에 모두 그를 돌아보았다.

　고칠소가 전다다와 목연에게 식인 장어를 이용해 도망병을 포위하게 한 것은 려금이 풍화도에서 일어난 일을 알지 못하게 하려는 목적도 있었지만 백리운봉으로 하여금 아예 모든 희망을 버리게 하기 위한 목적도 있었다.

　고칠소가 절벽 위로 돌아가자 소 부인이 바로 백리운봉을 발로 차서 굴려 보냈다. 고칠소가 백리운봉의 가슴을 밟고 말했다.

　"들자 하니 식인 장어가 바로 너희 인어족의 천적이라던데. 너도 바닷속에 들어가 한번 경험해 보면 어때?"

　백리운봉은 이미 쉰이 넘은 인물로 머리카락도 희끗희끗했다. 그는 원래 백리 군부에서 공을 세웠던 장군으로, 항상 강직하고 위풍당당하여 사람들에게 추앙받던 인물이었다. 그러나 지금은 중상을 입은 채 온몸이 꽁꽁 묶여 있으니, 이만저만 낭패한 몰골이 아닐 수 없었다.

　그는 분노한 눈으로 고칠소를 바라보며 말했다.

　"백리율제는? 내 그를 꼭 보아야겠다. 아니면 내 입에서 무엇이건 들을 생각은 하지 않는 게 좋을 거다."

　고칠소가 미간을 살짝 들어 올리더니 곁에 있던 시위에게 소리쳤다.

"밧줄을 가져와라!"

전다다 일행이 잇달아 올라왔다. 그들 모두 고칠소가 대체 뭘 하려는 건지 모르고 있었지만 모두 약속이라도 한 듯 아무 말도 하지 않았다. 그러나 소 부인만은 뭔가 깨달은 듯 입꼬리를 살짝 올리며 매서운 미소를 지었다.

시위가 곧 거친 밧줄을 가져왔다. 고칠소가 직접 백리운봉을 다시 묶기 시작했다. 그러자 백리운봉은 참지 못하고 노성을 질렀다.

"고칠소, 뭘 하려는 게냐!"

고칠소의 입가에는 시종일관 매혹적인 미소가 떠올라 있었다. 그는 대답 대신 밧줄을 잡고 몸을 일으켰다. 그의 눈빛이 차갑게 빛나는가 싶더니, 사나운 기세로 백리운봉을 절벽 아래로 걷어찼다!

"악……!"

백리운봉이 비명을 지르며 절벽 아래로 떨어지기 시작했다! 다행히도 그가 바다에 빠지기 직전에 고칠소가 밧줄을 잡아당겼다.

백리운봉은 다급한 표정으로 눈 아래 평온한 바다를 바라보았다. 짙푸른 바다에는 어떤 위험도 없어 보였다! 그는 속으로 안도의 한숨을 내쉬며 바로 발버둥 치기 시작했다. 이 기회를 틈타 밧줄에서 벗어나 물속으로 도망치려는 것이다!

발버둥을 쳐도 밧줄에서 벗어날 수 없자 바로 몸을 흔들기 시작했다. 절벽의 뾰족한 돌로 밧줄을 끊어 보려는 속셈이었다.

그 모습을 본 축운궁주가 외쳤다.

"미쳤어? 정말 저자가 도망치게 둘 셈인가?"

고칠소는 백리운봉이 몸을 흔들게 내버려 둔 채 밧줄을 곁에 있던 정역비에게 넘겼다. 그리고 침착하게 미끼가 가득 든 작은 도자기 병을 꺼내더니 바다를 향해 거꾸로 들었다.

그 모습을 본 축운궁주가 바로 입을 다물었다. 지금 이 주변 해역에는 식인 장어 떼가 가득했다. 그런데 미끼까지 뿌리면 식인 장어 떼가 즉시 사방팔방에서 밀려올 것이다. 물론 식인 장어 떼는 빛과 열기를 무서워하니 바닷속에 잠복해 있겠지만!

백리운봉은 주변 해역의 상황을 전혀 알지 못했고, 고칠소가 직접 만든 미끼가 얼마나 무서운지도 모르고 있었다. 그는 있는 힘을 다해 몸을 흔들었다. 식인 장어 떼들이 도착하기 전에 도망칠 수 있기를 바라면서!

갑자기 그의 몸이 아래로 휙 내려갔다. 백리운봉이 고개를 들어 보니 제 머리 위 멀지 않은 곳 밧줄이 끊어지고 있었다! 그는 무척 기뻐하며 계속 몸을 흔들려 했다.

그때 고칠소가 포로 여럿을 끌고 오더니, 절벽에 한 줄로 늘어세웠다. 그리고 웃으며 백리운봉을 내려다보았다.

"백리운봉, 왜 멈췄지? 계속 움직이지 않는다면 내가 이들을 죽일 생각인데?"

그제야 백리운봉은 뭔가 이상하다는 것을 깨달았다.

고칠소는 여전히 미소를 머금은 얼굴로, 그에게 생각할 여유도 주지 않고 검을 뽑아 포로를 죽인 다음 바다로 밀어 넣었다. 선혈이 낭자한 시신이 파도를 일으키며 바다에 빠졌다. 그러나 해면은 곧 아무 흔적 없이 고요해졌다!

이때 백리운봉이 다시 한번 아래로 떨어졌다. 밧줄이 아까보다 더 많이 끊어졌던 것이다.

백리운봉은 점점 더 불안해졌다. 그는 끊어지는 밧줄을 바라보다 다시 바다를 바라보았다.

이때였다. 짙푸르던 바닷물이 점차 핏빛으로 변해 가더니, 바다 특유의 비린내에 피 냄새가 섞여 들기 시작했다. 백리운봉은 경악해 얼굴이 하얘졌다. 그는 다급하게 절벽 위를 바라보았다.

고칠소가 여전히 사악할 정도로 매력적인 미소를 띤 채 그를 내려다보고 있었다. 마치 저 높은 곳의 냉혈한 마귀처럼!

고칠소가 웃으며 물었다.

"《운현수경》을 본 적 있나?"

백리운봉이 정신을 차리고는 흥분하여 큰 소리로 외쳤다.

"백리율제를 만나게 해 줘! 백리율제를 만나야겠다! 그 전에는 승복할 수 없어!"

고칠소가 웃으며 물었다.

"무엇에 승복할 수 없다는 이야기지?"

백리운봉은 단호했다.

"백리율제를 만나야겠어! 그와만 이야기하겠다! 그가 오기만 하면 뭐든지 다 말할 테니까!"

그때 소 부인이 냉랭하게 말했다.

"승복할 수 없다는 것은 헌원 황족에 대해 하는 말인가? 아니면 우리 주인께 하는 말인가?"

이 말을 들은 백리운봉이 더욱 흥분했다.

"모두에게 승복할 수 없다! 그때 대장군께서는 용비야를 위해 온 힘을 다하셨고, 몇 번이나 전사하실 뻔하셨지. 그러나 용비야는 여자 하나 때문에 옛정도 군공도 생각하지 않고 대장군을 핍박해 돌아가시도록 만들었다! 그것으로도 모자라 백리 일족을 어주도로 유배 보냈지! 그리도 배은망덕한 무리니 마땅히……."

"그만!"

소 부인이 갑자기 날카로운 목소리로 백리운봉의 말을 자르더니 조소하듯 말하기 시작했다.

"백리원륭은 그때 딸을 시집보내려다 실패하자, 수치스러운 나머지 우리 주인께 분노를 돌리지 않았던가? 하지만 우리 주인에게서 아무 흠도 찾아내지 못하자 반란군과 결탁했지! 오늘 그 아래 세대들이 모두 있는데, 그때 백리 군부가 벌인 그 창피한 일을 지금 언급하는 이유가 대체 뭐지?"

백리운봉이 반박하려는 순간, 고칠소가 냉소하기 시작했다. 그는 시비를 가리지 않고 그저 웃으며 말했다.

"자백하지 않겠다면 이 밧줄을 끊어 버리겠다. 그럼 그 누구도 너를 구할 수 없을 것이다!"

이 말과 함께 백리운봉이 한 번 더 아래로 떨어졌다. 밧줄이

거의 끊어져 가는 것을 보고 백리운봉은 마침내 당황하여 외쳤다.

"나는《운현수경》을 본 적이 없다! 빙해 아래쪽 물길은 려금이 안내했다!"

고칠소는 백리운봉이 이리 대답하리라는 것을 예상했다. 그가 다시 물었다.

"려금이 너에게 무엇을 주었지?"

백리운봉은 잠시 머뭇거리다가 결국은 대답했다.

"려, 려금은 그저 고운원을 만나고 싶을 뿐이라고 했어! 려금은 자신이 인어족을 부릴 수 있게 돕기만 하면 구려족을 재건한 뒤 인어족을 존귀한 지위에 앉게 해 주겠다고…… 인어족이 천하를 다스릴 수 있게 해 주겠다고 했다!"

고칠소가 계속 물었다.

"운공대륙을 포함해서?"

백리운봉이 시선을 피하며, 감히 인정하지 못했다.

고칠소는 가늘고 긴 눈을 더더욱 가늘게 뜨고 말했다.

"《운현수경》을 본 적도 없는데, 무얼 보고 려금을 믿은 거지?"

백리운봉이 더욱 시선을 피했다.

고칠소는 더 묻지 않고 몹시 흥미롭다는 듯 바다를 바라보았다. 백리운봉도 더 시간을 끌 수 없다는 생각에 서둘러 말했다.

"나에게 운공대륙과 현공대륙의 물길 지도가 있다. 물론 빙해를 포함해서! 나를 끌어 올리면 너에게 지도를 주겠다!"

고칠소는 그제야 그를 바라보았지만, 아무 말도 하지 않았다.

백리운봉이 다급하게 덧붙였다.

"《운현수경》에 빙해의 동쪽, 빙해의 서쪽은 모두 비옥한 땅이라고 적혀 있어! 그리고 운공대륙과 현공대륙 모두와 물길로 통할 수 있다고……. 려금이 지금까지도 알아내지 못한 물길이지만, 내가 그 양쪽 물길을 알아내도록 도와주겠다고 약속했어!"

이 말을 들은 고칠소는 깜짝 놀랐다. 백리운봉의 야심이 이리 클 줄이야. 운공대륙과 현공대륙뿐 아니라 미지의 땅까지도 엿보고 있었다니! 그리고 려금은…… 대체 어떻게 이 모든 것들을 포기할 수 있는 걸까?

아마도 그녀는 모든 것을 포기한 것이 아니라 계속 백리운봉을 이용하고 있었을 것이다.

"쯧쯧!"

고칠소가 감탄한 듯 말했다.

"남자와 천하를 모두 얻겠다니, 우리 독누이에 버금가는 사람이군! 하지만 안타깝게도 쓰는 수단이 너무 치사하단 말이야!"

백리운봉은 조마조마한 나머지 다급하게 외쳤다.

"어서 나를 끌어 올려라! 어서! 물길 지도는 나에게 있으니까! 어서!"

누가 누구를 위협하느냐

물길 지도가 백리운봉에게 있다고?

그를 사로잡은 후에 온몸을 두루 뒤졌으나 아무것도 발견하지 못했었다. 고칠소가 인내심을 잃고 노한 목소리로 외쳤다.

"감히 나를 희롱할 생각인가?"

목숨이 달린 상황인데 어떻게 고칠소를 희롱할 수 있을까? 백리운봉이 다급하게 답했다.

"아니, 아니야! 희롱하려는 것이 아니라고! 물길 지도는 내 등에 붙어 있어. 자네가 찾아내지 못한 거라고! 어서, 어서 나를 올려 줘! 내가 물고기 밥이 되기라도 하면 너희도 영원히 물길 지도를 얻을 수 없을 테니까!"

고칠소는 바로 백리운봉을 끌어 올려 포박을 풀었다. 그제야 백리운봉의 안색이 겨우 원래대로 되돌아왔다.

백리운봉은 영 달갑지 않은 듯했지만 어쩔 수 없이 옷을 벗고 등을 드러냈다.

그가 입을 열기도 전에 고칠소는 그의 등이 이상하다는 것을 깨달았다. 얼핏 보기에는 별문제가 없어 보였으나, 자세하게 들여다보니 등의 피부가 마치 햇볕에 탄 것처럼 짙은 부분이 있었다.

분명 가짜 피부였다! 이런 방식으로 물길 지도를 숨겨 두었으니 고칠소도 찾아낼 수 없던 것이다!

고칠소가 시위들에게 눈짓하려 했을 때, 목연과 정역비가 일어나더니 약속이라도 한 듯이 백리운봉의 어깨를 눌러 엎드리게 했다. 고칠소는 그들을 보며 만족스러운 듯 미소 지었다.

이때 당정이 빠르게 다가오더니 백리운봉의 그 짙은 피부를 사납게 잡아 뜯어 냈다. 그녀가 뜯어 낸 가짜 피부에는 복잡한 물길 지도가 그려져 있었다!

당정은 지도를 고칠소에게 건네며 기쁜 표정으로 말했다.

"칠 숙부, 여기요!"

고칠소는 사랑스럽다는 듯 웃으며 당정의 코를 문질러 준 다음 지도를 받았다.

당정, 이 기가 센 '큰언니'는 부모 앞에서도 이렇게 온순하게 구는 법이 없었으나, 고칠소 앞에서는 언제나 어린 소녀로 변하곤 했다. 정역비는 이런 모습을 볼 때마다 영 적응이 되지 않았다.

고칠소가 지도를 들여다보았다. 《운현수경》은 신비로운 도안을 이용해 물길을 기록해, 각각의 도안의 뜻을 알아내야만 했다. 그러나 백리운봉의 이 물길 지도는 문자도 적혀 있어 자세할 뿐 아니라 쉽게 그 뜻을 알 수 있었다. 고칠소도 지도를 흘깃 보는 것만으로도 금인어족이 이용했던 비밀 물길을 몇 곳이나 알아볼 수 있었다!

축운궁주도 물길 지도를 보고 싶은지 다가왔다. 그러나 그녀가 제대로 보기도 전에 고칠소가 재빨리 지도를 접더니, 백리운봉 앞에 쭈그리고 앉아 말했다.

"지도 하나를 내주었다고 살 수 있을 것 같나? 늙어서 건망증이라도 생긴 건지, 아니면 너무 천진난만한 건지?"

이 말을 들은 당정과 전다다 일행은 고칠소가 무슨 이야기를 하는지 이해할 수 없었다. 그러나 백리운봉은 바로 그의 뜻을 알아챈 듯, 단호한 눈빛으로 외쳤다.

"고칠소, 나를 한 번만 놔줘! 그럼 그 아이를 어떻게 찾을 수 있는지 알려 줄 테니! 아니라면…… 내가 죽는 한이 있더라도……!"

아이?

당정 일행은 의아한 표정을 지었다. 그러나 소 부인과 축운 궁주는 별다른 반응을 보이지 않았다. 그들이 백리운봉을 잡았을 때, 백리율제가 아이에 대해 물었던 것이다.

백리율제의 아내는 풍화도에서 아이를 가졌다. 백리운봉은 백리율제와 백리명향이 헌원 황족을 배반하고 려금에게 충성을 다하게 하려고 백리율제의 아내와 자식으로 위협했다.

그러나 백리율제의 태도는 단호했다. 그는 아내와 자식을 잃는 한이 있다 해도 타협하려 하지 않았다. 그때 이후 백리율제는 아내를 볼 수 없었다. 지금까지도 그녀의 생사를 알지 못하는 것은 물론, 그녀의 배 속 아이가 태어났는지조차도 알지 못하고 있었다.

고칠소는 백리운봉의 턱을 잡아 고개를 들게 하고 물었다.

"그렇다면, 그 아이가 태어나긴 했다는 말이군?"

백리운봉이 단호한 목소리로 외쳤다.

"그렇다! 그리고 내가 직접 그 아이를 보냈다!"

"보냈다고?"

고칠소가 냉소하기 시작했다.

"네 손으로 직접 죽인 것이 아니라?"

백리운봉이 대답했다.

"대장군께서 나에게 베풀어 주신 은혜가 있다! 백리 가문의 최후의 핏줄을 남겨 두어야만 나도 대장군께 부끄럽지 않을 수 있다!"

이 말을 듣자 전다다 일행도 대강 어찌 된 일인지 짐작할 수 있었다.

고칠소의 눈에 날카로운 빛이 스쳐 가는가 싶더니 백리운봉을 향해 연이어 물었다.

"남자아이인가?"

"그렇다! 남자아이다!"

"아이 엄마는?"

"죽었다!"

고칠소가 계속 물었다.

"어떻게 죽었지?"

백리운봉은 대답하지 않고 점점 더 단호한 어조로 말했다.

"나를 놓아줘! 아니라면 너희는 영원히 그 아이를 찾지 못할 테니까!"

고칠소가 인내심을 발휘해 다시 물었다.

"정말 말할 생각이 없나?"

백리운봉이 망설이지 않고 외쳤다.

"말하지 않겠다!"

"말하지 않겠다면 말고!"

고칠소가 몸을 일으키더니 갑자기 차가운 목소리로 외쳤다.

"여봐라, 이자를 묶어 바닷속으로 던져 버려라!"

이것은…….

백리운봉은 말할 것도 없고 주변 사람들 모두 당황했다. 고칠소가 정말로 백리운봉을 물고기 밥으로 만들 생각인가?

백리운봉은 잠시 멍한 표정을 짓더니, 겨우 정신을 차리고 여전히 단호한 태도로 말했다.

"좋아, 좋다고! 이 늙은 목숨 따위 버리면 그만이지!"

시위들이 다시 백리운봉을 꽁꽁 묶자 고칠소는 직접 그를 절벽으로 끌고 가며 다른 전쟁 포로들에게 말했다.

"너희가 용비야를 배반한 거야 나랑은 상관없는 문제지. 하지만 감히 우리 독누이를 배반한 것은 절대로 용서할 수 없다! 그리고 감히 우리 독누이에게 화근이니 뭐니 하는 식으로 말해? 그건 더더욱 용인할 수 없는 일이지! 자, 다들 눈을 크게 뜨고 잘 보도록 해! 나는 백리 가문의 핏줄을 찾지 못한다 해도 독누이를 대신해 이 모욕을 갚아 줄 테니까!"

이 말을 들은 백리운봉이 헉, 차가운 숨을 들이마셨다. 그는 고칠소가 이런 태도를 보일 거라고는 생각지 못한 것이다. 그러나 진지하게 생각해 보니 고칠소는 정말로 이렇게 행동하고도 남을 사람이었다!

백리운봉이 다급한 나머지 재빨리 말했다.

"고칠소, 감히 멋대로 굴지 마라! 백리율제가 너를 그냥 놔두지 않을 거다!"

고칠소가 큰 소리로 웃기 시작했다.

"내가 백리율제를 무서워할 것 같나?"

그리고 말을 마치자마자 백리운봉을 바깥쪽으로 사납게 밀쳤다. 백리운봉은 완전히 당황하여 외쳤다.

"고칠소, 내가 말할게! 말한다고! 놓아주기만 하면 뭐든지 말할 테니까! 무슨 조건이라도 다 응할 테니!"

고칠소는 계속 그를 밖으로 밀어냈고, 백리운봉은 경악하여 두 다리마저 덜덜 떨었다.

"고칠소, 려금에게는 비밀이 있어! 비밀이 더 있다고! 전부 말할게!"

그때야 고칠소가 움직임을 멈췄다.

백리운봉은 감히 허튼소리를 할 엄두를 내지 못하고 다급하게 말했다.

"봉황력이 빙해의 빙핵을 나오게 한다는 말도 그녀가 일부러 퍼뜨린 소문이야! 뿐만 아니라…… 려금은 기씨 가문 가주 기연결과도 결탁했었어!"

이런 이야기가 나올 줄이야! 기씨 가문은 대체 얼마나 많은 것을 숨기고 있었던 걸까?

모두 경악하는 가운데 백리운봉이 다시 다급하게 말했다.

"그때 백리율제의 아내는 백리율제가 자신을 포기했다는 사실을 알고 계속 죽으려 했지만 우리가 막았지! 하지만 결국 아이를 낳은 후 자살하고 말았어! 나는 그녀의 집루를 아이 손에 쥐여 현공대륙으로 보냈다! 지금 그 아이도 분명 변이가 일어났을 거야. 그래, 인어족의 신분을 더 숨길 수 없을 거라고!"

이 말을 듣는 순간 모두 같은 사람을 떠올리기 시작했다…….

너보다 훨씬 대단하지

백리운봉의 말에 모두 약속이나 한 듯 하소만을 떠올리고 있었다! 나이는 물론이고 금인어족이라는 신분, 그리고 하소만의 손에 쥐여 주었다던 그 집루까지, 모두 백리운봉의 묘사와 일치했다. 그야말로 너무나 놀라운 사실이었다!

고칠소가 계속 물었다.

"그 아이의 몸에 무슨 특징이라도 있나?"

백리운봉이 답했다.

"나도 자세히 살펴보지는 않았어."

고칠소가 잠시 생각하다가 다시 진지하게 물었다.

"그때 려금이 그 사실을 알고 있었나?"

백리운봉은 그야말로 질문이 들리는 즉시 바로 답했다.

"원래 나는 그 일을 숨기려 했지만, 려금에게 들키고 말았지. 하지만 그때 내가 아이를 보낸 후 찾아오려 해도 결국 찾아오지 못했으니, 아마 려금도 어찌할 방법은 없었을 거야!"

고칠소는 짐작이 간다는 듯 고개를 끄덕였고, 정역비가 서둘러 말했다.

"려금은 분명 예전부터 알고 있었을 겁니다! 하소만이 변이했다는 사실을 이미 알고 있으니까요!"

당정도 고개를 끄덕였다.

"분명 한참 전부터 알고 있었겠지요! 그리고 예전부터 하소만을 주시하고 있었던 거야……. 그러지 않았다면 그렇게 빨리 하소만을 납치할 수 있었을 리 없어요!"

전다다도 말했다.

"하아, 원래 하소만이 인질로서의 가치가 그렇게 컸군요! 그 요괴 할망구, 정말 보통이 아니라니까!"

그때 축운궁주도 참지 못하고 한마디 했다.

"그때와 비교하면 려금이 정말 많이 늘었어!"

소 부인이 축운궁주를 흘깃 보더니, 코웃음을 치며 말했다.

"흥! 똑같이 남자에게 목매는 중이라 해도, 그 여자가 그쪽보다는 훨씬 대단하지!"

축운궁주는 전혀 꿀리는 빛 없이 냉랭하게 말했다.

"나는 살아 있는 사람을 찾고 있고 그쪽은 죽은 사람을 기다리고 있지. 그런 주제에 무슨 자격으로 나에게 뭐라 하는 거지?"

소 부인이 가볍게 코웃음을 쳤다.

"나는 그 사람을 얻었지. 너는?"

축운궁주는 주먹을 꽉 쥔 채 분노를 억누르며 그 이상 소 부인을 상대하지 않으려 했다.

이때 백리운봉은 당정과 전다다의 말에서 깨달은 바가 있는 듯 서둘러 물었다.

"하소만이라고?"

고칠소가 웃으며 답했다.

"보아하니, 거짓말을 한 것 같지는 않군!"

백리운봉이 긴장하여 말하기 시작했다.

"예왕 전하, 제 말은 모두 진실입니다. 단 한 마디도 거짓은 없습니다. 부디 예왕 전하께서 두루 살펴서서…… 제, 제가 잘못했습니다! 예왕 전하, 제발 한 번만 살려 주십시오! 지금부터는 예왕 전하께 충성을 바치겠습니다. 어떤 임무를 맡기신다 해도……."

"그래?"

고칠소가 백리운봉의 말을 잘랐다. 그가 언급하지 않았다면 고칠소는 자신이 왕이라는 사실조차 잊고 있었을 테지만, 어쨌든 백리운봉의 이런 태도는 꽤 만족스러웠다.

물론 만족스러운 것은 만족스러운 것이고, 이런 반역자는 그가 가장 경멸하는 유형의 인간이었다!

백리운봉이 계속 고개를 끄덕였다.

"예! 예!"

고칠소가 두 눈을 가늘게 뜨더니, 불시에 백리운봉을 절벽 아래로 밀어 버렸다!

"악……!"

백리운봉이 비명을 질렀으나 곧 그 소리는 바람 소리에 묻혀 버렸다.

식인 장어 떼가 아직 물러가지 않은 상태였으니, 백리운봉이 온몸을 결박당한 채가 아니었다 해도 살아날 확률은 얼마 되지 않았을 것이다. 백리운봉은 죽었음이 분명했다!

축운궁주와 포로들을 제외한 다른 이들은 모두 고칠소의 성격을 잘 알고 있었다. 그가 방금 아이의 행방을 굳이 알려고 하지 않았던 것이 연기가 아니었다는 것도 말이다. 하지만 안타깝게도 백리운봉은 죽을 때가 되어서야 그 사실을 알게 된 것이다.

고칠소가 나른하게 손을 비비면서 포로들 쪽으로 고개를 돌렸다. 그러자 그가 입을 열기도 전에 포로들 모두 약속이나 한 듯 무릎을 꿇고 충성을 맹세했다. 고칠소는 그런 그들을 훑어보고는 코웃음을 치며 말했다.

"나는 배반자는 받아들이지 않는다. 너희들을 살려 둘지 말지는 백리율제가 결정할 일이지!"

고칠소는 시위들에게 포로들을 감시하게 한 후 모두를 이끌고 섬의 중앙으로 갔다. 그들이 도착하기도 전에 백리명향과 백리율제가 그들에게 다가오는 것이 보였다.

백리율제와 백리명향은 노비로 키워지던 아이들을 모두 구해 낸 다음이었다. 아이들을 구하면서 두루 캐물었지만, 백리율제 아내의 행방을 아는 이는 아무도 없었고, 아이가 태어났는지 아는 이는 더더욱 없었다.

고칠소 일행 중에서 백리운봉이 보이지 않자 백리율제보다 백리명향이 먼저 앞으로 나서서 물었다.

"예왕, 백리운봉은요? 딥을 돌았습니까?"

고칠소가 대답하기도 전에 소 부인이 말했다.

"황제가 급하게 굴지 않는데 태감이 급하게 군다더니!"

백리명향이 그제야 소 부인을 돌아보더니 살짝 멍한 표정을 지었다. 곧 그녀의 눈가가 붉어졌다.

그녀는 소 부인의 각박한 말투에 괴로워하는 것이 아니었다. 20여 년 전, 그녀와 소 부인은 함께 한운석의 시중을 들었고, 소 부인의 성격이 어떠한지는 그녀가 가장 잘 알고 있었다. 백리명향의 눈에 흐르는 눈물은 상봉의 기쁨 때문이었다!

소 부인은 백리명향이 눈시울을 적시는 것을 보고 재빨리 고개를 돌렸다. 겉보기에는 백리명향을 무시하는 것 같았지만 사실은 자신의 감정을 숨기기 위함이었다. 그렇게 오랫동안 서로 만나지 못했으니, 그리운 것이 당연했다!

그때 백리율제가 앞으로 나섰다. 그는 결국 사내였고, 아무리 마음이 급하다 해도 백리명향처럼 행동할 수는 없었다. 그가 나지막한 목소리로 말했다.

"그자는? 자백해야 할 것은 모두 자백했습니까?"

고칠소는 웃으며 백리운봉이 자백한 것들을 모두 털어놓았다. 물론 하소만과 관련한 일은 가장 마지막에 말해 주었다.

백리율제는 진지하게 듣고 있었지만, 아이와 관련한 이야기가 나오자 결국은 담담한 표정이 무너졌다. 그는 다급하게 고칠소의 손을 잡고 물었다.

"정말입니까?"

고칠소가 짜증이 난다는 표정으로 재빨리 손을 빼며 말했다.

"내가 너를 속여 뭘 한다고?"

정역비가 웃으며 말했다.

"자세히 들여다보니 하소만이 선배와 닮은 부분이 꽤 있습니다. 안심하십시오. 며칠 전 전하와 왕비마마께 밀서를 받았는데, 하소만을 이미 구출했다고 합니다!"

백리율제와 백리명향 모두 환한 표정을 지었으나, 곧 백리율제는 탄식했다.

"아이 어머니를 대할 낯이 없습니다!"

그러나 고칠소는 그들이 상심하고 있을 시간을 주지 않고 바로 전다다에게 말했다.

"자, 작은 령아, 어서 연아에게 서신을 보내라. 기욱과 혁소해가 아직 몸을 숨기고 있으니 조심하라고 말이다! 그리고 나 대신 백리명천에게 한마디만 전해 달라고 하려무나. 내 이제 시간이 났으니 직접 그 애를 손봐 주러 가겠다고 말이다! 그러니 준비하고 있으라고!"

전다다가 매우 진지하게 대답했다.

"명을 받들겠습니다, 칠 숙부!"

전다다는 곧 지필묵을 찾아 풍화도의 승리 소식이며, 백리운봉이 실토한 진상을 적어 내려갔다. 그리고 백리명향에게서 인어족 병사를 빌려, 그날로 서신을 현공대륙에 전달하게 했다.

모두 오늘의 전투를 준비하느라 심신을 적잖이 소모한 다음이었고, 오늘은 특히나 지쳐 있었다. 밤이 되었으니 모두 풍화도에서 휴식을 취하기로 했다. 포로들은 백리율제가 처리하러 갔다.

바쁠 때는 모두 눈치채지 못했지만, 한가해지고 나니 당정은 바로 전다다와 목연 사이가 이상하다는 것을 눈치챘다. 식사를 끝낸 후 당정은 바로 전다다를 잡아끌었다.

전다다는 기분이 아주 좋았고, 당장 아무에게나 제 기쁨을 털어놓고 싶어 안달하던 참이었다. 당정이 한마디 묻자 바로 모든 일을 털어놓았다. 당정이 부끄러움도 모른다고 꾸짖은 다음에야 겨우 입을 다물었다. 그러나 전다다는 여전히 부끄러워하지 않고 해실해실 웃으며 말했다.

"언니는 언니의 정 장군님을 찾아가라고. 나는 우리 목연을 찾아갈 테니까. 나도 목연에게 재워 달라고 해야지! 우리 목연의 피리 소리가 얼마나 좋은지 알아?"

당정은 대답할 말이 없어 결국 전다다를 놓아주었다.

깊은 밤, 모두가 자러 간 후였다. 모자가 달린 검은 외투를 입은 고칠소는 홀로 해변에 앉아 조용히 호두 한 알을 굴리고 있었다. 그런 그의 모습은 몹시도 신비롭고 외로워 보였다.

그의 손에 있는 호두는 전다다가 경매장에서 가져와 그에게 준 것으로, 바로 백리명천이 몸에서 떼어 놓지 않던 그 호두 한 쌍 중 하나였다.

고칠소는 한참을 앉아 있은 다음에야 시위를 불러 물었다.

"백리율제가 모든 안배를 끝냈나?"

시위가 대답했다.

"은인어 일족을 받아들일 생각인 모양입니다. 아마 하루 이틀은 더 필요할 것 같습니다. 저희는 먼저 돌아갈까요?"

고칠소가 잠시 고민하더니 말했다.

"물길 지도가 있는 이상 인어족을 소홀히 대할 수는 없지. 며칠 더 기다려도 무방하고!"

며칠 후 백리율제는 은인어 일족을 받아들였다. 포로들은 부분적으로만 처리하고 대부분은 남겨 두었다. 그들은 풍화도를 지킬 이들을 남겨 둔 채, 인어군을 이끌고 현공대륙으로 되돌아왔다.

그리고 현공대륙에서는 백리명천 일행이 이미 다평산에 도착해 있었다…….

우둔한 짓은 그만두어라

백리명천은 수희와 연락이 닿아 혁소해와 기욱이 다평산에 있다는 사실을 알고 있었지만, 정확히 어디 숨어 있는지는 알지 못했다. 수희와 한우아는 다평산에 갇혀 있었는데, 시위의 감시만 받고 혁소해와 기욱을 직접 보지는 못하고 있었다.

다평산에 도착했지만 백리명천은 경거망동하지 않았다. 그는 다평산 발치께 작은 마을에 여장을 풀었다. 입하까지는 아직 시간이 남아 있었다. 그는 조급하게 굴지 않고 수희가 상세한 소식을 전해 오기를 기다리는 한편, 려금에게 《운현수경》을 요구했다.

어두운 방 안, 려금이 침대에 누워 있었다. 두 발이며 손목 모두 사슬로 침대에 꽁꽁 묶여 있었을 뿐 아니라 얼굴도 쇠고리로 침대에 고정되어 있었기 때문에 몸을 움직이기는커녕 고개 한번 제대로 돌릴 수 없는 상태였다. 그러나 그녀는 그런 상황에서도 담담한 표정으로 마치 잠을 자듯 눈을 감고 있었다.

갑자기 삐걱 소리와 함께 방문이 열렸다. 려금은 꼼짝도 하지 않았다. 등불이 방 안을 밝히자 그녀 눈가가 살짝 떨리긴 했지만, 여전히 눈을 뜨지는 않았다.

방으로 들어온 사람은 백리명천이었다. 그는 려금 가까이 다가가 그녀를 흘깃 바라보았다. 그의 입가에는 경멸이 담긴 미

370

소가 떠올라 있었으나 말을 하지는 않았다. 그의 왼손은 여전히 늘어진 채로, 오른손으로 침착하게 안료를 준비하고 있었다.

지난번과 달리 이번에 그가 준비한 안료의 색은 더욱 풍부했다. 그는 안료를 하나하나 정렬한 후 침들을 꺼냈다.

이 침도 지난번에 쓰던 침과는 달랐다. 지난번 금침은 뾰족하고 길고 가느다란, 보통 문신을 할 때 사용하는 침이었다. 그러나 지금 그가 꺼낸 침은 뼈로 만든 골침이었다. 아주 날카롭게 갈았다고는 하나 금침에 비할 바는 아니었다.

골침으로 문신을 새기는 것은 아주 옛날에나 쓰던 방법으로, 안료를 묻힌 골침을 적당한 힘으로 두드려 피부 안으로 밀어넣어야 했다. 금침으로 한다 해도 견디기 어려울 정도로 고통스러우니, 골침은 말할 것도 없었다!

백리명천은 골침을 하나하나 손에서 굴리다가 내려놓았다. 마치 손에서 떼어 놓기 아쉬워 죽겠다는 표정이었다.

마지막 골침을 내려놓은 그는 긴 손가락으로 가지런히 놓인 골침을 한번 쓸어 보더니, 곧 안타까운 표정으로 말했다.

"이 침들은 본 황자가 수년 전 거액을 주고 산 것인데, 그동안 한 번도 쓰지 않았지. 이제 쓰려니 정말 아쉬워 죽겠군!"

려금은 아무 반응도 보이지 않았다.

백리명천이 골침 하나를 고르더니, 려금을 돌아보며 말했다.

"하지만 직접 옛 방식을 시험해 볼 기회니, 본 황자는 이 골침을 사용할 수밖에 없지!"

골침!

그 말을 들은 순간 려금이 마침내 참지 못하고 눈을 떴다.

그 모습을 본 백리명천이 눈을 가늘게 뜨고 사악하고도 신비롭게 웃기 시작했다. 그는 골침을 내려놓고 순금으로 만든 작은 망치를 꺼냈다.

려금의 안색이 변하더니 노한 목소리로 외쳤다.

"감히!"

옛날 방식 문신이라면 려금만큼 잘 알고 있는 사람은 없었다!

백리명천이 미소 지으며 말했다.

"이 천하에 본 황자가 하고 싶지 않은 일은 있어도, 본 황자가 감히 할 수 없는 일은 없지."

말을 마친 그는 골침에 안료를 묻힌 다음 사납게 려금의 얼굴을 찔렀다.

금침으로 찌를 때보다 몇 배는 더 고통스러웠지만 려금은 이를 악물고 간신히 참아 냈다! 그러나 백리명천이 골침을 고정한 후 작은 망치로 두드리기 시작하자 결국 참지 못하고 비명을 질렀다.

백리명천의 눈에 혐오감이 스쳤다. 그는 말없이 침을 하나하나 그녀의 얼굴에 찔렀다. 려금의 오른쪽 볼에 '요괴 할망구'라는 글자가 생길 때까지.

그가 손을 멈추었을 때, 려금은 고통으로 인해 눈물을 흘리고 있었다. 백리명천은 거울을 가져와 그녀에게 보여 주었다. 그러나 려금은 제 모습을 차마 볼 수 없는지 다급하게 눈을 감았다.

백리명천이 웃으며 말했다.

"안 그런 척해도, 너도 그 얼굴에 굉장히 신경을 쓰고 있었나 보군! 보지 않는다고 해도 상관없어. 내가 말해 줄 테니까."

그가 계속 웃으며 말했다.

"본 황자는 너에게 요괴 할망구라고 문신을 새겼지. 하루가 지나도 《운현수경》을 내놓지 않는다면 본 황자가 한 번 더 요괴 할망구라고 문신해 주겠다! 잘 생각해 보는 게 좋을 거야. 아니면 네 얼굴에 온통 요괴 할망구라는 글자가 가득하게 될 테니까!"

려금은 분노하는 동시에 경악했다. 백리명천이 이 정도까지 악랄할 줄이야! 그녀가 외쳤다.

"망할 자식, 네가 죽을 날도 머지않았다! 그때가 되면 나에게 애원한다 해도 소용없을 거야!"

백리명천이 몸을 일으켰다. 입가의 웃음기는 이미 사라져 보이지 않고, 대신 냉랭한 기운이 자리하고 있었다.

"너는 본 황자가 정말로 죽음을 두려워한다고 생각하나?"

려금이 말했다.

"죽음이 두렵지 않다 해도, 살아도 죽느니만 못한 삶을 살게 된다면 어떨까? 살아도 죽느니만 못하다는 것이 뭔지, 너는 반드시 알게 될 것이다!"

백리명천이 가볍게 코웃음을 치며 몸을 돌렸다. 려금이 다시 다급하게 외쳤다.

"고운원이 너를 찾아왔었지!"

백리명천이 살짝 멈칫했으나 곧 즐거운 표정으로 려금을 돌아보며 물었다.

"네 생각엔 어때?"

려금은 분명 조금 긴장하고 있었다.

"정말로 찾아왔었어?"

백리명천이 차갑게 웃으며 말했다.

"잘 생각해 보도록 해. 아니라면 얼굴이 망가져서, 고운원이 너를 본다 해도 알아보지 못하게 될 테니까. 그렇게 되면 네가 천 년을 기다린 것도 아무 의미가 없어지겠지!"

말을 마친 백리명천은 몸을 홱 돌려 그 자리를 떠났고, 언제나 담담하던 려금도 마침내 불안에 빠졌다.

백리명천은 문밖으로 나오자마자 벽에 기댄 채 고통스러운 표정을 지었다. 그렇다. 그는 지금 살아도 죽느니만 못한 삶을 겪고 있었다.

왼쪽 손이 완전히 마비되어 버린 후, 뼈를 찌르는 듯한 고통이 아무 예고도 없이 빈번하게 찾아왔다. 그로서는 미리 예방할 방법도, 대처할 방법도 없었다. 그러나 가장 두려운 것은 이 고통이 아니라, 그의 몸 왼쪽이 하루하루 마비되어 가고 있다는 사실이었다.

그는 왼쪽 어깨에 가득 찬 한기가 점차 그의 몸으로 퍼지고 있는 듯한 느낌을 받았다. 며칠 동안 그의 왼쪽 어깨며 가슴은 이미 마비되기 시작했고, 한기와 고통은 빠른 속도로 전신으로 퍼져 나갔다. 그리고 그럴 때마다 그는 온몸을 꼼짝도 할 수 없었다.

고운원이 올까?

사실 그에겐 그런 희망이 없었다. 고운원이 예전에, 아주 예전에 이미 그에게 답을 한 셈이었으니까.

백리명천은 잠시 서서 고통이 줄어들기를 기다린 후 겨우 발걸음을 옮겼다. 얼마 지나지 않아 시위가 다가오더니 말했다.

"삼전하, 수희 대인 쪽에서 소식이 왔습니다. 전하께서 예상하셨던 대로 혁소해와 기욱이 최근 다평산 주변에 매복을 펼치고 군구신 일행을 상대할 준비를 하고 있다고 합니다. 수희 대인은 며칠만 더 시일을 주시면, 혁소해의 심복에게서 혁소해가 몸을 숨기고 있는 곳을 명확히 알아낼 것이라고 합니다. 그렇게 되면 전하와 함께……."

백리명천이 갑자기 미간을 찌푸리며 시위의 말을 자른 후 물었다.

"수희가 혁소해의 심복을 매수할 작정인가?"

시위가 고개를 끄덕였다.

"그렇습니다!"

백리명천이 재빨리 물었다.

"이미 작업을 시작한 건가?"

"아직입니다!"

그러자 백리명천이 엄숙하게 명령했다.

"수희에게 그런 우둔한 짓은 그만두라고 전해라! 당장! 그리고 수희에게, 본 황자는 급할 일이 없으니, 입하 전에만 혁소해의 은신처를 알아내면 된다고도 전해라!"

시위는 영문 모를 표정이었으나, 백리명천의 분노한 모습을 보자 감히 그 이상 묻지 못하고 자리를 떠나려 했다. 그때 백리명천이 다시 그를 불러 세웠다.

"잠깐만! 그 전에 수희가 매수한 이들은 모두 어떤 사람들이지?"

〈제왕연〉 18권에서 계속